A Tragédia de Hamlet, Príncipe da Dinamarca

A Tragédia de Hamlet, Príncipe da Dinamarca

L. S. Vigotski

Tradução
PAULO BEZERRA

Martins Fontes
São Paulo 1999

Esta obra foi publicada originalmente em russo com o título
PSIJOLOGUIA ISKUSSTVA (2ª parte).

1ª edição
dezembro de 1999

Tradução
PAULO BEZERRA

Revisão da tradução
Vadim Valentinovich Nikitin
Revisão gráfica
Ana Maria de Oliveira Mendes Barbosa
Eliane Rodrigues de Abreu
Produção gráfica
Geraldo Alves
Paginação/fotolitos
Studio 3 Desenvolvimento Editorial (6957-7653)

Dados Internacionais de Catalogação na Publicação (CIP)
(Câmara Brasileira do Livro, SP, Brasil)

Vygotsky, Lev Semenovitch, 1896-1934.
A tragédia de Hamlet, príncipe da Dinamarca / L. S. Vigotski ; tradução Paulo Bezerra. – São Paulo : Martins Fontes, 1999.

Título original: Psijologuia iskusstva.
Bibliografia.
ISBN 85-336-1178-1

1. Arte – Psicologia 2. Crítica de arte 3. Escritores e leitores 4. Shakespeare, William, 1564-1616. Hamlet – Crítica e interpretação I. Título.

99-4867 CDD-709

Índices para catálogo sistemático:
1. Arte : Obras : Avaliação crítica 709
2. Obras de arte : Avaliação crítica 709

Rua Conselheiro Ramalho, 330/340
01325-000 São Paulo SP Brasil
Tel. (11) 239-3677 Fax (11) 3105-6867
e-mail: info@martinsfontes.com
http://www.martinsfontes.com

Índice

Palavras, palavras, palavras
Hamlet, II, 2

O resto é silêncio
Hamlet, V, 2

Um crítico muito original

Vigotski, que foi profundo inovador nos campos da psicologia e da lingüística, em *A tragédia de Hamlet, príncipe da Dinamarca*, surpreende-nos pela perspicácia como crítico. Afinado com o espírito modernista, levanta questões que a crítica só iria abordar bem mais tarde. Empreende a análise de *Hamlet* partindo de uma concepção analítica que denomina "*crítica de leitor*", crítica essa que se constitui de vários elementos. O primeiro momento trata da relação do crítico com o autor e sua obra. Aqui Vigotski considera secundário o conceito de autoria, não lhe importando, por exemplo, se o autor dessa famosa tragédia foi Shakespeare, Bacon ou outro qualquer. Defende a concepção segundo a qual a obra de arte, uma vez criada, separa-se do seu criador (id. Fernando Pessoa: "Tem a arte, para nascer, que ser de um indivíduo; para não morrer, que ser estranha a ele"), ganha autonomia e não pode existir sem o leitor; é apenas uma possibilidade que o leitor realiza. Isto se deve às potencialidades polissêmicas da obra porque, sendo inesgotável a diversidade do símbolo, a obra é uma fonte de múltiplas interpretações. Mesmo quando é o próprio autor que a interpreta, está pura e simplesmente lançando mão de uma das várias possibilidades de interpretação, e esta não pode ser vista como obrigatória pelo simples fato de ser empreendida pelo sujeito criador. Endossa o crítico Yúri Aikhenvald, segundo quem o autor não é o melhor crítico de sua obra, nem sempre consegue traduzir a si mesmo da linguagem da poesia para a linguagem da prosa, pode desconhecer inteiramente toda a profundidade da obra que criou, sua irracionalidade é mais significativa e maior que a racionalidade, sua obra permite ao crítico fazer revelações de que ele, autor, nem sequer suspeitava. É por tais motivos que o autor pode não ter aquelas concepções que os críticos lhe atribuem.

Ora, se Vigotski concorda com tudo isso é porque entende a obra de arte como um grande conjunto simbólico cuja característica essencial consiste na diversidade infinita das suas interpretações, no fato de não existir uma idéia única nem ser possível uma fórmula única capaz de tudo penetrar e tudo abranger. Essa concepção de arte, no caso específico da tragédia shakespeariana, faz eco com a concepção de símbolo de Vyatcheslav Ivânov, segundo quem o símbolo é "inesgotável e infinito na sua significação, é multifacético, polissêmico e sempre obscuro em sua profundidade". Repetindo o truísmo segundo o qual toda obra de arte é um símbolo, Vigotski percebe aí toda a variedade de interpretações que uma obra suscita não só entre diferentes críticos como também entre o autor e os críticos, uma vez que a leitura não está presa a um modelo semântico fechado mas se abre, sempre e infinitamente, para a diversidade de universos de onde cada leitor a enfoca. Na sua concepção de *crítica de leitor*, Vigotski antecipa em algumas décadas a crítica da recepção e para tanto se apóia em Potiebnyá, segundo quem o leitor pode captar melhor a idéia de um poema do que o próprio poeta e a força de determinada obra não reside no que o autor teve em mente mas no efeito que ela venha a causar no leitor ou espectador.

Um segundo elemento que o leitor logo percebe em *A tragédia de Hamlet...* é a ausência de outros estudos sobre esse drama e outras obras de Shakespeare. Essa opção de Vigotski está em perfeita sintonia com aquela sua concepção segundo a qual a obra de arte não se funda sobre uma idéia única, razão por que todas as interpretações são admissíveis e o crítico pode construir sua interpretação sem se preocupar com rejeitar as interpretações anteriores. Vigotski considera a sua exegese apenas como uma das muitas possíveis, limita-se a apresentá-la como uma possibilidade e por isso não vê necessidade de fazer a "crítica dos críticos".

O último elemento dessa *crítica de leitor* reside no tratamento dispensado à obra em si. E aqui Vigotski retoma a relação leitor-obra-leitor-crítico, vendo nela um convívio dialético no qual o leitor é uma entidade indispensável, alguém que a reproduz, recria, revela. Neste sentido retoma, com alguma ressalva, a idéia de Oscar Wilde, segundo quem o papel do leitor-crítico consiste em perceber e recriar com a própria alma uma obra alheia, o que o leva a desprezar o dado externo e partir do âmago da obra, centrando apenas nela toda a sua atenção e toda a sua energia criadora. Por essa razão ele despreza as concepções pessoais do próprio autor e as opiniões de outros críticos, pois a obra em si é o seu objeto exclusivo. Tudo o que externar de objetivo ou subjetivo deverá estar contido na obra. Seu enfoque deve ser um enfoque exclusivo da obra e nunca de algum texto escrito sobre ela, o que o torna produto exclusivo da relação leitor-obra, excluindo qualquer possibilidade de metacrítica. Deixar falar a obra é sua meta primeira e última, e nesse processo ele deve construir em torno dela uma interpretação que parta do início e chegue ao fim como um enfoque coeso e pessoal, sem qualquer fragmento de opiniões alheias e marcado exclusivamente pela autenticidade do autor, que assim estará dizendo algo efetivamente novo e justificando seu esforço crítico. Tudo isso se deve ao "diletantismo" da sua *crítica de leitor*, que lhe permite omitir aspectos científicos e históricos de *Hamlet* como o tempo da escrita, as fontes, a autoria, as influências, a biografia do seu criador e toda a vasta fortuna crítica de Shakespeare, porque ela só exige dele o conhecimento dessa tragédia. Dessa perspectiva ele produz um estudo originalíssimo, no qual até a questão hamletiana é colocada numa ótica totalmente diversa da até então dominante, invertendo o tema da apatia de Hamlet e dando-lhe um enfoque diametralmente oposto àquele característico da quase totalidade dos críticos de Shakespeare.

Quando nos debruçamos sobre a leitura da tragédia como modalidade de arte dramática, verificamos que a natureza do trágico não decorre da ação de forças externas fortuitas mas da essência do próprio fenômeno, que volta sua face patética contra o indivíduo. A tragédia tem como traço essencial o fato de não admitir qualquer superação do conflito ou sua solução em um plano mais elevado. Pressupõe a livre ação do herói, sua autodeterminação, e embora sua destruição seja conseqüência natural e necessária dessa ação, ela mesma é um livre ato do indivíduo. O horror e o sofrimento, que constituem o elemento patético essencial da tragédia, não são trágicos por interferência de forças externas fortuitas mas por efeito dos elementos que internamente constituem a tessitura do enredo trágico e da ação do próprio herói. Para Vigotski, o trágico decorre dos fundamentos da existência humana, das suas raízes, porque considera trágicos o próprio fato da existência do homem, o nascimento, a vida que lhe foi dada, a sua solidão no universo, a circunstância de ter sido ele lançado de um mundo desconhecido para um conhecido, o que o coloca simultaneamente à mercê de dois mundos diferentes. E *Hamlet* é para ele a "tragédia das tragédias" por resumir a essência do trágico: o princípio, o sentido da tragédia, sua idéia e seu tom, aquilo que transforma um simples drama em tragédia, o que é comum a todas as tragédias, a voragem trágica e as leis da construção. Mas, apesar de tudo isso, *Hamlet* difere de todas as demais tragédias por não apresentar ação dramática, exatamente aquilo que pareceria indispensável e principal. Como mostra Vigotski, Hamlet é manipulado por forças situadas fora da ação dramática, por forças do além, de um mundo estranho, e daí decorre a sua morosidade que retarda a ação e cria o paradoxo da tragédia sem ação.

Ao analisar a estrutura do processo dramático, o autor mostra que a tragédia começa antes do seu início, isto é, antes de levantar-se o pano, pois o seu elemento deflagrador – o assassinato do rei Hamlet pelo próprio irmão – antecede a narração e estabelece uma dualidade de mundos na qual a ação dramática se desenvolve simultaneamente no mundo de lá, invisível, desconhecido, fora do tempo, e no mundo de cá, visível, temporal, onde tudo se move como uma sombra, como um reflexo do além, que determina e dirige as coisas e os acontecimentos no mundo terrestre. Daí o clima de mistério que domina toda a peça, clima esse que toma conta do próprio Hamlet e o impede de agir, provocando a sua morosidade e retardando, de modo estruturalmente concebido, o próprio desenrolar da ação dramática que culminará na vingança do príncipe. E Vigotski observa que a ação de Hamlet se resume exatamente na inação, que constitui o conteúdo de quase toda a peça. Para ele, a falta de vontade do príncipe deve ser considerada questão central para a compreensão da peça. Hamlet é um ser que vive em um movimento pendular entre a dor, a aflição configurada nos seus discursos obscuros e no luto permanente, e a falta de vontade, o que marca sua imagem como personagem central. Manipulado por uma força do além, Hamlet vive fora do mundo, fora da vida; é, segundo Vigotski, um místico no limiar entre dois mundos, duas vidas. Esse estado místico da sua alma é marcado por uma profunda falta de vontade, por uma paralisação interior da vontade, porque se sente manietado por uma força estranha que o dirige e lhe subordina a vontade. Essa falta de vontade ou subordinação a uma vontade estranha assemelha o estado de Hamlet àquela subordinação a uma vontade estranha que caracteriza o transe mediúnico e aquilo que Vigotski chama de *automatismo trágico.* Embora não se possa aproximar automatismo trágico de transe mediúnico, em Hamlet os dois são faces da mesma moeda: ele é um místico por estado d'alma e ao mesmo tempo o *médium* de uma tragédia controlada por uma força invisível. Seu específico automatismo trágico determina tudo.

A *crítica de leitor* liberou Vigotski dos condicionamentos formais das teorias dos gêneros e lhe permitiu avançar no sentido de descobrir uma profunda dialética dos sentimentos na representação do trágico. A empatia que Hamlet suscita em nós permite que nos desdobremos com ele e nos multipliquemos numa impressionante condensação de tempos e vidas, que saiamos da nossa condição de seres particulares para nos multiplicarmos no universalismo que caracteriza a essência do humano. Tudo isso se deve à concepção desenvolvida pelo autor, que coloca o leitor em uma relação de tamanha intimidade com a obra de arte que ele não só a vivencia como a recria na sua interioridade afetiva como fruidor do produto artístico e veículo da emoção estética. Ademais, Vigotski desenvolve ainda uma bem urdida teoria da emoção e do prazer estético que não se coaduna com a tradicional concepção de catarse e daquela sensação de serenidade e luminosidade que nos suscita a fruição da obra trágica apesar de todo o horror nela representado. Se na tradição aristótelica a catarse é entendida como purificação das emoções promovida pelo horror e a compaixão diante de um acontecimento trágico e tem como função intensificar a capacidade afetiva, emocional, do leitor e/ou espectador, a ponto de fazê-lo auferir prazer estético dos sofrimentos do herói e do crime, culminando a percepção do espetáculo em um estado de luminosidade e serenidade, para Vigotski a sua leitura da tragédia permite falar não de serenidade e luminosidade mas de obscuridade, porque a tragédia contagia a alma do leitor ou espectador com a sua dor nada serena, e nisto consiste a percepção do trágico. Essa concepção estética o leva a procurar uma alternativa à tradicional fórmula "prazer estético", que ele questiona ao se perguntar se ela não acarretaria aflição, perturbação do espírito e incorporação do trágico no ato de fruição da tragédia. Seu enfoque da relação obra-público, obra-recepção está respaldado por uma concepção estética de fundo psicológico mais próxima do espírito moderno, razão por que aquele tradicional estado de alívio e serenidade, decorrente da purgação das tensões, não encontra guarida incondicional na sua visão de prazer estético.

A tragédia *Hamlet* esteve sempre no centro das atenções de Vigotski, que planejava para o futuro um trabalho analítico sobre a crítica e as encenações da peça shakespeariana. Esse projeto foi inviabilizado pela imensa atividade que ele desenvolveu nos campos da psicologia e sustado pela morte prematura com apenas trinta e oito anos.

A *crítica de leitor* desenvolvida por Vigotski é uma concepção estética abrangente e desengessada dos moldes tradicionais, e por isso *A tragédia de Hamlet, príncipe da Dinamarca* é uma obra à altura das exigências de estudiosos de literatura e teatro, de um vasto público ledor, e ainda fornece ao pessoal ligado ao espetáculo teatral elementos para a montagem da própria peça de Shakespeare.

PAULO BEZERRA

Prefácio*

A tragédia *Hamlet* tem sido objeto de tantos livros, de uma literatura tão vasta em quase todas as línguas, de tantas análises críticas, de ensaios filosóficos, científicos (psicológicos, históricos, jurídicos, psiquiátricos, etc.) que, positivamente, afunda em um mar infindo de interpretações de que é objeto. É por isso que qualquer novo ensaio sobre esse tema necessita forçosamente de explicações prévias, que elucidem tanto os objetivos traçados quanto o próprio objeto da pesquisa.

A obra de arte (como qualquer fenômeno) pode ser estudada de aspectos inteiramente diversos; permite um número infinito de interpretações, uma multiplicidade de enfoques, em cuja riqueza inesgotável está a garantia de seu sentido imorredouro. Por isso nos parecem estéreis as discussões levadas a cabo por diversas tendências e escolas de crítica. As críticas histórica, social, filosófica, estética, etc. não se excluem de modo nenhum entre si, pois enfocam o objeto de estudo de diferentes aspectos, perscrutam o que há de diferente em um mesmo fenômeno. Assim, a questão não é saber qual dessas escolas está mais próxima da verdade e por isso deve dominar sozinha a crítica, mas em lhes demarcar os domínios, em limitar os cam-

* O leitor encontrará neste livro dois tipos de nota. As notas acompanhadas de asterisco são do próprio Vigotski; as demais são de Vyatcheslav Ivánov. (N. do T.)

pos nos quais cada uma tem a sua própria justificação, a sua própria *raison d'être*. *Hamlet* tem sido objeto de toda espécie de interpretações, inclusive psiquiátricas e jurídicas. E é claro que, em planos absolutamente diversos e que amiúde nem se cruzam, há pesquisas que estudam a relação do autor com dada obra, a data em que foi escrita, seu sentido filosófico, seus méritos dramáticos. É natural que para dizer alguma coisa nova, uma nova palavra no campo da crítica "científica", filosófica ou histórica dessa tragédia, faz-se necessária uma grande erudição, um conhecimento de tudo o que até hoje foi escrito e dito a seu respeito. Aqui a nova pesquisa encontra em seu caminho volumes pesados e trabalhos científicos, como acontece com qualquer obra científica. Mas existe o campo da crítica estética – campo que se encontra em dependência apenas indireta de tudo isso –, o campo da criação científica indireta, campo da crítica subjetiva ao qual pertencem todas as linhas que daqui se seguem.

Essa crítica não se alimenta de conhecimento científico ou de pensamento filosófico, mas de impressão artística imediata. É uma crítica francamente subjetiva, que nada pretende, uma crítica de leitor. Tem seus objetivos específicos, suas leis infelizmente ainda não assimiladas o suficiente, daí ser freqüentemente alvo de ataques imerecidos. Visto que as linhas que se seguem pertencem precisamente a essa última modalidade de crítica, consideramos necessário examinar com certa minúcia suas condições peculiares. Isso nos parece ainda mais importante porque o volume e a diversidade de estratos de análises críticas dessa grande tragédia criam a necessidade inadiável de "demarcar domínios" para traçar com clareza o caminho da compreensão da exegese que dela fazemos.

Antes de tudo, a crítica subjetiva, a crítica de leitor, é uma crítica francamente "diletante". Daí decorrem três de suas peculiaridades mais importantes e essenciais, que a distinguem de qualquer outra crítica: sua relação com o autor da obra, com outras interpretações críticas desta e, por último, com o próprio objeto da pesquisa. Abordaremos essas três peculiaridades da forma mais breve possível.

Em primeiro lugar, essa crítica não está relacionada à personalidade do autor da obra em questão. Para semelhante crítica, "decididamente, não faz diferença se o autor de *Hamlet* se chamava Shakespeare ou Bacon: isso não muda nada em *Hamlet*" (cf. 6; p. 131). Uma vez criada, a obra de arte separa-se de seu criador; não existe sem o leitor; é apenas uma possibilidade que o leitor realiza. Na inesgotável diversidade da obra simbólica, isto é, de qualquer verdadeira obra de arte, está a fonte de suas múltiplas interpretações e enfoques. E a interpretação que lhes dá o autor é apenas mais uma dentro dessa multiplicidade de possíveis interpretações, que a nada obriga. Diz Aikhenvald: "O autor não costuma ser seu melhor leitor. Nem sempre sabe traduzir a si mesmo da linguagem da poesia para a linguagem da prosa. O comentário que faz de seu próprio texto artístico é freqüentemente insignificante e superficial. No geral, pode desconhecer inteiramente toda a profundidade de suas criações, não entender o que criou. Seu irracional é mais importante e maior do que o racional. Às vezes, suas páginas facultam a seu crítico revelações que nem ele, autor, havia imaginado" (6, p. 8). O crítico não indaga absolutamente se o autor podia, em sua situação histórica e social e como indivíduo concreto (biograficamente, se é que se pode falar assim), ter as opiniões que lhe atribui. Tudo isso tolhe a crítica que, segundo palavras de Gornfeld, considera "que o significado de toda obra de arte está concentrado em sua idéia. Nesta reside seu conteúdo, sua justificação. Ela constitui sua essência, sua única essência, naturalmente porque nada pode ter duas essências. Essa idéia singular foi procurada e encontrada, e nessa procura supunha-se estar a meta da crítica e dos leitores. Interpretar e compreender uma obra significava encontrar sua idéia... Quando se pergunta 'o que expressa uma obra, o que o autor quis dizer com ela?', evidentemente se supõe que, primeiro, se pode sugerir uma fórmula que traduza de modo lógico e racional a idéia básica da obra e, segundo, é o autor que conhece essa fórmula melhor que ninguém... Pode-se questionar esse sentido único da obra de arte, sua idéia única?" (cf. 52).

A resposta negativa será evidentemente um famoso truísmo. Toda obra de arte é simbólica, e é infinita a variedade de interpretações que suscita[1]. Não existe uma idéia única, e é impossível uma fórmula que tudo penetre e unifique. "Na fábula como caso mais elementar", diz Gornfeld, "Potiebnyá demonstrou como podem ser variadas e isonômicas as interpretações e aplicações da obra de arte. Se a fábula pertence ao gênero das obras de arte, a moral do autor não é obrigatória para nós, pois não passa de uma de suas possíveis conclusões" (cf. 52). Permito-me citar um exemplo. Todos conhecem a excelente fábula *O metafísico*, de Khemnister, e sua moral superficial. Verifica-se que a fábula não ridiculariza os sonhadores, como queria um manual escolar e o faz o próprio autor. O círculo de sonhadores reunidos na casa de Fausto (*As noites russas*, de V. F. Odoiévski[2]) pensa de outro modo. A interpretação de Rostislav é mais profunda e mais interessante do que a do autor: "Apesar de seu talento, nessa fábula Khemnister foi um eco servil da filosofia descarada de seu tempo... Nessa fábula, a personagem que merece respeito é exatamente o Metafísico, que, sem ver o buraco sob os pés, metido nele até o pescoço e esquecendo a si mesmo, pergunta pelo dispositivo para salvar as pessoas que estão morrendo e faz indagações sobre o que é o tempo" (97, pp. 41-2). E não terá sido o destino de outro grande sonhador – Dom Quixote, o cavaleiro da triste figura –, que o autor ridicularizou mas que encanta toda a humanidade? Poderíamos multiplicar os exemplos até o infinito. Sócrates: "Fui ver os poetas e lhes perguntei o que exatamente queriam dizer. E quase todos os que ali estavam presentes poderiam explicar melhor que os próprios poetas o que estes haviam criado. Não é pela sabedoria que podem criar o que criam, mas graças a um dom inato e ao fato de criarem no delírio, como os adivinhos e os profetas" (*apud* 147). Goethe negava ter querido inserir uma idéia única em suas obras, etc. Potiebnyá diz a respeito: "O ouvinte pode entender bem melhor que o falante o que a palavra esconde, e o leitor pode apreender melhor que o próprio poeta a 'idéia' de sua obra. A essência, a força da obra não reside no que o autor subentendeu por ela mas na maneira como age sobre o leitor ou espectador; conseqüentemente, reside em seu conteúdo possível." Se a obra de arte não tem uma idéia única, então todas as idéias nela inseridas são igualmente válidas. "A conseqüência mais imediata e necessária da irracionalidade da obra de arte está no fato de serem lícitas suas diversas interpretações" (Gornfeld). Eis por que o crítico pode criar sua própria interpretação sem a preocupação de "refutar" forçosamente todas as anteriores. Ao fazer sua exegese como uma das possíveis, o crítico procura afirmá-la como tal, afirmar sua possibilidade sem pretender que seja única e exclusiva e sem por isso fazer a crítica dos críticos.

É esse o enfoque que a crítica "de leitor" faz do autor e de outros exegetas de dada obra. Resta elucidar o mais importante: o enfoque da própria obra. Nenhuma obra literária existe sem o leitor: o leitor a reproduz, recria e elucida. "O leitor cria o escritor... Não existe escritor sem leitor" (Aikhenvald). "Ser Shakespeare e ser leitor de Shakespeare são fenômenos que diferem infinitamente pelo grau mas são perfeitamente congêneres na essência", diz Aikhenvald, comentando Oscar Wilde (7, p. 223). O mesmo crítico: "Os conceitos de *crítica e leitor* são internamente sinônimos... Compreender o escritor significa reproduzi-lo até certo ponto... Se o próprio leitor não tem alma de artista, não entenderá nada do autor que lê. A poesia para os poetas. Para os surdos, a palavra é muda. Felizmente, todos somos poetas em potencial. E só por isso é possível a literatura... O papel do crítico-leitor é predominantemente compreender e reproduzir na própria alma a obra do outro" (6, p. 10). Porque, se "cada novo leitor de *Hamlet* for uma espécie de novo autor" (Gornfeld), se "eu tiver meu Hamlet e não o Hamlet de Shakespeare", se "meu Hamlet existir em cada geração, em cada leitor", então não se poderá levantar a questão da fidelidade da interpretação, da correspondência entre meu Hamlet e o Hamlet de Shakespeare. "O pequeno crítico, o pequeno ator o interpreta, na maioria das vezes, não de modo incorreto mas insignificante, pobre e indigente de conteúdo" (Gornfeld). Desse fato fundamental do tratamento dispensado pelo crítico-leitor ao próprio objeto de estudo (ele o recria; ele é uma espécie de seu novo autor; ele o enfoca não de fora mas de dentro; ele está sempre em seu círculo encantado, em sua esfera), decorrem duas ressalvas sumamente importantes para duas teses acima interpretadas (o tratamento dispensado ao autor e a outros exegetas de dada obra). Se, de um lado, o crítico não está preso a nada no campo da obra em estudo – nem às concepções do autor, nem às opiniões de outros críticos –, de outro está inteiramente preso a essa mesma obra; se sua opinião subjetiva (impressão) não está presa a nada objetivamente, ela mesma o prende. Ele deve estar o tempo todo apenas no campo dessa criação, sem o abandonar um só minuto, donde se infere: em primeiro lugar, sua interpretação deve ser uma interpretação autêntica de dada obra e não alguma composição a respeito; nesse sentido, o autor o prende, só que não o prende "biograficamente" mas apenas na medida em que ele se refletiu nos limites dessa criação ou, melhor dizendo, prende-o o texto do autor da obra[3]; em segundo, sua opinião deve ser sustentada até o fim e não constituída de trechos e compilações de juízos alheios: reconhecendo *objetivamente* a liberdade e a isonomia de todas as interpretações, *subjetivamente* o crítico deve ter em mente apenas sua interpretação como sendo a única (para ele) verdadeira. Gornfeld assim formula a questão: o verdadeiro artista não precisa de tais leitores; ele os teme... Para ele é tão caro o leitor que pensa quanto prejudicial o leitor que compõe. (Observo de minha parte: não estarão em *Hamlet* as alusões e os apelos contra a "alta recriação"?... Na liberdade de compreensão da verdade materializada na obra, repete-se o que acontece na liberdade religiosa: por mais que eu seja tolerante, por mais que eu respeite a diversidade de opiniões em matéria de religião, uma vez que sou religioso não posso deixar de pensar que a verdade está materializada de modo mais pleno em minha religião. E, por mais que eu entenda que sejam possíveis diferentes pontos de vista sobre a obra de arte, sempre irei considerar que meu ponto de vista é o único correto... Sem certo fanatismo, é impossível encontrar, defender, concretizar a verdade... A certa distância, podemos reconhecer de modo puramente teórico, eu diria racional, que não existe o Hamlet de Shakespeare, existe meu Hamlet, teu Hamlet, o Hamlet de Börne, o Hamlet de Gervinius, ou de Bernais, ou Rossi, ou de Mounet-Sully, e que todos eles estão em pé de igualdade; uns estão mais próximos de nós, outros mais distantes, mas todos estão mais ou menos corretos. Contudo, esse é um ponto de vista puramente racional: no entusiasmo da criação, ele é nefasto. O crítico ou artista que cria seu Hamlet deve ser um fanático. *Meu* Hamlet é uma verdade absoluta, o de outro não o é e não pode sê-lo: só nesse estado de ânimo posso criar alguma coisa efetivamente minha (Gornfeld). Só um homem sem nenhuma religião pode ser absolutamente tolerante com a crença; para o homem religioso, que acredita, a tolerância com a crença é apenas obrigatoriamente exterior, pois na interioridade é prejudicial a ele. O mesmo acontece com o crítico: sendo ele capaz de dizer alguma coisa, uma palavra nova, de criar seu Hamlet, pode ser "tolerante com a crença" apenas objetivamente, no prefácio, mas não nas páginas de seu trabalho. Ainda nos resta falar de duas conseqüências de nosso ponto de vista sobre os objetivos do crítico-leitor, embora a introdução às notas de leitor já esteja excessivamente extensa.

Antes de tudo, essa modalidade de crítica parte da tácita premissa do valor absoluto da obra examinada. Não trata de obras não artísticas: desmascarar essas obras é assunto para "a crítica ao avesso", "a crítica inversa", a crítica publicista. Assim, essa crítica examina a criação do escritor pelo prisma de sua alma, sem fazer avaliações comparativas; para ela, a obra existe fora do tempo e do espaço, e ela só lhe toma como ponto de partida "a reação à eternidade" (Aikhenvald). Em toda a imensa gradação de avaliações de Hamlet – de Goethe a Tolstói e Nietzsche, lemos: "Reconhecer Hamlet como o apogeu do espírito humano é o que eu chamo de juízo modesto sobre o espírito e o apogeu. Antes de tudo, trata-se de uma obra fracassada: seu autor me confessaria isso rindo se eu lho dissesse na cara" (7, p. 76); entre o seu reconhecimento como a obra-prima de Shakespeare e a recusa a atribuir-lhe qualquer valor artístico, tal crítica permanece sempre no campo das apreciações supremas, absolutas, e repete com Wilhelm Meister (sem partilhar sua interpretação mas coincidindo com sua avaliação): "estou muito longe de reprovar inteiramente o plano desta obra e me inclino a pensar que nunca se criou obra superior; sim, efetivamente não se criou" (*apud* 37). Essa crítica não conhece nem faz outras avaliações. "La haute critique a son point de depart dans le extase."*

De tudo o que foi dito acima, infere-se com suficiente clareza que a crítica "de leitor" não considera, de modo algum, que sua meta seja *interpretar* a obra. Interpretar significa esgotar, e depois disso a leitura perde o seu porquê. Ao reconhecer o caráter irracional da obra de arte, de maneira nenhuma o crítico está querendo explicá-la. "O crítico superior", diz Oscar Wilde, "não vê na arte uma expressão de pensamentos mas de impressões... Pode ser um exegeta se isso lhe convier. Pode passar da impressão sintética à análise ou à interpretação... mas explicar a obra de arte nem sempre é missão do crítico. Ao contrário, ele está autorizado a intensificar-lhe o aspecto

* "A crítica elevada tem como ponto de partida o êxtase." (Em francês no original russo.)

misterioso, a envolver autor e obra na nebulosidade do maravilhoso tão cara a deuses e adoradores" (154, p. 938). O crítico está autorizado a repetir as palavras de Apolon Grigóriev: "É obscura a minha teoria, leitores, não é verdade? O que fazer? Ela corresponde ao objeto" (cf. 56). Se Goethe tem razão ao dizer que, "quanto mais inacessível à razão, mais elevada é a obra" (*apud* 52), elucidá-la, torná-la acessível à razão significa rebaixá-la. Oscar Wilde diz: "Existem dois meios de não amar a arte. Um é simplesmente não amá-la. O outro é amá-la racionalmente" (157, p. 954). "A tarefa fundamental da crítica estética é transmitir suas próprias impressões" (154, p. 933). Partindo daí, é possível dividir essa crítica em duas modalidades: a primeira é a do crítico como artista, o crítico-criador, que recria ele mesmo as obras de arte. A outra modalidade é a do crítico-leitor, que tem de ser poeta *em silêncio* ("Bem-aventurado aquele que é poeta em silêncio"). Suas observações são puramente observações de leitor, que não têm sentido de criação independente. No processo de trabalho, o crítico sente mais que ninguém as "angústias da palavra", embora, ao que parece, nenhum crítico jamais tenha se queixado disso ao ler que o dever da crítica é saber dizer claramente, interpretar, completar e elucidar aquilo que o autor não enunciou ou não concluiu. Porque, se até o "pensamento articulado é mentira" (Tyútchev), se até o pensamento... se turva ao passar pela expressão, como é dito em *As noites russas*, de Odoiévski (belo livro, integralmente baseado nesse tema), então não existem palavras capazes de transmitir aquela "sensação comovida" que, sozinha, se constitui na verdadeira compreensão da obra de arte, como disse Tieck (*apud* 133). James tem toda razão ao relacionar essa "sensação comovida" ao campo das vivências místicas, cujo traço fundamental é, segundo ele, o inefável. "Muitos de nós provavelmente se lembram", diz ele, "da profunda impressão que na mocidade nos deixaram certas passagens das obras de arte: pareciam-nos uma espécie de portões enigmáticos, por onde o mistério da vida e toda a sua dor penetravam em nossos corações e os enchiam de tremor... Todo o sentido da poesia lírica e da música consiste em desenvolver essas vagas distâncias situadas fora de nossa existência individual, que emocionam, cativam e são eternamente inatingíveis. Na medida em que somos dotados dessa intuição para o místico ou a perdemos, existem ou não existem para nós as eternas revelações da arte" (68, p. 371). Tudo isso é igualmente justo se aplicado não só à música e à poesia lírica mas também à tragédia. Se, segundo Schopenhauer, a tragédia é a modalidade superior de arte – "Deve-se considerar a tragédia o apogeu da poesia..." (11, p. 48) –, então podemos falar do sentimento específico do trágico, da capacidade mística da percepção da tragédia. Não é por acaso que Nietzsche diz o seguinte do especial conhecimento trágico: quando a ciência chega a seus limites, quando "nesses limites a lógica se enrosca formando um anel e acaba picando sua própria cauda, então irrompe uma nova forma de conhecimento: o *conhecimento trágico*, que, para ser ao menos suportável, precisa da defesa e do salutar recurso da arte" (95, p. 83). E é essa específica "consciência trágica" – a que recorre o professor Zielinski em seu prefácio à tradução de Sófocles – que se faz necessária para a percepção da tragédia. Não é por acaso que Apolon Grigóriev fala do "tragicismo" como de "certa revelação", como "confirmação de vossa crença interior"; a "alma trágica". "Sabe Deus o que ela é... Talvez seja precisamente o que chamais de sopro... Exatamente certo sopro, certo alento tempestuoso..." (55, p. 37). O crítico não consegue resolver esse imperceptível e esse inefável do sopro trágico, que é a verdadeira percepção da tragédia. Segundo Vyatcheslav Ivánov, esse é o verdadeiro traço da criação simbólica: "O símbolo só é o verdadeiro símbolo quando é inesgotável e ilimitado em seu significado, quando articula na sua linguagem secreta (hierática e mágica) da insinuação e da sugestão algo inefável e inadequado à palavra externa. É multifacetado, polissêmico e sempre obscuro na sua maior profundidade... É uma formação orgânica como o cristal. É até uma espécie de mônada, e com isso se distingue da composição complexa e decomponível da alegoria, da parábola ou da comparação... Os símbolos são inefáveis e inexplicáveis, e somos impotentes perante seu integral sentido secreto" (64, p. 62).

James fala da intuição para o místico, Nietzsche, do conhecimento trágico. A tudo isso deve corresponder outra expressão, outra enunciação, outra linguagem. O místico é inexprimível, o trágico intransmissível por palavras. "Prazeres inexplicáveis" – essas palavras de Púchkin transmitem da melhor forma possível o prazer estético propiciado pela criação da arte. O crítico-criador, o crítico-artista supera a "angústia da palavra" e as angústias da inefabilidade das emoções como outras angústias da criação; cria o grandioso através da alegoria, do emprego original das palavras, de sua simbolização; supera o indizível, o inexprimível de seu discurso interior como o poeta no entusiasmo da criação. O crítico-leitor sempre fica sem palavras para transmitir o "prazer inexplicável", o inatingível. E sempre repetirá com Sully-Prudhomme: "Eu lhes transmiti meu poema e ele se tornou estranho a meu coração: melhor seria ter ficado em mim – meus verdadeiros versos nunca serão lidos" (*apud* 51). Esse tipo de crítico nunca cria – ele fala. Em *As noites russas*, isso é dito assim: "Quereis que vos ensine a verdade? Conhecei o grande segredo: a verdade é intransmissível... Investigai antes o que significa *falar*. Eu, pelo menos, estou convencido de que falar não é outra coisa senão despertar no leitor seu próprio discurso interior" (97, p. 43). Esse "discurso interior", o crítico-artista pode suscitá-lo diretamente com sua criação; o crítico-leitor não tem essa capacidade: entre sua impressão e o "discurso interior" de seu leitor, está o discurso exterior que ele não domina. Por isso, suas observações não existem como criação independente sem objeto de estudo. São uma espécie de notas pelas quais é preciso ler a própria obra mas que não existem fora da leitura e sem ela.

Citamos de modo caótico todas essas considerações aparentemente abstratas e teóricas não para expor nossa *profession de foi*, pois para isso seriam insuficientes e totalmente dispensáveis. Parecem necessárias precisamente como premissas isoladas de natureza teórica (e não como uma exposição sistemática de opiniões), *precisamente* para as linhas que seguem e *igualmente* para *Hamlet*. A isso se deve seu aspecto fragmentário e talvez sua visível irregularidade externa, mas cremos que é isso que justifica seu aparecimento, já que sua finalidade é livrar o leitor da leitura de materiais científicos, históricos e filosóficos infinitamente mais volumosos, que costumam encher os *primeiros volumes* dos estudos sobre *Hamlet*.

Ao passarmos das teses gerais às condições particulares deste trabalho, resta-nos destacar a influência especialmente considerável que algumas dessas teses exerceram em seu decorrer e dizer duas palavras sobre seus procedimentos técnicos.

As suposições básicas da crítica de leitor e seus já referidos postulados apriorísticos criam condições inteiramente novas para estudar *Hamlet*. O diletantismo dessa crítica permite deixar de lado todo o problema científico e histórico (época de surgimento, fontes, autor, influências da obra, etc.), todo o problema biográfico de seu criador (a questão Shakespeare-Bacon, etc.) e, por último, toda a imensa produção puramente crítica que existe sobre ela. Só uma coisa se exige do crítico: o conhecimento do texto da tragédia. Desse modo, cria-se um clima inteiramente diverso para a pesquisa, que fica circunscrita integral e exclusivamente ao campo de uma tragédia definida e, mais além, de sua interpretação definida. Projetado em técnicas de pesquisa, isso significa que nosso estudo não precisa resolver nenhum problema levantado de fora. Contudo, não podemos deixar de observar que, nesse caso particular, o problema de Hamlet se coloca em um plano oposto (ou seja, preso portanto a essa sua contraposição) àquele em que até hoje se tem resolvido essa questão. O leitor irá observar que nós também levantamos o problema da falta de vontade de Hamlet, só que o fazemos de outro aspecto. Cabe acrescentar que Hamlet está entre as poucas peças nas quais a própria fábula, o desenvolvimento da ação e a ligação entre as cenas exigem uma explicação, e, uma vez que toda nova interpretação propicia uma nova explicação da própria fábula, esta se aproxima de outras interpretações críticas.

De uma forma ou de outra, todos os críticos racionalizaram Hamlet, vale dizer, procuraram encontrar uma ligação *inteligível* dos acontecimentos, do desenrolar da ação, e reduzir a fábula e a imagem de Hamlet a uma série de concepções compreensíveis e conhecidas – psicológicas, histórico-literárias, biográficas, éticas, históricas, etc. Aqui, pela primeira vez, a interpretação crítica começa, toma por base, por ponto de partida a inexplicabilidade da relação entre os acontecimentos e a própria imagem de Hamlet. Outros críticos também reconheceram a "obscuridade" da tragédia, mas procuraram superá-la. Neles havia o "apesar de tudo" e o "ainda assim", ao passo que nós ressaltamos essas questões. O mistério e o ininteligível[4] não são véus que envolvem em brumas a tragédia, que deve ser examinada apenas *através* deles ou levantando-os (superando-os), como ocorre em toda a crítica de *Hamlet*, mas constituem o próprio núcleo, o centro interno da tragédia. Não se revestiu o *simples* (o compreensível) de obscuridade, mas se cercou o *mistério* de personagens, diálogos, ações, acontecimentos quase inteligíveis separadamente, só que na *disposição* incompreensível, na relação que o mistério exigia.

No fundo, este breve estudo é uma tentativa de interpretar a tragédia como mito, primeira experiência na crítica shakespeariana. Na tragédia antiga, na Bíblia, a fábula não se inventa, não é nem o *aproximado*, o possível, o acessório ou uma simples caracterização móvel das personagens. É um mito, uma realidade. A ela corresponde o *prius** estético, dela se inferem (em segunda ordem) as imagens, caracteres, idéias, etc. Aqui o símbolo não é uma alegoria mas uma realidade (V. Ivánov). Na literatura européia não é assim. Em particular, os

* Evidência primeira. (Em latim no original.)

"caracteres" da tragédia shakespeariana, como os interpreta a crítica, são certos *prius*, certos elementos originários dos quais se infere a fábula em uma ordem lógica, psicológica e histórica inteligível ou em qualquer outra ordem racional. O caminho da decodificação da crítica é outro. Pretende inversamente reduzir a fábula, a realidade da tragédia, a alguns elementos primários, em particular aos caracteres, "idéias", etc. Nosso procedimento é inteiramente oposto. Nosso ponto de partida é o mito de Hamlet, a realidade de Hamlet. Concretude originária inexplicável, a realidade da tragédia, que convence, é imperiosamente subjugadora em função da força inexplicável da hipnose e da sugestão artística. A partir dessa realidade mística, a tragédia se desenha como algo secundário, como todo o restante: imagens das personagens, fábula, diálogos, etc. Tudo isso subordinado ao fundamental[5]. A crítica européia discute, decompõe, traduz, luta com a tragédia. Para nós, existe apenas o fato artístico da percepção do mito da tragédia de Shakespeare, de sua realidade mística como verdade (realidade última, indemonstrável, sensível como verdade-realidade triunfante). Confrontemo-la com o mito; revelação religiosa da verdade, intuição, empiria – revelação artística do mito, da realidade. O tema deste ensaio é o mito da tragédia de Hamlet, príncipe da Dinamarca. O mito como *verdade* religiosa (segundo a categoria gnosiológica) *revelada* em uma obra de arte (tragédia).

Os problemas são colocados pelo próprio estudo, são determinados pelo interesse do crítico; o texto do estudo conhece *exclusivamente* a tragédia e seu reflexo na alma do autor; em todo o trabalho, não aparece uma só citação (salvo, evidentemente, as do texto da tragédia), por mais tentador que nos parecesse recorrer vez por outra à autoridade de algum crítico, fazer nossas as suas palavras ou completar nossa análise com algum pensamento dele, já que nossas suposições não só nos livram como obrigam a esse procedimento. Só nas notas (estas devem ressaltar não só o caráter acessório, secundário, do material ali incluído, mas principalmente o inconcluso, o não elaborado, os temas abordados) nós nos referimos às opiniões de outros críticos, citamo-nas para explicar nossas teses. Duas palavras sobre tais notas, de como surgiram e seu lugar neste estudo. Ocorre que a mudança do enfoque fundamental da tragédia, que é o que estas linhas pretendem expor, modifica radicalmente a visão de *todos* os problemas esteticamente críticos que *Hamlet* suscita (a análise de outros críticos, a crítica dos críticos e a apreciação de seu trabalho, as realizações cênicas da obra, traduções, aproximações e contraposições de outras obras de arte, etc.); todos esses problemas – *Hamlet* na crítica, *Hamlet* em cena, *Hamlet* nas traduções, *Hamlet* na literatura – aparecem de um modo completamente diverso à luz da nossa interpretação da tragédia. É claro que todos esses temas são especiais, diretamente relacionados com o nosso, derivam dele, mas apesar disso exigem um estudo à parte. Tudo isso é trabalho para um futuro distante, e se esse trabalho algum dia chegar a realizar-se com outro trabalho já planejado, do qual falaremos adiante, dará acabamento definitivo ao tema. Tiramos pouquíssimas citações, e ainda assim sobre temas inacabados, do número incalculável de notas que produzimos durante muito tempo, no processo de leitura permanente sobre Hamlet e de meditações sobre o mesmo assunto, feitas de passagem e de modo não sistemático, e que são temas particulares não elaborados sem relação externa alguma entre si mas unidos por uma visão interna comum, cuja base é constituída pelo nosso ponto de vista sobre a tragédia. Assim, apresentamos parte de um material bruto sobre o mesmo tema tomado a este e a outros trabalhos. Ao escolhermos essas notas, nós nos orientamos pelas seguintes considerações: em primeiro lugar, selecionamos aquilo que imaginávamos poder contribuir para esclarecer o tema principal e que estava a este subordinado, determinando o desconhecido pelo conhecido, comparando (e contrapondo) nossas opiniões a opiniões célebres e confrontando Hamlet com outros heróis literários; a finalidade desse grupo de notas é esclarecer nosso pensamento principal. Em segundo, escolhemos os temas mais modernos pelas idéias, fruto da reflexão pessoal do crítico, e os mais interessantes porém até hoje despercebidos; por último, citamos em tradução as passagens da tragédia, que no estudo aparecem em original inglês (que nos parece particularmente importante e não exige mais explicações depois do que já foi dito da importância do texto da tragédia para o crítico). Em geral, o caráter das notas – casual, não sistemático – foi determinado mais pelas condições subjetivas do trabalho (seleção de livros, impressões, etc.) do que pelas exigências objetivas do tema. Pensamos que a crítica dos críticos, que às vezes fazemos neste trabalho, não contraria as opiniões desenvolvidas nesse preâmbulo. Aqui – no campo teórico –, todas as interpretações devem ser consideradas igualmente válidas, e não é nossa meta refutar as opiniões alheias. Contudo, tão logo entramos no domínio da crítica, no domínio da disposição artística, esse ponto de vista acaba sendo prejudicial. Ao estabelecermos e afirmarmos nossa concepção, estamos *subjetivamente* rejeitando as outras concepções, embora *objetivamente* não haja necessidade de fazê-lo. Desse modo, as notas sem significado independente não passam de meros apontamentos dispersos, esboços de temas isolados que, de uma forma ou de outra, são contíguos a este estudo crítico. Fechar-se no ciclo da obra aqui estudada é mais fácil por ser *Hamlet* uma obra singular na literatura mundial (por mais estranho que pareça, se considerarmos o grande número de tragédias com o mesmo enredo na literatura mundial e com caracteres aparentemente similares) e singular precisamente entre as tragédias de Shakespeare (razão por que é tão afetada a interpretação de *Hamlet* quando metida à força no conjunto de toda a obra de Shakespeare, como em Brandes e Chestov, por exemplo). ("Um admirador de Goethe", conta L. Börne, "me disse uma vez: 'Para entender os seus poemas é preciso conhecer também as suas obras sobre ciências naturais'" (cf. 20). Não conheço essas obras, mas que obra de arte é essa que não explica a si mesma? Ora, eu nada sei sobre a história do desenvolvimento de Shakespeare, e entretanto compreendo *Hamlet* tanto quanto podemos compreender aquilo que nos encanta! Por acaso precisamos ler também *Otelo* para entender *Macbeth*? *Hamlet* é um mundo absolutamente peculiar. "De todos os dramas do poeta britânico", diz Börne, "que não tratam da história mas das lendas da Inglaterra, *Hamlet* é o único que transcorre em solo nórdico, sob céu nórdico... *Hamlet* é uma colônia do espírito shakespeariano, situada em outra faixa que possui outra natureza e é regida por leis inteiramente diversas daquelas da metrópole" (19, p. 859). E são essas leis diversas que o crítico deve descobrir. Contudo, descobri-las, mostrar o seu movimento, não significa, de maneira nenhuma, transferi-las para a linguagem dos conceitos lógicos, elucidá-las; basta apenas que se permita sentir o seu efeito, a sua influência milagrosa sobre o desenrolar dos acontecimentos no drama. Parafraseando palavras de Richard Wagner sobre música, mas igualmente aplicáveis a todas as modalidades de arte, podemos dizer: a tragédia (e *Hamlet* em particular) "é a própria idéia do mundo, de sorte que quem for capaz de traduzir plenamente a *tragédia* (a música) em conceitos produzirá ao mesmo tempo uma filosofia que explicará o mundo". Mas traduzir a tragédia ou a música em conceitos significa matá-la. É preciso adotar essa "idéia do mundo", expressa precisamente na tragédia (ou na música). É essa a meta da presente concepção de arte. Voltamos, porém, a esbarrar aqui na questão já levantada da intradutibilidade, da inefabilidade da impressão artística. Visto que é quase a primeira vez que ouvimos esse tipo de queixa de um crítico, supomos não ser demais examinar na conclusão dessas linhas exatamente esse problema. Aqui é preciso distinguir, se é que podemos falar assim (duas intradutibilidades), dois aspectos de uma mesma questão. O primeiro é a intradutibilidade da própria idéia de *Hamlet*, da sua impossibilidade de ser captada pela palavra. A idéia da tragédia, as leis que a regem (e, conseqüentemente, a idéia do mundo e as leis do mundo interpretadas pela arte) permanecerão um eterno mistério, que atrai de modo irresistível mas permanece fechado de modo irremediável e eterno para a consciência humana. O importante na tragédia não é a apreensão (o desvelamento) mas a sensação. A própria tragédia continua para sempre sob o signo da interrogação, do problema. "Digam o que disserem", reconhece Goethe, "uma peça como *Hamlet* oprime a alma como um problema sombrio" (49, p. 593).

"Essa obra enigmática assemelha-se a equações irracionais: nestas, grandezas incógnitas deixam constantemente uma fração que não há como resolver" (122, S. 146). A obscuridade da peça é examinada por quase todos os estudiosos: Brandes, Ten-Brink, Fischer, Börne e outros. Tolstói, Voltaire, Rümelin e outros "negadores" da tragédia falam abertamente da mesma coisa mas avaliam de modo diferente: consideram isso incompreensibilidade, absurdo e confusão na peça. Não temos a menor intenção de levantar o véu diante do qual nos encontramos e, ao contemplar *Hamlet*, usando imagens de Gessner, desvelar as faces das personagens dessa "tragédia de máscaras"; não pensamos levantar o véu que, segundo bela expressão de Börne, paira sobre o quadro mas que não pode ser retirado, uma vez que foi desenhado no próprio quadro (19, p. 861).

Esta é a primeira "intradutibilidade"[6]. A segunda é a intradutibilidade da própria impressão ou, talvez, simplesmente a inabilidade de escrever. Enquanto a primeira intradutibilidade é perfeitamente legítima e necessária, a segunda são as autênticas "angústias da palavra" decorrentes do fato de que aqui se abre "um abismo que separa o pensamento da expressão" (Odoiévski, *As noites russas*). Em um magnífico conto de Apolon Grigóriev, *O grande trágico*, o autor narra a sua "infeliz paixão" pela guitarra, cuja história é até certo ponto a história desse trabalho. Essa "infeliz paixão" pelo instrumento ("que se me entregava com grande dificuldade, apesar de todos os meus esforços e do meu empenho, que levavam, e ainda levam, ao profundo desespero os meus familiares e amigos moscovitas, e que sempre acabavam, mais cedo ou mais tarde, por deixar furiosos os donos dos vários apartamentos e hotéis em que costumo me hospedar no exterior") tinha uma profunda causa interna: "Há paixões desesperadas que, com o passar dos anos, tornam-se desesperadamente arraigadas. Arrancar vez por outra um tom do rebelde instrumento tornara-se para mim uma necessidade, como tomar um copo de chá pelas manhãs... A culpa daquela paixão guitarresca... era dos sons plenos, potentes, ao mesmo tempo suaves, melancólicos, com um quê de íntimos que eu havia ouvido... e que ecoam aos meus ouvidos como o ideal quando quebro os dedos. Um meu amigo *perverso*, um dos inimigos mais ferozes e implacáveis da minha guitarra, em um momento de disposição *especulativa*, em que toda deformidade é explicada por princípios superiores, compreendeu isso. 'Senhores', disse, dirigindo-se aos outros amigos, no instante em que... eu... havia apanhado a guitarra do divã e procurava arrancar notas melancólicas e ao mesmo tempo arrebatadoras de uma dança húngara. 'Senhores', disse meu amigo (provavelmente lhe ocorreram naquele momento várias conclusões sobre o sistema psicológico de Benecke, que ele tanto apreciava), 'eu compreendo que ele não está ouvindo nesses tons o que nós ouvimos, mas coisa bem diferente. De fato, a dança húngara de Iván Ivánovitch, intensa e comovente, queixosa, cantante e amargamente humorística ecoava em meus ouvidos... A observação do psicólogo era justa, apesar de tudo: até hoje, sem esperança de voltar a ouvir o tom potente de Iván Ivánovitch, eu o escuto com o ouvido da alma.'" Por que não haverá esse ouvido da alma, se Hamlet vê seu pai com "os olhos da alma"? O crítico se compara à vontade com o herói do conto que acabamos de citar e compara o envolvimento que o motivou a escrever este ensaio com a "paixão desesperada" pelo instrumento rebelde. "Arrancar" sons do interior de instrumento rebelde enquanto ouve com o "ouvido da alma" a melodia potente e triste é o destino do crítico. Isso efetivamente traduz da melhor maneira possível o processo figurado de "arrancar" notas. Esse ensaio foi concebido, em princípio, como descrição da representação de um artista imaginário, fictício, ou de artistas (uma fantasia, uma visão, ou melhor, um sonho com *Hamlet* em cena, porque o processo de percepção da obra de arte pode ser comparado ao sonho). Poderia parecer que essa forma de estudo devesse nos mostrar com mais clareza o que ouvimos no nosso interior, o que ecoa na nossa alma (Bielinski sobre Motchálov). Infelizmente, não nos tem ocorrido ver na realidade um artista representando integralmente *Hamlet* (e dificilmente o veremos algum dia: achamos impossível representar *Hamlet*); teríamos de reunir traços particulares da representação de artistas visíveis ou ver com "os olhos da alma" o imaginário. Porque, como *Hamlet* não pode ser transmitido em palavras, do mesmo modo não se pode personificá-lo em imagens visuais e auditivas. "Hamlet não é um papel típico", diz Motchálov, "ninguém consegue representá-lo, e nunca houve ator capaz de representá-lo. Pode-se representar o Rei Lear, Otelo e muitos outros papéis shakespearianos. Só que o mesmo não ocorre com Hamlet. É impossível representar Hamlet... O ator deve exaurir-se nele como o judeu errante. Ninguém o suportaria, nenhum ator... É impossível..." (*apud* 117).

Por outro lado, o crítico está em condições incomparavelmente melhores do que, por exemplo, o poeta lírico. O crítico dispõe de meios para fazer sentir o que ele mesmo sente, contagiar seu estado de ânimo, "motivar o discurso interior" do leitor, mostrar que ouve com o "ouvido da alma". Caso contrário a meta do crítico-leitor seria irrealizável em si, e ao crítico restaria ser "poeta em silêncio", "esconder para si as altas criações da alma". Felizmente, não é o que acontece. A "voz" que "*sussurra como em sonho*" verbos inefáveis não está na alma do crítico (como do poeta lírico) e por isso não é inexprimível: essa voz é a mesma voz da tragédia, suas "*palavras, palavras, palavras*". E se essas observações do leitor (esses tons "arrancados" da alma) não têm sentido independente, se não traduzem o que ouve o "ouvido da alma", se não existem independentemente, a despeito da tragédia que os suscitou como o som suscita o eco, ainda assim isso não torna irrealizável a meta da crítica de leitor. Quem tem ouvidos ouve, o leitor que tem "ouvido da alma" pode ouvir as *palavras da tragédia*, seus "verbos inefáveis", só que com entonações de crítico. Elas não existem sem a própria leitura, sem as palavras da tragédia. Essas observações de leitor, esses tons "arrancados" são uma espécie de *entonações internas* na leitura de *Hamlet*, que não existem sem a própria leitura. E é possível que, recorrendo à leitura da tragédia, à sua percepção artística integral, o leitor ouça em seu som o que nós ouvimos. *Só assim* é possível transmitir a emoção do crítico; sua meta é direcionar a percepção de algum modo, apontar-lhe a respectiva direção. O resto fica com o leitor: vivenciar *nessa direção, nesses tons* (entonações), a tragédia. De sorte que *esse estudo é apenas o direcionamento da emoção, o seu tom*, apenas os contornos da sombra lançada pela tragédia. E, se pela vivência (sonho) artística o leitor perceber essa tragédia exatamente nesse sentido, nesses tons, a meta do presente estudo estará realizada e a inefabilidade do pensamento do crítico verterá e submergirá no silêncio elevado e infinito que cerca as palavras da tragédia e conclui o seu mistério. (A inefabilidade e o silêncio são as duas "intradutibilidades" de que já falamos; verter não é a mesma coisa: inefabilidade é deficiência, é prejuízo, depreciação do sentido, definhamento do espírito, sua incompletude..., que é preciso superar; o silêncio é um excedente, a plenitude, a conclusão do pensamento, o mistério, o que é preciso aceitar.) Assim se resolve o problema para o crítico. "E nós, como ficamos?", pergunta no conto de Grigóriev o outro amigo depois das explicações do psicólogo. E é esse "nós, como ficamos?" dos leitores que levanta o problema do *valor objetivo* desses tons "arrancados", da sua *necessidade* para a percepção da tragédia. A pergunta de Liérmontov ao poeta pode ser estendida ao crítico-leitor: "O *que nós temos a ver* se sofreram ou não? *Para que sabermos* dos teus sofrimentos?..." Porque também o crítico fala dos *seus* vivenciamentos da criação artística, dos *seus* "sofrimentos, angústias, esperanças, lamentos", como o poeta lírico, porque toda crítica objetiva ou subjetiva (especialmente a última) é, segundo palavras de Oscar Wilde, uma autobiografia da crítica, uma história da sua "visão". Eis por que nem *todos* precisam das suas notas, nem *todos* têm a ver com elas. Citemos as palavras de Nietzsche como dedicatória: "A vós, ousados perseguidores de aventuras, experimentadores, e a todos que algum dia se lançaram aos mares terríveis com velas pérfidas, a todos os embriagados pelos enigmas, que conhecem a alegria da penumbra, a todos cujas almas estão atraídas pelos sons das flautas e toda sorte de voragem enganadora – porque não quereis com mãos pusilânimes tatear a linha; e onde podeis *adivinhar* odiais *construir conclusões* – a vós e só a vós contarei o enigma que eu mesmo vi..." (96, p. 331).

Apreciá-las não é assunto nosso, e "como ficamos" – os leitores – é coisa em que o crítico não pensa. Por que o crítico tomou da pena é uma questão especial, complexa e, sobretudo, íntima: sua decisão deveu-se a aspirações objetivas, a uma necessidade subjetiva de elucidar para si mesmo a "infeliz paixão" ou a um pendor irresistível, que se gosta tanto de invocar? Será que o crítico repetiria "mihi ipsi scripsi"* com Nietzsche, será que concordaria com Daudet, que escreve "no fim das contas só para a multidão" por considerações práticas, ou faria como "o homem ridículo" de Dostoiévski, para quem era "difícil conhecer sozinho a verdade"? Diz Apolon Grigóriev: "Por que o coração pede confiança, por que procura dividir com avidez cada impressão sagrada, bela?" (Ofélia). São questões íntimas, talvez confusas para o próprio crítico, e por isso não devemos tratar delas aqui. O objetivo deste prefácio é defender, na medida do possível, a *possibilidade* (e só) objetiva de um estudo crítico desse tipo, e nunca demonstrar a sua necessidade objetiva. A meta destas linhas é protegê-lo de acusações imerecidas de pretensões injustificadas

* "Escrevi para mim mesmo." (Em latim no original russo.)

(que absolutamente não existem!), que desabam como chuva sobre a crítica subjetiva como crítica diletante. A crítica diletante sofreu a mais severa censura (por exemplo: Storojenko – *O diletantismo na crítica shakespeariana*). A nosso ver, Lanson formula corretamente essa questão: "A desgraça está em que ela (a crítica impressionista) nunca fica nos seus limites. Que o homem escreva o que acontece com ele quando lê esse ou aquele livro, e que se limite a descrever a sua reação interna sem acrescentar mais nada: seu testemunho será de grande valor para a história da literatura e nunca será supérfluo. Mas raramente o crítico pode resistir à tentação de acrescentar julgamentos históricos às suas impressões ou apresentar sua compreensão individual como a verdadeira essência do objeto" (*apud* 52).

Por todas as considerações aqui formuladas, achamos que não será supérfluo este estudo crítico das impressões de um leitor, ainda que não apresente "sua compreensão individual como a verdadeira essência do objeto", não acrescente a suas impressões julgamentos históricos e se limite a transmitir sua reação interna diante de *Hamlet* com a modesta vontade de beber no seu próprio copo, seja ele qual for, nada afirmando e, numa palavra, observando a todas condições aqui levantadas.

P. S. Este prefácio lembra um tema especial, *puramente literário*, cujos traços aparecem nas notas. Deve servir como uma espécie de introdução ao presente estudo e constitui, com outro tema puramente religioso, que mencionaremos adiante (Capítulo I) objeto de trabalho de um futuro distante. Este último tem relação direta com o presente estudo e o sucede, de sorte que o estudo ocupa entre eles uma posição intermediária, e, se todos os três forem um dia realizados, constituirão uma trilogia dedicada ao problema artístico-religioso de *Hamlet*.

I

No fechado círculo diário do tempo, na infinita cadeia de horas claras e escuras, existe uma, a mais confusa e indefinida, o limite imperceptível entre a noite e o dia. Em pleno amanhecer, existe uma hora em que a manhã já chegou mas ainda é noite. Não existe nada de mais misterioso e incompreensível, e mais enigmático e obscuro, do que essa estranha passagem da noite para o dia. A manhã chegou mas ainda é noite: a manhã parece submersa na noite que se derrama ao redor, como se flutuasse na noite. Nessa hora, que parece prolongar-se apenas por uma insignificante fração de segundo, tudo – objetos e pessoas – tem uma espécie de dupla existência ou existência desdobrada, uma noturna e uma diurna, uma na manhã e outra na noite. Nessa hora, o tempo torna-se instável e constitui uma espécie de tremedal que ameaça desmoronar. O inseguro manto do tempo parece desfiar-se, desfazer-se. Assusta a impossibilidade de exprimir o mistério singular e triste dessa hora. Como a manhã, tudo está submerso na noite, que assoma e se desenha atrás de cada faixa de penumbra. Nessa hora, em que tudo vacila, impreciso e instável, não existem sombras na acepção comum da palavra: não há reflexos obscuros de objetos iluminados lançados à terra. Mas tudo parece uma espécie de sombra, tudo tem o seu aspecto noturno. É a hora mais aflitiva e mística; é a hora em que o tempo desmorona, em que se rasga o seu inseguro manto; é a hora em que se desvela o abismo da noite sobre o qual ascende o mundo diurno; *a hora da noite e do dia*[7]*.

É essa hora que a alma experimenta ao ler ou assistir à tragédia de Hamlet, o príncipe da Dinamarca. É nessa hora que está submersa a alma do espectador ou do leitor, pois é aí que a própria tragédia tem sua significação e faz-se semelhante a ela: ambas têm uma única alma. Esta é a tragédia mais ininteligível e enigmática, inexplicável e misteriosa em sua própria essência, e permanecerá indecifrável para sempre. No instante em que a alma se afina com um tom lírico elevado, a tragédia pode imprimir-se de modo indelével, deixar marcas inapreensíveis porém eternamente ativas, ferir de uma vez por todas o coração com a dor de um encanto até então nunca visto. Mas essa imagem não cabe em palavras, ela é a dor profunda e a mais íntima ferida da alma, e essa dor é uma dor não articulada, não verbalizada, não enunciada.

Em verdade, ela lembra a hora que antecede a alvorada. Toda ela, ainda que invisível e palpável (audível), está submersa em algum tipo de noite; tudo nela é disperso, desdobrado[8]. Tudo nela tem dois sentidos: um visível e simples, outro inusitado e profundo. Nessa tragédia, por trás de cada palavra revela-se uma espécie de abismo, sonda-se, percebe-se uma profundeza ilimitada e assustadora – seria a última? – que só a noite conhece, no momento em que todos os véus foram retirados do seu abismo. A tragédia ocorre numa profundidade tamanha da alma humana que não conseguimos evitar a vertigem ao viver a sua voragem.

Insólita, diferente de qualquer outra tragédia, ela carece do que pareceria ser o indispensável e principal: a ação dramática. É uma tragédia sem ação. Se adotarmos as definições escolares (infelizmente não só as escolares) da tragédia como representação da luta do herói – luta externa ou interna –, então *Hamlet*, enquanto tragédia sem luta, terá de ser excluída dessa categoria por tratar-se de uma tragédia sem ação. Mas

---

* Aqui e doravante sublinhado por Vigotski.

será verdadeiramente nisso que consiste a tragédia? *Hamlet* tocou as últimas profundidades do trágico. Como tal, o trágico decorre dos próprios alicerces da existência humana, sedimenta o fundamento da nossa vida, medra das raízes dos nossos dias. É trágico o próprio fato da existência do homem – seu nascimento, a vida que lhe é dada, sua existência individual, seu distanciamento de tudo, seu isolamento e sua solidão no universo, o deslocamento de um mundo desconhecido para o mundo conhecido com a sua conseqüente entrega constante a esses dois mundos. Se a tragédia é a forma da suprema criação artística, então *Hamlet* é a suprema das supremas, a *tragédia das tragédias*. Não se trata de uma simples pomposidade "oriental" da expressão mas de um sentido perfeitamente definido; *exatamente o da tragédia das tragédias*. Nela há tudo o que na tragédia constitui a tragédia; o próprio princípio trágico, a própria essência da tragédia, sua idéia, seu tom; o que transforma o drama comum em tragédia; o que é comum a todas as tragédias; aquele abismo trágico e aquelas leis do trágico sobre as quais se estruturam todas as tragédias[9]*.

Esse abismo trágico, que se sente a cada palavra, dá seu sentido a toda a peça. E não é por tratar-se da *tragédia das tragédias* que nela não existe o que necessariamente deve existir em qualquer tragédia (a ausência de ação)? Cada situação, cada um de seus episódios é tema para uma tragédia particular; cada personagem pode tornar-se herói de uma tragédia especial; esta pode ser desmembrada em tantas tragédias particulares quantas forem as personagens particulares nela presentes ou quantas forem as intrigas particulares de seu enredo, porque algumas personagens podem tornar-se heróis de várias tragédias. Mas essas tragédias particulares não foram elaboradas mas apenas esboçadas, insinuadas; não foram desmembradas mas fundidas, correlacionadas por um aspecto comum a todas elas, de sorte que sua fusão produz a tragédia das tragédias, na qual se ajusta seu aspecto comum.

Em suma, toda tragédia é inexplicável. Ainda mais a tragédia das tragédias, cujo fundamento é o *próprio trágico*. Todo germe do trágico elaborado em drama produz uma tragédia particular, na qual o drama pode ser explicado de mil maneiras, resultando daí que todas as explicações que decompõem o drama chegam ao germe indiviso do trágico que converteu o simples drama em tragédia. Em *Hamlet*, existem vários dramas que brotaram desses germes trágicos (donde sua aparente confusão e ordem, sua heteronomia) e estão todos orientados para algum centro, para o foco interno da peça, e todos interligados por seu aspecto trágico, isto é, seu último aspecto inexplicável e indivisível. Por isso, tudo o que acontece na tragédia tem um sentido determinado, mas está submerso na noite. Ao lado do drama externo e real, desenvolve-se outro em profundidade, o drama interno, que transcorre em silêncio (o externo transcorre em palavras) e para o qual o drama externo é uma espécie de moldura. Atrás do diálogo exterior e audível, percebe-se o diálogo interior em silêncio. A ação se desdobra e em toda parte percebe-se a influência miraculosa de forças misteriosas. Sente-se que o que ocorre em cena é apenas parte da projeção e do reflexo de outros acontecimentos que se desenrolam nos bastidores. A ação se desenvolve simultaneamente em dois mundos: neste, no mundo temporal e visível, onde tudo se movimenta como uma sombra, como reflexos, e no outro mundo, de onde são determinados e dirigidos os assuntos e acontecimentos deste. A tragédia ocorre em plena fronteira que separa o outro mundo deste, a sua ação se desloca para a própria fronteira da existência deste mundo, para o seu limite ("o clima de cemitério" da peça: morte, assassinato, suicídio, "ar de túmulo"); ela é representada no limiar entre os dois mundos, e a sua ação está não só deslocada para o limite deste mundo como freqüentemente atravessa *para o outro lado* (o tema do outro mundo, do além-túmulo na peça). E esse limite entre dois mundos subjaz em tal profundidade à ação da tragédia e das almas das personagens que se funde com o abismo trágico, última profundidade de *Hamlet*. Toda a tragédia se movimenta no espaço do insondável, em alguma outra realidade extratemporal, extra-espacial; nela rasgou-se o véu do tempo; a dor da ferida está exposta; e toda ela é como um véu, tênue e trêmulo, tecido de dor e paixão, de angústia e sofrimento, a cobrir o último mistério. Daí o clima de mistério (ou incompreensão, confusão dos acontecimentos, que é a mesma coisa) que envolve cada palavra em movimento, que faz ecoarem de modo diferente os discursos simples e dá um encanto tão irresistível a toda a peça. Nela se percebem raios misteriosos e invisíveis de outros mundos, linhas invisíveis lançadas *de lá*, que ligam, tolhem e *prendem* cada ato, cada pensamento. Esses raios *escuros*, essas linhas do outro mundo preenchem toda a peça, *iluminam* com a sua luz mística oriunda de fonte desconhecida. E toda a tragédia é simbolizada pela cor negra. O que significa a cor negra pura? É o *limite*, o *limiar* da cor, *a mistura de todas as cores* e *a ausência de cor*, é a travessia do limite, o resvalo para o outro mundo. Expressão terrestre da ausência de cor, da passagem de *todas as cores* em sua fusão pelo limite, que é um buraco para o outro mundo –, a cor negra simboliza essa peça, em que a fusão de todas as cores da vida humana produz ausência de cor terrestre, sua negação (a tragédia), cruza o limite da vida e, voltando-se para o outro mundo, permanece negra na terra[10*]. A tragédia se estrutura no próprio mistério, no abismo da noite. É como se fosse uma tragédia exterior que esconde a tragédia interior, como se fosse uma tragédia de máscaras atrás da qual se desvenda a tragédia de almas.

Os acontecimentos se desenvolvem e se realizam segundo leis que não estão *aqui*, no palco, *mas lá*, nos bastidores, sua lógica está *lá*, e é *de lá* que eles vêm. Aqui eles são incompreensíveis, aqui não têm raízes, são imotivados. Suas raízes e seus motivos não estão aqui: nem nos caracteres das personagens, nem na lógica da necessidade do desenrolar das ações.

"Aos diabos, aqui há algo de sobrenatural, bom que a filosofia o imaginasse", diz Hamlet. E todo leitor, como Horácio, diria da peça: "*Dia e noite! Como tudo isto é assombrosamente estranho!*"

Hamlet
Pois dai-lhe o acolhimento que se dá a estranhos.
Há no céu e na terra, Horácio, bem mais coisas
Do que sonhou jamais nossa filosofia (I, 5).

Nisso se estrutura toda a peça[11*]. Horácio, que propriamente não age mas observa toda essa tragédia que não está na peça mas fora dela, diz sobre todos esses acontecimentos o seguinte a Fórtinbras, que chega para o desfecho: "Que é que procurais? Se é um quadro de desgraça e dor, cessai a busca" (V, 2). São desgraças (tragédia) e maravilhas. Em seguida:

E deixai-me dizer ao mundo, que não sabe,
Como estes fatos sucederam; ouvireis
De ações carnais, sanguinolentas e incestuosas;

E toda a impressão que deixa a tragédia pode ser transmitida por esse grito melodioso e selvagem, delirante e frenético de Hamlet:

Oh, wonderful!

Hamlet, já ensinado pela morte a que já está entregue (ele já está morto) diz:

I am dead, Horatio. (...)
Vós que estais branco e a tremer ante a desgraça (...)
Tivesse eu tempo – se este duro esbirro, a Morte,
Não fosse estrito ao nos prender – eu vos diria...
Mas seja o que há de ser. Horácio, eu estou morto,
Porém tu viverás (V, 2).

E ele deixa a Horácio o legado de viver: "explica a minha causa", e em seguida o incumbe de transmitir a Fórtinbras o seu voto, ao dizer:

Repete-lhe isso, e narra-lhe os sucessos graves
E os menos importantes que me estimularam:
O resto é silêncio.

Já morto ("I am dead"), já com um pé na sepultura, Hamlet *sabe tudo o que poderia contar*. E eis que ele esboça esses dois sentidos da tragédia. Um é a narração externa da tragédia que Horácio deve fazer com maiores ou menores detalhes. Ele nada sabe, ele é apenas um observador da tragédia, ele narrará a sua fábula, os seus acontecimentos. Sabemos o que ele irá contar:

E deixai-me dizer ao mundo, que não sabe,
Como estes fatos sucederam; ouvireis
De ações carnais, sanguinolentas e incestuosas;
De acidentes, desgraças e fortuitas mortes;
De execuções que a manha e a coerção ditaram,
E, no remate, de intenções mal consumadas
Que recaíram sobre as frontes que as tramaram
Tudo isso posso relatar-vos fielmente (V, 2).

Isto é, poderia relatar a fábula da tragédia. Desse modo, é como se a tragédia realmente não terminasse; no final, ela parece fechar o círculo voltando a tudo o que havia se passado diante do espectador no palco, só que dessa vez em narração, mas apenas em reprodução de sua fábula. O círculo está fechado: a tragédia, incompreensível, saturada de acontecimentos incompreensíveis e contranaturais ("sanguinolentos...", etc.), continua ininteligível na narração de Horácio. E o seu segundo sentido não é narrado, não é apresentado na peça mas levado para a sepultura, esse sentido que nos poderia ser relatado pelo Hamlet já morto, pois tudo isso se realizou em sua alma.

Que segundo sentido é esse da peça, que Hamlet levou para a sepultura e a ele só se revelou na hora da morte? Por que ele contaria sobre a catástrofe trágica para nós, espectadores pálidos e trêmulos?

Nas palavras *póstumas* de Hamlet, a tragédia se divide nitidamente em duas partes: uma é a própria tragédia, as suas "palavras, palavras, palavras", a sua *narração* (Horácio), e a outra é *o resto que é silêncio*. Que resto é esse que é silêncio? Aí reside tudo.

Esse "segundo sentido" da tragédia é "o resto", o que a peça não narra, o que não apresenta mas surge dela: seja isso *o que* for, isto é, seja qual for a sua essência, fica claro que só ela pode explicar a narração "*contranatural*" de Horácio, a primeira parte da tragédia, as suas "palavras, palavras, palavras". Esse "o resto" é a raiz (ainda que irracional: o sentido desse "o resto" evidentemente não pode ser revelado nas idéias, nos conceitos lógicos; ele é sobrenatural, pertence ao mundo de além-túmulo; *o resto é silêncio*) que resolve a equação. Só podemos compreender a tragédia de Shakespeare (a narração de Horácio) substituindo as suas "palavras, palavras, palavras" por "o resto é silêncio".

Como já dissemos, esse "segundo sentido" não é apresentado na peça, não é narrado nela, a tragédia se fecha num círculo, passando para a narração de Horácio.

Entretanto, ele é indispensável para se resolver o problema da tragédia, para se compreender a sua narração. E eis que, apesar de tudo, esse segundo sentido, que é dado na peça, consiste na própria tragédia, como a raiz de uma equação é dada na própria equação, existe nela, mesmo sendo irracional, ou seja, não pode ser expresso e não existe em si mesmo fora da equação, pois é dado nela. Esse "sentido" é dado na própria tragédia, ou melhor, existe nela, no desenrolar da sua ação, no seu tom, nas suas palavras. Eis por que ela sempre se movimenta no silêncio. É a base subjacente da tragédia, a fonte trágica.

É por isso que nas linhas subseqüentes, eivadas de uma profunda sensação desse "segundo sentido" da tragédia, não diremos uma única palavra diretamente sobre ele. Basta apenas perquiri-lo na própria peça, estudar as suas fontes *trágicas* subjacentes[12*].

É claro que se pode falar também *diretamente* do "segundo sentido", mas este já é um tema especial que requer um enfoque especial, tema, por assim dizer, místico, atinente ao sobrenatural (como o próprio "sentido"), metafísico, que permite para consigo apenas uma atitude religiosa situada além dos limites da percepção artística da tragédia.

Aqui, esse "segundo sentido" nos ocupa apenas nos limites estritos da tragédia, no círculo fechado das suas "palavras". É preciso perquiri-lo apenas nessas palavras.

Por isso, da impressão sintética da tragédia – que constitui o tema do presente capítulo e oferece apenas uma vaga disposição para percebê-la, apenas a trama sobre a qual a tragédia borda seus desenhos caprichosos –, devemos passar ao estudo analítico dos seus componentes: as personagens, suas situações, suas falas, caracteres e destinos. Aqui nos parece mais racional o estudo paralelo *entre as personagens e a fábula da peça*. Porque são as duas partes em que a tragédia externa se divide, de que se constitui; duas partes cuja interrelação determina todo o sentido da tragédia (por exemplo, determina as chamadas tragédias do destino ou as tragédias de caráter). A fábula do drama, isto é, o desenrolar dos acontecimentos nele, por um lado, e as personagens ou participantes desses acontecimentos, por outro, determinam a tragédia; em termos mais precisos, são as suas relações recíprocas que a determinam. Assim, por exemplo, se o desenrolar dos acontecimentos no drama está subordinado aos caracteres das personagens, depende delas, decorre delas, se as leis que o regem, determinam e suscitam as suas causas residem nas personagens, nos seus caracteres, temos uma tragédia de caráter; se o desenrolar dos acontecimentos subordina a si o destino das personagens a despeito dos caracteres, reúne em si algo de fatal, de externamente insuperável que atrai os homens para os crimes, a morte e outros acontecimentos que não decorrem do seu caráter, estamos diante de uma tragédia do destino. Logo, a relação entre essas duas partes da tragédia – a fábula, isto é, o desenrolar dos acontecimentos – e as personagens determina todo o seu sentido.

O mesmo se verifica em *Hamlet*. É preciso examinar essa inter-relação: só aqui é possível sondar o sentido da tragédia. Esta é a parte técnica do trabalho.

É preciso examinar o desenrolar dos acontecimentos na peça e as suas personagens. É preciso dispor os marionetes para se conseguir a cena; é preciso *ler* nessas páginas, nessas linhas, a tragédia, as suas "palavras, palavras, palavras".

Entretanto, além dessas duas partes – a *fábula da peça* (o desenvolvimento da ação, a intriga, a catástrofe) e *as personagens* em cujas relações mútuas esperamos descobrir o sentido da tragédia –, existe outra, muito importante, que parece envolver essas *relações mútuas*, atribuindo-lhe um aspecto essencial. Estamos nos referindo ao clima invisível da tragédia, à sua lírica, à "música da tragédia", seu tom, seu ânimo. Como na pintura o mais importante do quadro não são as cores, nem a representação dos objetos, nem a tela, mas o ar, as perspectivas que surgem *da* combinação de cores e objetos que preenchem o quadro e entretanto não estão propriamente neles mas surgem *dele*, o mesmo acontece na tragédia, em que nada é dito pela boca do autor, não aparece uma única palavra que explique o desenrolar da ação, em que só se transmitem situações, acontecimentos, personagens, conversas – não pela narração sobre elas mas pela sua reprodução exata –, o mais importante não é a descrição dos caracteres das personagens, de seus atos e destinos, mas aquele ar inatingível que preenche os espaços entre as personagens, as infinitas distâncias do trágico que surge da combinação de personagens e situações. Portanto, o mais importante na tragédia não é o que acontece em cena, o que se vê e é dado, mas o que está *suspenso*, o que se pode vislumbrar vagamente, o que se experimenta e se sente por trás dos acontecimentos e das falas, aquele clima invisível do trágico que pressiona constantemente a peça e faz surgirem nela imagens e personagens. Esse clima que envolve seu "segundo sentido" não está presente na peça mas brota do que é dado, precisa ser suscitado. Cada personagem adquire outro sentido se diante dela ou ao seu lado há outra personagem que lança sobre ela a sua luz. É preciso colocar cada uma no seu devido lugar; é preciso distinguir as personagens autenticamente trágicas, portadoras do princípio trágico em sua alma – os heróis trágicos – das vítimas trágicas que sucumbem sob a pressão desse princípio trágico. Só dispondo essas personagens é possível suscitar para a vida o espaço situado entre elas, que está ocupado pelas linhas invisíveis do trágico. Nessa "música do trágico" ecoa, em notas de um órgão místico, *toda a gama de sentimentos obscuros* – de tristeza, dor, nostalgia, sofrimento, etc. – de tudo o quanto existe de palavras para designá-las; a luz que banha a tragédia é uma luz *escura*.

Doravante, examinaremos as relações entre o desenrolar dos acontecimentos e as personagens, bem como essa "música da tragédia"[13] que ouvimos por trás das palavras da peça. Com isso, esperamos atingir o espírito geral da peça, compreender todas as tragédias particulares das quais se constitui nossa peça e que *em um* aspecto se voltam todas para o foco interno, para o centro da tragédia; encontrar esse centro, esse ponto em torno do qual toda ela gira; entender e elucidar os "caracteres" das personagens; esclarecer o mecanismo do desenrolar dos acontecimentos na peça e, por último – o que sintetiza tudo isso –, perquirir o "sentido" geral da tragédia, apreendê-la e substituir suas "palavras" pelo "resto".

Isso é tudo. Só isso. É preciso tomar o mistério como mistério. Vaticinar é coisa de profanos. O invisível não é absolutamente sinônimo de inatingível: dispõe de outros acessos para a alma. O inexprimível, o irracional, são percebidos por outros dispositivos sensíveis da alma até hoje não decifrados. O misterioso não se atinge pelo vaticínio mas pela sensação, pelo vivenciamento do misterioso. O "*resto*" se atinge *no silêncio da tragédia.*

É nisso que consiste a arte do poeta trágico.

II

A tragédia começa pela catástrofe ocorrida inclusive antes do seu início, antes de levantar-se o pano. Essa catástrofe, que desencadeia toda a ação, poderia constituir o enredo de uma tragédia à parte, que teria como personagem Cláudio, ora rei da Dinamarca, irmão e assassino do rei Hamlet. Mas essa primeira tragédia não aparece nos primeiros atos da nossa tragédia; ocorreu fora do palco, dela tomamos conhecimento pela narração, e assim o mecanismo da ação da nossa tragédia foi transferido para os bastidores.

Aqui é preciso dizer duas palavras sobre o impressionante procedimento artístico de Shakespeare nessa tragédia, a técnica de desenvolvimento da ação, o procedimento que deixa marca e imprime o seu estilo no conjunto. Toda a peça *Hamlet* está saturada de *narrações sobre acontecimentos*, tudo o que há de essencial nela ocorre fora do palco, com exceção da catástrofe (o que ressalta particularmente o acentuado contraste entre o estilo de uma tragédia sem ação e a última cena incrivelmente saturada de ação, e dando a esta um sentido especial): assim, é pela narração que tomamos conhecimento do assassinato do pai de Hamlet e do casamento de sua mãe com o assassino, no duelo entre o pai de Hamlet e Fórtinbras, da aparição da sombra do pai de Hamlet (duas vezes), de todas as intrigas políticas, dos empreendimentos de Fórtinbras, do amor de Hamlet por Ofélia, de sua despedida, da luta com os piratas, do assassinato de Guildenstern e Rosencratz, da morte de Ofélia, inclusive do estado de ânimo de Hamlet: tudo isso acontece fora do palco. A obra inteira parece apoiada nas *palavras*, em narrações que, ao que tudo indica, contradizem a própria natureza da tragédia como representação dramática em que tudo deve ser reproduzido diretamente[14] diante do espectador, no palco. Daí o caráter absolutamente *inativo* e o próprio estilo da peça: é como se um véu envolvesse os atos, como se o véu da narração cobrisse a ação e a empanasse, produzindo uma tragédia de ecos, reflexos e ressonâncias. É como se toda ela se desenvolvesse atrás de uma cortina semitransparente ("palavras, palavras, palavras"), como se transcorresse em uma penumbra profunda e opaca, estranha e opaca; como se fosse uma tragédia de reflexo, de sombras, na qual atrás de cada sombra (sombra de um acontecimento, de uma "ação", no sentido dramático) se pressentisse, se adivinhasse o misterioso objeto que a projeta, como se atrás de cada narração se tateasse um acontecimento e uma ação misteriosos (ocultos porque cobertos por "palavras"). Tudo acontece fora do palco. Aqui parecem restar apenas ecos e revérberos, reflexos e vislumbres do que está acontecendo; daí o *clima terrível e assustador de fim de mundo* que reveste acontecimentos e ações quando estes surgem diretamente e não na narração (a catástrofe). Acrescentem-se a isso os monólogos dos atores, a cena na cena, os cantos de Ofélia, dos coveiros, os fragmentos e versos de Hamlet e, o mais importante, a visão que, em sua fala (última) com Horácio, Hamlet emite da tragédia como narração, o papel do próprio Horácio (este está sempre fora da ação, narra, contempla a tragédia, como se não assistíssemos à própria peça mas ouvíssemos de Horácio a narração sobre ela: Shakespeare – Horácio –, como se a peça fosse um sonho de Horácio), e ficará claro o caráter "sombreado", o estilo "sombreado" da tragédia, sustentado até o último detalhe. Pelos méritos artísticos, só isso já basta para fazer de *Hamlet* o mais elevado dos dramas. Todo ele é feito de ressonâncias, revérberos, reflexos, narrações, monólogos, lembranças, visões, sombras, representações, jogos, cantos – sem ação –, e a isso corresponde o seu aspecto externo: prosa e versos – livres e rimados –, fragmentos, cenas, cantos e monólogos se alternam como se fossem estratos de alguma coisa.

Efetivamente, trata-se de uma tragédia de projeções.

O "estilo sombreado" da tragédia já contém seu sentido, produz a sensação artística de seu sentido recôndito, lança sua luz sobre tudo o que ocorre. Nós também teremos de recorrer a esse estilo na análise de cada acontecimento em particular para indicarmos seu caráter "sombreado" e para examinarmos a tragédia no conjunto como *narração* de Horácio. Do externo para o interno, da forma ("palavras") para o sentido ("o silêncio"), do procedimento técnico do drama para a elucidação da essência de toda a tragédia – em suas partes e no todo –, eis o caminho não só para o artista-autor mas principalmente para o crítico-leitor desvelar a essência da peça. Já existe nesse estilo todo um "sistema filosófico" da tragédia, de seus "fenômenos" e "nôumenos"; toda uma "teoria" da percepção do mundo (só do mundo da tragédia, naturalmente) e da concepção do mundo; toda a lírica dos estados d'alma do espectador da peça; toda a "música da tragédia". Esse estilo faz ecoarem de outro modo as cenas isoladas ("fenômenos" e "nôumenos") e a tragédia em seu conjunto. E vamos tratar disso, especialmente de cada cena e da tragédia no seu conjunto.

Entretanto, esse mesmo estilo cria condições específicas para trabalhar a tragédia (trabalhar a percepção): tudo isso está simplificado na forma dramática e nas falas das diferentes personagens. O crítico-leitor não pode identificar-se com nenhuma delas (ainda mais porque *quase todas* "narram"), e por isso tem de falar não tanto dos acontecimentos quanto dos seus ecos, dos seus reflexos na alma e nas falas das personagens. Tem de trabalhar só com esse material. Tem de subordinar-se ao estilo da tragédia e contagiar-se por ele. Mas nesse caso – ao falar não dos próprios acontecimentos mas do seu reflexo nos espelhos-almas das personagens –, o crítico deve estudar bem cada espelho por serem todos diferentes e produzirem imagens diferentes: convexas, côncavas, horizontais, com diferentes distâncias focais da alma, propiciando imagens ora ampliadas, ora reduzidas, ora deformadas. Para estudar nos reflexos os próprios acontecimentos, é preciso encontrar o foco, o centro de cada espelho, de cada personagem.

Essas considerações se fizeram necessárias aqui, neste capítulo que trata do papel desempenhado pela sombra do pai de Hamlet, porque esse estudo só é viável se aplicamos o método já referido. Desde o início, tivemos de nos subordinar ao estilo da tragédia e definir o papel da sombra na obra partindo do seu reflexo nas almas das personagens. São os únicos argumentos de que dispõe o crítico. Uma última observação preliminar: se o caminho do surgimento da concepção de *Hamlet* que aqui desenvolvemos partiu da sensação da tragédia no seu todo para a avaliação das suas particularidades, do papel das diversas personagens, o processo de trabalho – a expressão daquela concepção em pensamentos – teve de ser inverso: partir da avaliação do papel das diversas personagens para a percepção da tragédia no seu todo. Ou melhor, as duas coisas podem estar juntas, porque, como já assinalamos, o tema do nosso ensaio é o exame paralelo da fábula da peça, do desenrolar dos acontecimentos (a tragédia no seu todo) e das personagens (a tragédia em suas particularidades).

Passemos agora ao papel da sombra do pai de Hamlet na tragédia.

A Sombra aparece quatro vezes na peça (duas vezes no Ato I, Cena 1), em quatro cenas: Ato I, Cenas 1, 4 e 5; Ato III, Cena 4; duas vezes a sua aparição é aludida, primeiro por Marcelo e Bernardo com Horácio, depois os três com Hamlet (Ato I, Cenas 1 e 2), mas isso nem de longe esgota o material sobre o assunto. Esse material é, por assim dizer, notório e probatório, embora haja outro material não menos importante, de que falaremos adiante.

Antes de tudo, a Sombra não age, nada faz durante os cinco atos da peça. Vinda do outro mundo, permanece o tempo todo aparentemente alheia a tudo o que acontece neste. Ela apenas *aparece* na guarda, *é vista* pelos soldados de Horácio, por Hamlet (a rainha não vê a Sombra) e é *ouvida* apenas por Hamlet. Que Sombra é essa? Qual é o seu papel e o seu lugar na peça? Será apenas um acessório cênico, um efeito dramático que mostra com evidência e reproduz em termos cênicos o desmascaramento do assassinato? Ou é uma personagem morta ditada pelas condições do drama (assassinada, segundo a fábula) e ainda assim necessária no desenvolvimento da ação como participante viva que motiva o herói para a vingança, suscitando nele sentimentos de amor, compaixão, admiração e dever? No primeiro caso, o papel da Sombra é meramente auxiliar, técnico, por assim dizer simbólico; pode ser substituída por qualquer personagem viva que tenha autoridade para pedir vingança; no segundo caso, o "sobrenatural" se deve simplesmente às exigências técnicas do drama como meio para evitar um evidente absurdo (a personagem está morta, é parte necessária do drama como necessária é também a sua presença nele), mas pelo sentido a aparição do fantasma pode ser equiparada a uma conversa com o pai vivo se ela tivesse sido possível; logo, a aparição do fantasma, do sobrenatural no drama, é, *no fundo*, apenas uma espécie de convenção, embora na essência e *pelo sentido* do drama não introduza aí o elemento do sobrenatural. Tudo isso é profundamente falso[15]*. O papel e o lugar da Sombra no drama são completamente diversos. Disso nos convence tanto o "material existente na peça como o estilo desse material". Se o primeiro ponto de vista fosse correto, o papel da Sombra terminaria com o desmascaramento do assassinato, e sua aparição no Ato III seria um absurdo; a falsidade da segunda opinião pode ser atestada pela *realidade além-tumular da Sombra*, por sua filiação ao outro mundo, sua natureza espectral, sepulcral, seu aspecto sobrenatural que satura a tragédia. A partir dessas considerações, modifica-se inteiramente a concepção também do papel da Sombra.

Além de não fazer a mínima alusão aos dois referidos enfoques da Sombra, o drama, ao contrário, ainda ressalta em cada palavra e em cada ação *a plena realidade da Sombra na tragédia*, precisamente o seu aspecto além-tumular, sobrenatural. Prova exata disso é a relação que têm com ela o soldado, Horácio e Hamlet, ou seja, os reflexos da sua influência nas almas das personagens (o nosso único material). Passemos agora à demonstração: *a realidade da Sombra na tragédia* é a tese deste capítulo.

Nesse sentido, é de importância mais "demonstrativa" o Ato I, especialmente a primeira cena. Esta começa na plataforma diante do castelo; *as sentinelas* de Elsenor experimentam, então, a sensação de algo inquietante. Desde o início, desde a primeira palavra, tudo é estranho, "não natural" ou "mais do que natural". Desde o início, tudo prenuncia desgraça e maravilha. Um estado de ânimo particular envolve tudo em um terrível e misterioso clima noturno. Nos gritos inquietos das sentinelas, em meio ao silêncio assustador da noite *singular*, cresce um alerta lúgubre e horripilante. Francisco, a quem Bernardo rende e pergunta: "Vosso turno de guarda transcorreu em paz?", responde: "Nem mesmo um rato se mexeu." E mesmo assim fica muito feliz ao ser rendido.

Bernardo
Já bateu meia-noite. Vai dormir, Francisco.
Francisco
Muito obrigado, já que viestes me render:
O frio está cortante, e sinto-me sem ânimo.

O silêncio profundo, a escuridão da noite, o frio cortante e especialmente esse silêncio imperturbável ("Nem mesmo um rato se mexeu"), tudo isso em noite avançada ("Já bateu meia-noite") cria uma sensação particular ("e sinto-me sem ânimo") de mortificante e inquietante embaraço, de "náusea no coração". São notáveis pela inexprimível tensão as inquietações que saem das perguntas e dos gritos das sentinelas:

Bernardo
Quem vem lá?

Assim *começa* a peça.

Francisco
Não, respondei-me vós. Alto! Mostrai quem sois!

E mais uma vez:

Francisco
(...) Alto! Quem vem lá?

Chegam Marcelo e Horácio. Vieram passar a noite na guarda, porque nas duas noites seguidas alguma coisa incomum e contranatural acontecera: apareceu o fantasma do falecido rei Hamlet.

Horácio
Então, a coisa apareceu hoje de novo?*
Bernardo
Não, não vi nada.
Marcelo
Afirma Horácio *que é ilusão de nossa parte*:
Não vai deixar tomá-lo a crença nesse espectro
Que duas vezes já, terrível, percebemos;
Por isso eu lhe roguei que viesse até aqui,
Para passar conosco as horas desta noite:
Assim, ser-lhe-á possível, se o fantasma vier,
Confirmar nossos olhos e falar com ele.
Horácio
Ora!... Não vai surgir aparição nenhuma.

---

* No original "this thing".

Bernardo

Sentai-vos por um pouco, e tolerai que nós
Acometamos outra vez o vosso ouvido
– Aliás fortificado contra a nossa estória –
Com o que por duas noites vimos.

Horácio, cético, *estudante*, não acredita na aparição do fantasma; a questão é colocada diretamente: existe "this thing" como diz Horácio, ou é apenas um "but fantasy", alucinação, *ilusão ótica*. Os soldados Bernardo e Marcelo estão profundamente impregnados da realidade do Espírito. Horácio chega para comprovar, e essa sua inesperada "conversão" (ele que não acredita e vem para verificar) e a execução, *por ele*, da vontade do Espírito constituem todo o sentido da primeira cena. Cabe assinalar que a cena não se desenvolve como uma alucinação (como acontece no terceiro ato), mas com a presença real do fantasma. Três homens o vêem, e o importante é que Horácio o vê. Em sua "conversão" – reiterada –, está o sentido da cena. Bernardo começa sua narração tranqüilo, e em termos artísticos visando diretamente a convencer da realidade do narrado (o tom da narração, a alusão à estrela e ao relógio); é nesse ponto que aparece a Sombra. A narração a faz aparecer, e antes que ela apareça o espectador ouve uma *narração* sobre ela, isto é, incorpora-se ao acontecimento (não se reproduz diretamente) o seguimento imperceptível do vivenciamento pessoal desse acontecimento, o vestígio da alma do narrador que o vivenciou. Nesse enfoque lírico ao objeto da cena, em sua elaboração *lírica*, está o sentido desse procedimento artístico. E não podemos desprezar esse "sedimento lírico".

Bernardo

A última noite, quando aquela mesma estrela
Que se acha em posição ocidental ao pólo,
Havia feito o curso até iluminar
Essa parte do céu em que resplende agora,
Marcelo e eu – o sino dava a uma – ...

Surge o Fantasma, revestido de armadura da cabeça aos pés e empunhando um bastão de marechal.

Marcelo

Silêncio! Pára um pouco!... Ei-lo outra vez, ali!

Os espectadores vêem o Espírito, mas isso ainda é pouco. Vejamos *como* ele é visto em cena.

Bernardo

Com aparência igual à do finado rei.

Marcelo

Já que és letrado, Horácio, fala tu com ele.

Bernardo

Não se parece ao rei, Horácio? Olhai-o bem.

Horácio

Demais. E rasga-me de assombro e de terror.

Bernardo

Quer que falem com ele.

Marcelo

Inquire-o logo, Horácio.

Horácio

Quem és, que este noturno ensejo assim usurpas,
E o ar belicoso e nobre com o qual marchava
A majestade da sepulta Dinamarca?
Oh, fala, pelos céus ordeno-te.

Marcelo

Ofendeu-se.

Bernardo

Vede, ele está partindo.

Horácio

Pára! Fala, fala! Ordeno-te que fales.

(*O Fantasma desaparece.*)

Horácio treme de pavor e pasmo depois do que havia dito! A "verificação" está terminada. Bernardo e Marcelo tinham razão. E como que de repente a *visão* convenceu Horácio. E Bernardo observa.

Bernardo

Então, Horácio, estás tremendo e todo branco?
Não é algo mais do que uma simples ilusão?
Que vos parece agora?

Horácio

Bem sabe Deus, eu não podia acreditar
Faltando a garantia sensitiva e exata
Destes meus olhos.

E aqui Horácio, que viera comprovar e assegurava que o Espírito não apareceria, começa a discutir com os soldados o mistério do fantasma. Agora em cena, "em reflexo", "nos espelhos", há uma crença profunda, ou melhor, há a pavorosa evidência da realidade da Sombra e precisamente em seu aspecto "além-tumular". A fidelidade do reflexo se mostra particularmente demonstrativa se lembrarmos "o foco do espelho da alma" de Horácio ("Será mais que fantasia?", etc.). Nessa cena tudo merece destaque: o Espírito do rei Hamlet que "surge" da narração, das conversas sobre ele, a sua própria aparição muda, sem atos nem palavras, que caracteriza melhor que qualquer outra coisa o seu papel na tragédia: duas vezes a Sombra aparece em silêncio, fundida na escuridão, cruza a plataforma e desaparece com a noite que se esvai. É o Espírito do falecido Hamlet: seu fantasma, sua sombra, seu espectro no limite entre o real e o irreal, entre a existência deste e do outro mundo, fantasia realizada, delírio encarnado, o mais inverossímil e inatural. Mas continuemos com os "reflexos". Ao aparecer, a Sombra deixa Horácio petrificado, tremendo de assombro e pavor, e há muita ininteligibilidade do fenômeno – o que tem de aterrorizante e surpreendente, de maravilhoso – que o força a bater à porta do mistério, a indagar por que aparece o fantasma do rei, a fazê-lo falar. Mas o Espírito cala. Estupefatos, os homens discutem o que poderia significar a aparição da Sombra.

Marcelo

Não é mesmo igual ao rei?

Horácio
Como és igual a ti.
Assim era a armadura que ele usava, quando
Lutou com o ambicioso rei da Noruega (...).
É estranho.
Marcelo
Exatamente nesta hora morta.
Já duas vezes, com esse mesmo andar marcial,
Ele havia passado junto ao nosso posto.
Horácio
Não sei que rumo, em especial, dê às idéias:
Mas, ao que em tese indicam minhas presunções,
Isso anuncia algo de infausto para o reino.

A misteriosa visita do espectro na hora "morta" da noite suscita vários pressentimentos de próximas calamidades e desgraças. Aqui Horácio, que permanece tão estranhamente fora da tragédia, à margem dela, percebendo tudo como que à distância, define corretamente o papel da Sombra: é impossível dar rumo "às idéias" de modo preciso e claro ("Não sei que rumo, em especial, dê às idéias"), etc., mas no geral trata-se de um *prenúncio* do desencadeamento das desgraças, e desgraças *insólitas.* ("Algo infausto.") Depois de Horácio falar de seus pressentimentos, segundo os quais a aparição da Sombra acarretaria uma mudança terrível e *estranha*, Marcelo, um simples soldado, começa a ligar essa aparição aos febris preparativos militares que se desenvolvem em todo o país e, por serem inexplicáveis *daqui*, indicam que se prepara algo de terrível e estranho.

Marcelo
Sentai-vos, por favor, e diga quem souber
Qual o motivo desta guarda, estrita e atenta,
Noites a fio cansando os súditos da terra;
Por que os canhões de bronze em diária fundição
E a compra, no exterior, de bélicos petrechos;
Por que esta conscrição de gente de estaleiro,

Cuja tarefa, tão severa, nem lhe deixa
O domingo em semana; que é que se aproxima,
Que esta suarenta pressa faz da própria noite
Companheira do dia no trabalho? Alguém
Pode informar-me?

Ao que parece, realizam-se os mais comuns acontecimentos e preparativos, e no entanto todos experimentam uma inquietação misteriosa que tudo envolve e tudo penetra. Horácio fala dos acontecimentos anteriores, daquilo que já não existe mas existiu e determina todo o futuro.

Horácio
Eu posso; ao menos é o murmúrio
Que corre por aí. O nosso último rei,
Do qual ainda há pouco a imagem nos surgiu,
Foi desafiado a combater – vós o sabeis –
Por Fórtinbras da Noruega, a isso esporeado
Por ciumento orgulho; e o nosso bravo Hamlet
(Pois esse era o conceito que fazia dele
A parte ocidental do mundo conhecido)
Matou tal Fórtinbras, que por selado pacto,
Cumprido assim como prescrevem lei e heráldica,
Dera como penhor, caso perdesse a vida,
Todas as terras de que tinha a propriedade;
Por nosso rei fora empenhado igual quinhão,
Que passaria a Fórtinbras, se vencedor;
Segundo o combinado e o teor da expressa cláusula,
Passou a ser de Hamlet o quinhão do outro;
Pois bem, senhor, o jovem Fórtinbras, ardente
E cheio de coragem não repreendida,
Aqui e lá, pelas fronteiras da Noruega,
Colheu, sofregamente e sem discriminar,
Um bando de sem-leis, dos prontos a cumprir
A troco de diária e pão qualquer empresa
Que exija valentia; e a empresa não é outra,
Segundo pensa, e muito bem, nosso governo,
Senão recuperar de nós, a pulso forte

E em termos de coerção, as terras que o pai dele
Perdera, como eu disse. E é essa, afirmo eu,
A razão principal de andarmos em aprestos,
A origem destas guardas e o maior motivo
De tanta correria e azáfama no reino.

Essa narração sobre acontecimentos *vividos nesta metade* do mundo (mais narração!) está relacionada à aparição sobrenatural, *além-tumular*, do Espírito: é impressionante o entrelaçamento entre terrestre e celeste, entre as coisas daqui e as do outro mundo; o que acontece aqui, nesta metade do mundo conhecido, continua no outro mundo, está ligado, entrelaçado a ele.

Bernardo

Acho que a causa há de ser essa, e mais nenhuma:
Bem pode condizer com essa conjectura
A circunstância de a ominosa aparição
– Que cruza armada a nossa guarda – ser assim
Igual ao rei que foi e é questão das guerras.

Antes o rei, *aqui* o rei, *agora* a Sombra, *lá* o Espírito: o duplo enredo da tragédia. Eis a definição precisa do papel da Sombra: ligada de maneira incompreensível a tudo o que ocorre aqui, ela é o verdadeiro enredo de todas essas "guerras". O duelo fatal de Hamlet com Fórtinbras, narrado por Horácio, não terminou; continua nos filhos – que nunca se viram –, é uma luta sem ação que constitui a moldura externa da tragédia. Nos momentos fatais da história e da vida, sente-se a participação do não-terrestre em acontecimentos terrestres. E essa Sombra é o *leucoma, o argueiro que empana o olho da mente*:

Horácio

Simples argueiro a incomodar o olho da mente
No Estado glorioso e triunfal de Roma,

Pouco antes de tombar o poderoso Júlio,
Viram-se os mortos, em lençol, deixar as tumbas
E guinchando palrar nas ruas da cidade.
Estrelas patentearam-se da cauda em fogo,
Sangrento o orvalho, o sol com aspectos desastrosos;
E o úmido astro, a cuja influência está sujeito
O império de Netuno, adoeceu de eclipse
Quase que igual ao que há de vir no Juízo Extremo
E idêntico percurso de terríveis fatos,
Tais como mensageiros precedendo os fados
E prólogo do que, sinistro, se aproxima,
O firmamento e a terra juntos revelaram
Aqui, ao nosso clima e aos nossos compatrícios.

Nos dias mais proeminentes de Roma, os túmulos ficavam vazios, sentia-se um clima de *além-túmulo*: os defuntos se apresentavam precedendo a morte. É esse o "reflexo" da aparição da Sombra na alma do estudante Horácio: é traço altamente artístico. A Sombra também é um signo de acontecimentos terríveis, cujo pressentimento satura essa cena: são eternos precursores do destino, *prólogos de futura desgraça*. Ao se aproximarem da terra, os grandes acontecimentos projetam sombras[16*] diante de si. Porque a sombra, no nosso sentido geral, é a representação, a projeção refletida do espaço tridimensional no espaço bidimensional. Aqui, a Sombra é a projeção no "tetradimensional", do sobrenatural no espaço tridimensional da tragédia.

Entretanto, essa cena não é importante apenas em linhas gerais: ela aciona imediatamente a fábula da tragédia, desencadeia a sua ação.

A Sombra reaparece – ao despontar da manhã, na hora em que a noite está transitando para o dia –, na hora turva e dual em que a manhã nascente está imersa na noite, em que a realidade está cercada do fantástico. Existindo *entre* a narração e a realidade, a Sombra ressurge da narração de Horácio sobre Roma, sobre os prólogos do destino.

Reaparece o Fantasma

Mas quietos, vede! Lá vem ele novamente.
Pôr-me-ei no seu caminho, embora me sidere.
(*Estende os braços.*)
Detém-te, ó ilusão! Se podes causar som
Ou usar a voz, dirige-me a palavra!
Se existe alguma boa ação a ser cumprida,
Que repouso te dê, e a mim merecimento,
Dize qual é!
Se sabes que infortúnio pende sobre a pátria,
E se a presciência, acaso, o pode conjurar,
Oh, fala!
Ou se, durante a vida, na matriz da terra
Um tesouro extorquido tu acumulaste,
Motivo – dizem – por que amiúde vós, as almas,
Em morte retornais, revela-me se é isso!
(*Um galo canta.*)
Oh, pára e fala-me! Vê se o deténs, Marcelo!

Marcelo
Devo golpeá-lo com a minha partazana?

Horácio
Se não parar, golpeia!

Bernardo
Aqui está ele!

Horácio
Aqui!

Marcelo
Partiu! (*Desaparece o Fantasma.*)

Horácio procura apaixonadamente descobrir o sentido desse fenômeno, está possuído da força inédita e jamais experimentada da sensação da realidade sobrenatural e além-tumular do fantasma. Quer entender o sentido, ligar o celeste ao terrestre, o maravilhoso ao cotidiano. Possuído de uma força desconhecida, ele se oferece como executor das ordens desconhecidas da Sombra, mas é inteligente: suas conjecturas são sempre ainda *menos* terríveis, ainda *menos* inverossímeis e sobrenaturais. Em vão. O galo canta, a manhã desabrocha e a Sombra desaparece. Esse golpe de partazana contra um fantasma (até Marcelo compreende que, "tal como o ar, ele é invulnerável", mas assim mesmo Horácio ordena golpeá-lo) é o último traço da realidade, quase da "*materialidade*" da Sombra: a que grau de sensação da sua realidade é preciso chegar para tentar atingi-la! Mas o fantasma é "imaterial"; como o ar, é invulnerável à partazana, é real mas de outra realidade. Existe em outro mundo; de dia não existe. Essa cena determina plenamente a "*natureza*" da Sombra: não é um acessório cênico, não é uma forma lógica necessária: é algo que *realmente* existe na tragédia, pertence a ela, é inalienável e inseparável *dela*, leva uma vida à parte, em outro mundo, em outra realidade.

Bernardo
Ia falar, no instante em que cantou o galo.
Horácio
Então, sobressaltou-se como um ser culpado
Ante convocação aterradora; ouvi
Dizer que o galo, essa trombeta da manhã,
Com sua altissonante e estrídula garganta,
Acorda o deus dia, e que, ao seu aviso,
Seja no fogo ou no ar, ou seja em mar ou terra,
Apressa-se a volver para onde se confina
O espírito que esteja, errante, a extravagar:
E que é verdade, prova-o quando há pouco vimos.
Marcelo
Quando o galo cantou, ele se esvaeceu.

O espírito existe *só na noite*. Chega o dia, a noite se vai. Agora começa a ação do Espírito na peça.

Horácio
Também ouvi dizer, e em parte creio nisso.
Mas vede! O amanhecer, em ruço manto envolto,
Caminha sobre o orvalho da montanha a leste.

Encerremos a nossa guarda, e, a meu conselho,
Vamos contar o que nós vimos esta noite
Ao jovem Hamlet, pois – por minha vida – o espírito,
Calado para nós, com ele falará:
Concordam? Vamos informar-lhe o que sucede,
Como ao dever nos cabe e exige o nosso afeto.

Coube a Horácio relacionar o celeste com o terrestre, ser um dos executores fatídicos de uma ordem desconhecida. Na peça, muita coisa se faz sem palavras, é como se ela toda estivesse envolvida pelo silêncio e imersa nele. Por isso, muita coisa nela é externamente contornada pelo silêncio e não tem motivação lógica. Com um empenho terrível e de repente imbuído da realidade e do horror da Sombra, Horácio se propõe, com uma apaixonada intranqüilidade, a ser o executor das suas ordens. Sua "sabedoria" é impotente, os seus exercícios são inúteis, as suas conjecturas sobre o objetivo da aparição não captam o principal. Mas tudo isso são "palavras", tudo isso está na superfície, nos raciocínios, na consciência, no aspecto diário da sua alma. Contudo, a Sombra não fala só a esta, só à mente e à consciência dele. Através da sugestão incompreensível feita à sua alma noturna, ele fica sabendo que é preciso contar o fato a Hamlet. É claro que isso é simples e compreeensível, "Como ao dever nos cabe e exige o nosso afeto": é a primeira coisa que lhe ocorre. É natural e simples que lhe ocorra a idéia de comunicar o fato ao príncipe: ele mesmo atribui isso ao amor e ao dever perante ele. Marcelo concorda com tamanha *persistência* que parece ter tido a mesma idéia: "Let's *do it, I pray*". E daí essa certeza, esse *conhecimento* já incomum, incompreensível, já "inatural" em Horácio, de que o Espírito falará *forçosamente* com o filho: "Por minha vida", etc. Não lhe ocorreu essa idéia nem quando ouviu falar pela primeira vez das duas aparições da Sombra, nem quando presenciou pela primeira vez essa aparição. Assim, tudo em Hamlet tem dois sentidos: um simples, de compreensão geral, aberto; outro, recôndito, insinuante, inexplicável. Nas coisas mais simples, revelam-se de repente tais abismos; por trás dos acontecimentos mais naturais, sente-se uma inusitada singularidade. Aqui também se dá o mesmo. O vago pressentimento de Horácio, que se transforma em estranha segurança quase equivalente a um conhecimento recôndito, constitui o enredo da peça, da sua fábula. A análise da primeira cena não só fornece o material para definir o papel da Sombra na tragédia (porque o *papel* da Sombra só pode ser elucidado *no conjunto* da tragédia), como também o introduz diretamente na fábula da peça, no desenrolar da sua ação. Resumamos. Nós "analisamos" uma cena em que a Sombra se limita a aparecer sem falar nem agir, mas por seus "reflexos", pelo desenrolar da ação (já começou o *movimento* da peça, essa cena não é estática, no fundo a aparição da Sombra já é ação; já assinalamos o caráter desse início do movimento através de Horácio), pode-se revelar o sentido geral do seu papel na tragédia. Teremos de revelar esse papel ao longo de toda a tragédia. A Sombra é o *enredo* da tragédia, a sua raiz sobrenatural. É preciso distinguir o enredo dos acontecimentos em vida do enredo dos acontecimentos póstumos. O enredo em vida[17*], que se revela através das narrações e aconteceu antes do início da tragédia, é o impulso oculto que estimula o desenvolvimento da ação. Sua causa primeira remonta ao início da tragédia, existe fora do drama. A primeira cena nos dá a conhecer o enredo político da peça, o duelo com Fórtinbras, enredo de uma luta política sem ação que atravessa toda a tragédia, que a inicia e conclui, que lhe serve de moldura. Adiante elucidaremos em detalhes essa luta e o papel que nela cabe à Sombra: isso pode ser esclarecido em relação com o desenvolvimento geral da intriga política, com Fórtinbras, etc. Por ora, é preciso assinalar que se trata do drama familiar da corte da Dinamarca e que o espírito que vem falar com o filho sobre a mãe e o tio é a causa também da intriga política. O enredo da história do rei em vida está relacionado ao enredo pós-morte[18*]: a Sombra tinha o mesmo aspecto que teve o rei Hamlet ao lutar contra o rei da Noruega. O segundo enredo também em vida é o do drama familiar. Por ora, não se disse uma única palavra sobre o assunto, mas é este o *sentido* dessa aparição da Sombra e de toda a cena que, repito, desencadeia a ação, o movimento da peça. Mas esse segundo enredo também pode ser elucidado adiante. No cômputo geral, ambos pertencem ao que existiu antes da tragédia, que chega ao nosso conhecimento através das narrações.

Outra coisa é o papel póstumo, além-tumular da Sombra. O papel da Sombra de Hamlet, de seu Espírito, e não do rei Hamlet. É ela que gera o surpreendente enredo de acontecimentos, graves e maravilhosas desgraças, atuando não tanto de modo imediato (e até sem atuar de maneira nenhuma) quanto através dos outros. A Sombra é a raiz sobrenatural da tragédia, o mecanismo "além-tumular" do seu movimento, o elo que liga os dois mundos na peça, o mediador através do qual o mundo de lá influencia o de cá. A Sombra não atua diretamente na peça. Impera sem atuar, domina essa peça sem ação. A Sombra de Hamlet não é *personagem* na peça, por isso não tem sentido a sua *caracterização*. A sua caracterização feita por Horácio é, no fundo, apenas uma característica não da Sombra mas do rei antes da morte, que também não é uma personagem do drama mas o *motivo*, o enredo, o ponto de partida.

A Sombra é o Espírito cheio de imprecisão, de penumbrosa instabilidade, que está no limite entre o acontecimento-aparição-ação e as personagens. Ela integra a fábula da peça, pertence à fábula, ao desenvolvimento da ação, é parte da fábula: é o enredo anterior à tragédia e da própria tragédia. A Sombra é o além-tumular, o sepulcral, o sobrenatural na fábula da tragédia, o que une os dois mundos na peça e transmite a estranha influência de um sobre o outro.

Com base na análise dessa cena, não só estabelecemos que a Sombra pertence *à fábula da peça* e não às personagens, que constitui o aspecto *além-tumular da peça*, e por isso não pode ser caracterizada, como também mostramos nessa mesma cena que desencadeia a ação a influência, o efeito da Sombra sobre o desenrolar dos acontecimentos na peça, ou melhor, aplicamos à própria explicação dessa cena essas teses gerais que construímos a partir da sua análise[19*].

Aqui, limitamo-nos a indicar o sentido do papel da Sombra na tragédia. A *Sombra* propriamente dita pode ser elucidada como fenômeno durante a ação, em outras personagens. Em todas as passagens da peça, em cada palavra, em cada ação, sente-se o além-tumular. Em tudo na peça (por ser ela unicêntrica, girar em torno de uma só coisa), em todo o desenrolar da ação da tragédia há uma sombra lançada pela Sombra, há efetivamente a "sombra da Sombra", como diz Hamlet.

É preciso elucidar antes de tudo a "sombra da Sombra" no próprio Hamlet e, através dele, todo o conjunto da tragédia.

III

O aflito Hamlet, príncipe da Dinamarca (Hamlet, como o pai morto, é profundamente simbólico; sempre *príncipe*, isto é, sempre não ele mesmo mas o *filho do rei*; sempre *da Dinamarca*, porque o drama familiar está entrelaçado com o drama do Estado, e sempre habitado pelo príncipe da Dinamarca, Hamlet vive e morre como herdeiro da coroa, seu legítimo dono), já vive mergulhado em um luto fechado e entregue à tristeza noturna antes da aparição da Sombra. A morte repentina do pai e o casamento apressado e precipitado da mãe são coisas que lhe enchem a alma de pressentimentos vagos porém muito significativos. Antes da morte do pai e do casamento da mãe, isto é, antes *de iniciar-se o enredo da tragédia* (que antecede a própria tragédia), Hamlet era bem diferente, a julgar por alguns fragmentos e insinuações lançadas ao longo da peça. Estudante da Universidade de Wittenberg, conhecedor de livros e de ciência, domina a espada e a arte da esgrima – é um homem que participa de tudo aquilo com que mais tarde irá romper. Ainda é um homem *comum*, ainda é *como todos* ou *quase como todos*, pois desde o *nascimento* já está marcado pelo signo da tragédia. Em todo caso, isso não passa de prenúncio de um signo, de uma possibilidade de futuro; sua visão de mundo, ou melhor, sua atitude em face do mundo (e seu lugar nele) é bem diferente antes da tragédia: basta dizer que Guildenstern e Rosencrantz são seus amigos. Ele mesmo nos diz que *há algum tempo* abandonou suas atividades e ocupações. Esse é o Hamlet antes da tragédia. Esta começa *antes* de levantar-se o pano, seu enredo é anterior. E eis que é de suma importância observar e ressaltar que o *próprio enredo* da tragédia, o *assassinato do pai* e o casamento da mãe modificaram Hamlet. Desse modo, Hamlet já aparece na tragédia *diferente*, já marcado. Ainda antes do desmascaramento do assassinato, ele cai no círculo encantado da tragédia.

A ligação com o pai e com a mãe – familiar, sangüínea, corporal – comunicou-lhe à alma o momento obscuro e terrível do enredo da tragédia, o momento do assassinato. Quebrou-se uma ponta do fio, e isso se manifesta no mesmo instante na outra ponta. Existem mensageiros incompreensíveis que dizem baixinho mas claramente à alma; há signos invisíveis porém nitidamente perceptíveis; há fios místicos que ligam o homem de corpo e alma. Antes da aparição da Sombra, Hamlet é todo pressentimento. Ele pressente que haverá dor mas ainda não sabe, ainda não lhe foi revelado o segredo, embora este já esteja em sua alma. Sua segunda alma, seu ser noturno já o sente, já percebe, sabe, embora a consciência diurna ainda o desconheça. Daí seu profundo e amargo desassossego, extraordinariamente tenso.

Rei

Então, ainda pendem nuvens sobre vós?

Hamlet

Não, meu senhor, estou demais exposto ao sol.

O sol o ilumina demais, ele está *entregue* à noite, seu profeta, pois por uma força invisível (*familiar, sangüínea*) é atraído para ela, para a noite, onde agora está seu pai. E seus sombrios pressentimentos ainda não estão plenamente definidos, revelados, esclarecidos: a luz do sol o dispersa e dilui, e com uma angustiante tensão ele se concentra nas suas sensações noturnas. A luz do sol não é sua luz; o mundo do dia não é seu mundo. Ele ainda não sabe o quê, mas *algo* aqui, estranho e insólito, está profundamente plantado em sua alma. Só o campo subconsciente e subliminar de sua alma o sente, e ele é atormentado por esse conhecimento não nascido, em nascedouro. Já é um inimigo secreto do rei ainda sem saber de nada e sem nada adivinhar.

Hamlet (*à parte*)
Algo mais que parente, e menos do que filho.

Entretanto, isso lhe *não parece*, é *exatamente o que lhe ocorre na alma*. Que sensação profunda da realidade de seus pressentimentos noturnos, que segurança, quase conhecimento. O rei e a rainha o consolam: tudo é simples, tudo é natural, comum, compreensível; mas é inútil: sua alma profética sabe que ali há qualquer coisa de sobrenatural, de insólito, de estranho.

Eis um diálogo incomum pela força – diálogo de uma alma que sabe e de uma mente que não entende, da luz diurna dos argumentos irrebatíveis da razão e da sensações noturnas do mistério, ainda que vagas e sombrias, experimentadas pela alma.

Rainha
Bom Hamlet, põe de lado essa noturna cor,
E olhem teus olhos, com amizade, para o rei;
Não procures na poeira, para todo o sempre,
Com as pálpebras descidas, o teu nobre pai:
Sabes que o vivo há de morrer – é lei geral –
Passando, rumo ao outro, pelo mundo atual.
Hamlet
Sim, é geral, senhora.
Rainha
Logo, se é geral,
Por que é que te parece uma questão pessoal?
Hamlet
Parece! Não, senhora! Ignoro o que é "parece".

Boa mãe, não é só meu manto como tinta,
Os trajes costumeiros de solene preto,
Rajadas de suspiros no forçado alento,
Oh não, nem o copioso rio dos meus olhos,
Nem a aparência deprimida do meu rosto,
A par dos modos, ares, vestes dolorosos
E excede o aspecto, e os trajes e hábitos de dor,
Que me revelam de verdade. Isso parece,
Pois é conduta suscetível de encenar-se,
Porém eu tenho isto que sinto no interior,
E excede o aspecto, e os trajes e hábitos de dor.

A dor de Hamlet, sua tristeza *incompreensível*, o seu *insólito* luto fechado de filho pelo pai morto, ressaltam como uma mancha *escura*, *cor da noite*, o fundo sereno da alegria e do triunfo do amor, da força, da vida, do casamento e da coroação. O próprio Hamlet não o compreende, mas não se trata de luto comum de dor de um filho que perdeu o pai; embora de modo inconsciente, sua alma o sabe com certeza. Tudo é simples, habitual, tudo morre e passa da terra à eternidade; é o destino de todos. Eis duas concepções de mundo: do homem da consciência diurna, da razão, do rei, e das profundezas obscuras da alma profética de Hamlet. Sua dor e seu luto *inquietam e assustam* o rei e a rainha; inconscientemente, eles também pressentem a destrutibilidade fatal desse luto, como se capta nos "reflexos" o profundo horror pressentido por Hamlet. Tentam afastar do príncipe a lembrança do pai morto, pedem-lhe que ponha de lado essa "cor noturna" que os assusta, deixe de lado a dor e olhe com amizade para o rei da Dinamarca. Assusta-os ver Hamlet especialmente afetado por esse estado. Sua dor é intraduzível, incompreensível para si mesmo: profunda, recôndita, lutuosa, ou seja, relacionada com o além-túmulo; as coisas noturnas são apenas signos da dor, e assim será Hamlet ao longo de toda a tragédia: seus monólogos, sua tristeza, suas reflexões tristes, suas conversas, seu traje lutuoso, suas torrentes de lágrimas e seu aspecto abatido são apenas signos da dor, de seus exageros e ditames. Em sua alma existe algo que está acima da aparência; tudo o mais são vestes. É essa a profundeza da dor que não pode ser revelada nem na tragédia. Isso precisa ser lembrado para toda a ulterior "leitura" da tragédia: não tomar os signos da dor pela própria dor. Esta encontra-se em uma profundeza imensuravelmente maior da alma: no "silêncio" da tragédia.

Rei

Hamlet, mostrais um traço meigo e de louvar,
Quando rendeis a vosso pai tributos fúnebres;
Mas bem sabeis que vosso pai perdeu um pai
E que esse pai perdido perda igual sofrera,
E que o sobrevivente, por filial dever,
Teve algum tempo de ostentar lutuosa dor:
Mas persistir em obstinado desconsolo
É agir com ímpia teimosia; é revelar
Mágoa inviril, bem como um ânimo insubmisso
À vontade do céu; denota um coração
Sem fortaleza, inteligência intolerante,
Entendimento elementar e ineducado.
O que sabemos que há de ser, e é tão comum
Como qualquer coisa vulgar para os sentidos,
Por que deixar que em nossa tola oposição
Profundamente nos afete? Não!... Pecado
É contra o céu, pecado contra os que morreram,
Pecado contra os sentimentos naturais,
E absurdo ante a razão, que um tema universal
Vê na morte dos pais, e sempre tem clamado,
Desde o primeiro corpo ao que ontem faleceu.
"É assim que tem de ser..."

O rei enumera detalhadamente todos os pecados de Hamlet: *essa* dor, *esse* luto, são uma falta diante da inteligência, um pecado diante do céu, um pecado diante da natureza, um *absurdo diante da razão*, e, já que *é assim que tem de ser*, é porque é o mais *comum* de tudo o que é comum. Índole rebelde, delito contra a natureza, razão perturbada, dominada pela loucura.

Rei

Rogamo-vos, lançai
À terra a inútil mágoa e cogitai em nós
Como num pai. Pois disto fique ciente o mundo,
Vós sois de nosso trono o sucessor mais próximo,
E a mais nobre afeição, em nada inferior
À que dedica ao filho o pai mais extremoso,
É a que por vós eu manifesto... Quanto ao vosso
Intento de tornar à escola em Wittenberg,
É o mais contrário que haja a quanto desejamos;
Pedimo-vos, cedei em continuar aqui,
Onde a presença régia vos conforta e anima,
Principal cortesão, parente e filho nosso.

Rainha

Que tua mãe não perca, ó Hamlet, os seus rogos:
Fica entre nós, não partas para Wittenberg.

O rei e a rainha pedem sinceramente a Hamlet que permaneça e não vá para Wittenberg; desejam realmente que na corte ele esteja mais próximo do trono, pois tão logo compreende que a dor de Hamlet lhe é hostil e funesta, o próprio rei o afasta. Mas nesse momento ele tem apenas um vago pressentimento, teme, deseja sinceramente amar a Hamlet, aplacar a sua tristeza. Entretanto, já teme essa dor do príncipe, essa idéia fixa no pai. E Hamlet, que apenas pressente alguma coisa mas ainda nada sabe com precisão, ainda não se iniciou no mistério do país ignorado, embora já esteja ligado a ele pela morte do pai e pelos inquebrantáveis vínculos do *luto*, *já* não sente desejos, tudo *já* lhe é indiferente *aqui* neste mundo; *já* está livre de assuntos e ocupações. E exaurido de tristeza, sem suspeitar do quão terríveis serão as conseqüências que acarretará a sua obediência mas já *obedecendo*, já *forçado* a permanecer ali, diz: "Obedecer-vos-ei, senhora, o mais que possa."

Que traço imperceptivelmente sutil, que detalhe artisticamente rematado, que tem o sentido de fundamento para todo o edifício da tragédia: já sem vontade, já *obedecendo* aqui a um rei e a uma rainha hostis, que também pedem que fique alguém que depois irão desterrar: como, por quê? Para isso existe um motivo: *assim requer a tragédia.* Na alegria inquieta, quase histérica, nas exclamações selvagens do rei que recebeu essa resposta, essa aceitação como resposta bela e amorosa, como obediência à *sua* pessoa (a cegueira das personagens e o obscuro "*assim requer a tragédia*", o acatamento dessa exigência: nisso está o estilo da peça) percebe-se a força obscura e cega da tragédia, força já desencadeada, já acionada, que ninguém pode deter, que subordina todos os atos das personagens e conduz a resultados contrários às suas intenções e necessários à tragédia.

Rei

Aí está uma resposta amante e afetuosa;
Sede no reino como nós. Vinde, senhora.
Este gentil e voluntário "sim" de Hamlet
Põe-se-me a rir no coração; em honra dele,
Qualquer saúde alegre a que hoje beba o rei
Irá contá-la às nuvens o canhão ruidoso,
E o céu celebrará de novo o régio brinde,
Escoando o trovão terrestre; retiremo-nos.

A corte se retira. Hamlet está só. Ele já é um solitário. Já fala por *monólogos.* Mais tarde definiremos o sentido desses monólogos. Agora repetimos: trata-se apenas de *signos da dor.* Todos os seus monólogos, particularmente o primeiro (Ato I, Cena 2) são de natureza estranha: nada parece ligá-los ao desenrolar da ação, são *fragmentos* de suas vivências a sós consigo mesmo, que não constituem nem o princípio nem o fim de suas reflexões mas, no conjunto, destacam e oferecem um quadro aproximado de suas vivências e *estão situadas no devido lugar.* Não importa que não pareçam relacionados com a ação, que pareçam meras reflexões *genéricas* que desvelam os estados d'alma e os pontos de vista do príncipe: *interiormente* são vivências de Hamlet, que guardam uma relação *direta* com a *ação* da tragédia, que a explicam e a iluminam, que se desenvolvem *paralelamente* ao desenrolar da ação e permitem estabelecer as relações existentes entre elas, no que está implícita a solução da tragédia. Seu caráter insólito e estranho se deve ao que há de insólito e estranho nessas "relações". Os monólogos são *fragmentos*; o véu que esconde sua dor, sua vida interior, não desaparece inteiramente aqui, na solidão desses solilóquios, porém *se torna mais tênue*, mais transparente, destaca e esboça o que há por trás dele mais que nas conversas com outros, nas quais esse véu é mais denso; são uma espécie de orifícios, mas também encobertos por uma cortina fina de "conversas" e "palavras". Acontece que existem coisas que não se deixam ver senão através de uma *cortina*; essa cortina não só as esconde como as mostra, porque elas não são visíveis sem ela nem através dela. Assim são as vivências interiores de Hamlet. Mas disso falaremos adiante. No primeiro monólogo, que tem importância quase decisiva para a compreensão de Hamlet, mais uma vez se esboça e se encerra em pressentimento, em previsão, toda a sua tragédia posterior. Não se trata de um "monólogo genérico", situado à parte, à margem da ação, proferido apenas para revelar ao espectador o estado de ânimo da personagem: é a chave para toda a ação. A alma de Hamlet, que já sente o futuro mistério, não mais aceita este mundo, já não vive nele. Está mergulhada numa dor funda e desesperada, que se aprofunda constantemente. Já está separada de tudo o que existe aqui, da natureza, das pessoas, do sol. Ainda não apagou da memória as sentenças dos livros, porém já não tem nenhuma razão para continuar a ler. Já odeia o sol, e em seu infinito alheamento, separado dos homens e desligado da natureza, preencheu sua alma com uma terrível solidão. Nisso está o pressentimento de sua futura tragédia de alhear-se do mundo, de seu último e trágico isolamento, do pavor da solidão, de uma alma perdida no mundo. Vê-se quão difícil já lhe é esse isolamento nesses gritos e soluços cheios de angústia desesperada e sem saída, de ânsia de fundir-se, de dissolver-se, de deixar de existir.

Hamlet

Oh, se esta carne, muito, muito poluída,
Pudesse derreter-se, transformar-se em água,
Ah, se pudesse resolver-se num orvalho!
Ou não tivesse o Eterno posto a sua lei
Contra o suicídio!... Ó Deus, meu Deus, que fatigantes,
Insípidas, monótonas e sem proveito
As práticas do mundo, todas, me parecem!
Que nojo o mundo, este jardim de ervas daninhas

Hamlet parece inteiramente desligado desse jardim abandonado, sente ânsia de dissolver-se no orvalho. *É o peso da vida, é seu fardo* – é com tal melodia trágica que ressoa aqui a "música" da peça. O sentido desse monólogo e sua relação com a ação residem na atração que a alma de Hamlet sente pelo *túmulo*, por renunciar à vida. Ele está no limite da não-existência, do suicídio. O que o impede de suicidar-se? Os entraves da religião? Mas isso não tem nenhuma relação com a ação, isso externamente não é motivado; mas lhe foi imposto um obstáculo, ele foi levado ao limite, mas aqui deve deter-se. E de novo: *assim requer a tragédia.* E mais uma vez a "cegueira": o próprio Hamlet o toma como veto da religião. Mas já se trata de algo inteiramente diverso: é a própria tragédia que o imobiliza de fora, e não um motivo d'alma tomado arbitrariamente e prescrito pelo autor ao herói, atribuído a ele de fora, e que aliás poderia nem lhe ser atribuído. Ele foi arrancado da vida; os assuntos terrestres lhe parecem caducos, fastidiosos, cinzentos, triviais, banais. Mas se Hamlet, por um lado, já está separado de tudo, em sua dor já rompeu os vínculos habituais e sente hostilidade a tudo, se já foi arrancado do círculo da vida, se já está só e já é um solitário, por outro, sem que ele mesmo o compreenda, está vinculado a toda *essa outra* relação, insólita, e atado pelo desenvolvimento da tragédia: alguma coisa lhe obriga o pensamento a voltar reiteradamente à morte prematura do pai. E isso o liga à tragédia, a seu enredo, ele está preso a ela e por isso não pode abandoná-la: não pode matar a si mesmo.

Aqui, antes de mais nada, a sua *mente* se detém no lado diurno e terrestre da questão: está ocupado com o casamento precipitado da mãe; não se trata de uma simples frustração com a mãe, não é um idealista ofendido nos melhores sentimentos; não, isso deixou marca excessivamente profunda em sua consciência trágica, que o percebeu de modo profundo e transtornante. Separado da natureza, do sol, do estudo, da alegria e da luz, ele fica para sempre separado das mulheres. O rompimento com a mãe, com aquela que o deu à luz, é profundamente simbólico na tragédia. Sentindo-o por trás das coisas mais comuns, vendo por trás de cada fenômeno vital toda a sua misteriosa profundidade trágica, ele percebe todo o inusitado que se lhe irradia do pecado da mãe. É verdade que em suas censuras e elogios do pai (como se a questão fosse essa! Mais uma vez a "cegueira") ainda soa o eco de um semi-estudante que ainda não se liberou do *habitual*, das habituais censuras, embora perceba o lado oculto de tudo isso.

Hamlet

Chegar a este ponto! Morto só há dois meses,
Nem tanto, nem há dois, tão excelente rei,
Que era, perto do atual, o Sol junto de um Sátiro,
Tão dedicado a minha mãe... nem consentia
Que o rosto lhe tocassem rudemente os ventos
Do céu! Ó céus e terras! Devo recordar-me?
Oh sim, ela se reclinava sobre ele
Qual se o apetite lhe crescesse, estimulado
Por seu próprio alimento, e um mês depois... Por que
Pensar? Fragilidade, chamas-te mulher!
Um mês... Antes de envelhecerem os sapatos

Com os quais ela seguiu o corpo de meu pai,
Outra Níobe em lágrimas... Sim, ela, a mesma,
– Um animal, meu Deus, alheio ao raciocínio,
Teria por mais tempo erguido os seus lamentos...
Casou-se com meu tio, com o irmão, sim, de meu pai,
Mas que tem menos semelhança com meu pai
Do que eu com Hércules... Num mês; antes que o sal
De suas insinceras lágrimas pudesse
Deixar vermelhos os seus olhos irritados,
Ela casou-se. Oh pressa ignóbil... atirar-se
Com tal desembaraço nos lençóis do incesto
Tal não é bom, nem pode redundar em bem;
Mas, coração, estala! tenho de calar-me.

Que o coração estale – os lábios devem calar. Esse voto de silêncio interior dá um aspecto especial a todo o papel do príncipe. Tudo dá no mesmo: a dor não expressa do coração e os pressentimentos sombrios não podem acabar bem. Eis o que tolhe Hamlet.

Não se trata, evidentemente, de reflexões; através de reflexões e de pensamento não se pode chegar a esse ponto: trata-se, antes, daquele "to reason most absurd". Não é o canto fúnebre habitual de um filho, mas antes um pecado em face da natureza; são antes reflexos, projeções de sentimentos diferentes e obscuros da alma (como todos os monólogos são mera projeção de suas obscuras profundezas para a superfície da tragédia), vagos para si mesmo. No primeiro período, que antecede à aparição do Espírito, Hamlet é todo pressentimento, é conhecimento não revelado mas dissipado na metade obscura da alma. Daí a *mistura* (nessa *mistura* está o admirável estilo artístico desse período) do *ainda* comum, do *ainda* simples mas *já* incomum, já fora do círculo comum. Daí o caráter "misto" do monólogo: eco de juízos "simples" e compreensíveis e um obscuro sentimento do mal. Daí as suas palavras sobre bebedeira num diálogo com Horácio:

Hamlet

Porém que vos moveu
Até Elsenor? Aprendereis, em vossa estada,
A beber de verdade.

Ou essa ironia ainda *tão simples* sobre o casamento da mãe:

Hamlet

Economia, Horácio, economia!
Serviram-se os pastéis do enterro, mesmo frios,
Nas mesas do noivado.

E as censuras ao rei:

Hamlet

O rei está varando a noite a erguer a taça,
E rege as libações e blasonantes danças;
E toda vez que esgota as copas de seu reino,
Bradam o tímpano e a trombeta, proclamando
Esse triunfal cometimento.

Isso ainda está na *superfície*, ainda é simples, diurno, monocolor, não refratado nas profundezas da alma; ainda são censuras comuns, simples ironias, nelas ainda não existe a última profundidade, ainda não foram incendiadas pela chama interior da alma. Ainda é o Hamlet, o homem simples, não marcado. Entretanto, já há outra coisa em seus pressentimentos. Há a sabedoria prévia das futuras profundezas e revelações, há a sensação recôndita do mistério que tudo envolve. E tudo isso se mistura: essas duas almas ainda não se tatearam em Hamlet, ainda não se descobriram, ainda não existem paralela e separadamente uma da outra. Fluem em Hamlet, como duas correntes, essas duas almas, mas logo se encontrarão nele suas duas metades, a noturna e a diurna. E tudo mesclado de modo admirável: nas palavras sobre a bebedeira do rei (Ato I, Cena 4), Hamlet diz que o vinho destrói todos os feitos valorosos, e nessas palavras ainda se vê apenas o estudante de Wittenberg, ainda se percebe a visão comum, ainda o discurso frio, não inflamado. E eis que se vislumbram clarões do futuro fogo:

Hamlet

Assim também se dá não raro com alguns homens,
Que tendo em si viciosa marca natural,
Por força de nascença – e disso não têm culpa,
Que a natureza não escolhe a própria origem –,
Ou em virtude de pletora de um humor
Que arrase os fortes e estacadas da razão,
Ou por um hábito qualquer, que ultralevede
Os modos atraentes; esses indivíduos
Que trazem – digo eu – a marca de um defeito,
Ou por sinal inato ou por adversa estrela,
Sejam suas virtudes puras como a graça
Ou infinitas quanto as possa ter alguém,
Hão de surgir, no juízo sobre o seu conjunto,
Corrompidos por causa dessa pecha única:
Uma dracma de mal apaga muitas vezes
Toda nobreza da substância, e lhe acarreta
O desconceito.

Aqui, em palavras simples e superficiais, está o pressentimento da tragédia, o eco daquele terrível lamento "de um dia ter nascido". Aqui já se vislumbra a chama trágica que iluminará toda a peça, que marcará de maneira sinistra todos os rostos, que lançará reflexos sangrentos; aqui já existe o pressentimento, a previsão da *tragédia do nascimento.*

Mas em nada se percebe tão claramente a "dualidade" de Hamlet antes da tragédia quanto em suas relações com Ofélia. É preciso examiná-las para se compreender o desenvolvimento da ação. Contudo, temos de recorrer exclusivamente aos "reflexos", já que não ouvimos de Hamlet nenhuma palavra a respeito e não o vimos nenhuma vez com Ofélia. Aqui, tudo pode ser revelado através dos outros, através dos reflexos, e por isso não sabemos nada de exato sobre a relação entre eles. Só através das conversas de Polônio e Laertes com Ofélia (Ato I, Cena 3), e das considerações enunciadas em seguida por Polônio, é que podemos reconstituir essas relações nos contornos mais gerais. Antes da aparição da Sombra, Hamlet ama Ofélia. Laertes diz a ela antes de partir:

Laertes
E quanto a Hamlet e a seus frívolos favores,
São um tributo à moda, um juvenil capricho,
Uma violeta ao iniciar-se a primavera,
Precoce, mas fugaz; suave, mas efêmera,
O perfume e o recreio de um minuto apenas,
E nada mais.
Ofélia
Só isso, nada mais?
Laertes
Julgai-o
Assim (I, 3).

Polônio fala desse amor como do capricho do sangue e nada mais. Ofélia conta:

Ofélia
Ele me tem, senhor, ultimamente feito
Muitas ofertas de afeição.
....
Ele me importunou
Com seu amor, meu pai, porém de modo honesto.
....
E ele solenizou, senhor, quando me disse
Usando todos os sagrados juramentos
Do céu.

Isto se completa com um bilhete que Polônio entrega ao rei e à rainha.

"Ao ídolo de minh'alma, à celestial, à mui venusta
Ofélia." (...)
"As estrelas são fogo? O sol tem movimento?
– Eis as coisas de que podeis duvidar.
Suspeita que a verdade esteja a nos lograr,
Mas de que te amo não duvides um momento.
Querida Ofélia, não sou hábil em versificar, não tenho arte para medir os meus gemidos, mas acredita que meu amor por ti é insuperável, ó Insuperável. Adeus. Teu para sempre, dama queridíssima, enquanto lhe pertença esta máquina corpórea, Hamlet."

Este é um pressentimento incrivelmente profundo, que precisa ser lembrado durante toda a leitura subseqüente da tragédia: "*enquanto lhe pertença esta máquina corpórea*". Ele já sente que essa máquina (que admirável palavra para explicar todo o sucessivo "*automatismo*" de Hamlet na tragédia) começa a não lhe pertencer. E é nisso que consiste toda a futura tragédia. Hamlet não engana Ofélia com promessa de amor eterno *enquanto*, etc. Nesse momento, ele a ama profundamente, e mais uma vez com aquela intraduzível profundidade da alma: ele não é hábil em versificar. Esse amor é definido apenas nas linhas mais gerais, e a primeira coisa é a sua profundidade (no sentido do bilhete), embora já se perceba o seu aspecto trágico. Laertes diz que o amor de Hamlet é uma violeta, cuja vida é de um minuto e nada mais. Uma flor que logo murcha, que exala por um instante e nada mais. É claro que ele tinha imediatamente em vista outra coisa, mas que sentido profundo assumem suas palavras, os procedimentos do enredo trágico desse amor. Mais uma vez os dois sentidos: um atribuído pela personagem e outro, o da tragédia. Por algum motivo ele teme o amor de Hamlet pela irmã, fica assustado com ele, quer protegê-la dele. O mesmo acontece com Polônio.

Polônio
Credes em tais ofertas, como lhes chamais?

Ofélia
Eu não sei, meu senhor, o que pensar.

Seguem-se essas advertências:

Polônio
Em suma,
Ofélia, não deis crédito aos seus juramentos...

Como Polônio, Laertes se explica a si mesmo e explica a Ofélia seus temores de forma muito simples: trata-se dos temores naturais do irmão pela honra da donzela, expressos numa linguagem simples e compreensível. Em Hamlet ferve o sangue jovem, é possível que ele a ame nesse momento, mas *ele é príncipe*, não tem liberdade de escolha, está preso à sua situação elevada, *não tem poder sobre si mesmo, é súdito da sua origem, não pode dispor do seu próprio destino*, tem de considerar a aprovação do povo, logo, nele não se pode crer e é preciso precaver-se contra o seu amor.

Laertes
Ele talvez vos ame agora,
E assim nem manchas nem embustes lhe poluam
Os bons propósitos.

Que profundo eco da futura tragédia produzem suas palavras, que não se referem de modo nenhum *a isso*, ao misterioso estalo, ao reflexo da futura dor e desgraça, mas é o raciocínio comum e o temor de um irmão que preza a honra da irmã donzela. Tudo nessa tragédia parece ter duplo sentido:

Laertes
Contudo preveni-vos,
Pesando-lhe a grandeza: ele não é senhor
Das próprias intenções, o nascimento o obriga;
Nem pode, como os homens sem valor, fazer

O que deseja, pois de sua escolha pendem
A sanidade e o bem-estar de todo o reino:
Portanto a sua escolha tem de sujeitar-se
À aprovação e assentimento desse corpo
De que é cabeça. Ora, se afirma que vos ama,
Cabe a vossa prudência acreditar somente
Naquilo que ele, em seu papel e posição,
Possa erigir de dito em feito: e pode apenas
O que consinta a voz geral da Dinamarca.
Pensai no dano que talvez vos sofra a honra
Se lhe escutardes as canções credulamente (...).

Mais uma vez esse "*enquanto...*". Laertes sente que "essa máquina" não pertence a Hamlet, que este é escravo do seu nascimento, que não é dono de si mesmo. E mais uma vez a alusão à tragédia do nascimento: *por que teria nascido...* Desse modo, em relação a Ofélia desenham-se com muita clareza esses dois aspectos de Hamlet: em parte ele está aqui, como todo o mundo, ama uma moça, Ofélia, mas em parte metade (no pressentimento) já não está em si, sua "máquina" não lhe pertence, é escravo de seu nascimento, não será capaz de amar, o amor terminará de modo funesto; aqui já existe um pressentimento misterioso, uma insinuação ilumina a futura tragédia do amor entre Hamlet e Ofélia.

Assim é Hamlet antes da aparição da Sombra: todo pressentimento, todo meia consciência, meio-aqui-meio-lá, no limiar entre dois mundos. Não é absolutamente de fora que a Sombra lhe impõe a vingança. Sem o saber, ele mesmo vai ao encontro da Sombra.

Hamlet
Meu pai, parece que o estou vendo: sim, meu pai (I, 2),

diz ele de repente aos que lhe haviam vindo contar sobre a aparição da Sombra; ele sente sua proximidade. Eis a decifração de todo o Hamlet: ele está sempre vendo o pai pelas lentes da alma[20*].

Horácio
Onde, senhor?
Hamlet
Com o olhar do pensamento, Horácio.
Horácio
Eu vi-o certa vez, era um soberbo rei.
Hamlet
Sim, era no conjunto um verdadeiro homem;
Jamais encontrei, jamais, o seu igual.
Horácio
Senhor, acho que o vi a última noite.
Hamlet
Quem?
Horácio
O rei, senhor; o vosso pai.
Hamlet
O rei meu pai!
Horácio
Contende o vosso espanto e ouvi-me atentamente
Durante alguns momentos, para que eu vos narre
– E invoco o testemunho destes gentis-homens –
O prodigioso fato.
Hamlet
Pelo amor de Deus,
Narra-mo logo!

Na mais tensa surpresa, Hamlet escuta a impressionante narração (mais uma vez narração!) de Horácio sobre o fantasma sem interrompê-lo com uma única palavra: em silêncio. Nesse magnífico quadro de surpresa, de admiração – mas sem chegar ao exagero da estupefação – com que Hamlet escuta isso, nesse quadro sustentado com uma admirável nitidez artística, manifesta-se todo o posicionamento de Hamlet diante da Sombra. Mal a narração termina, ele começa, com um empenho, com uma precipitação que atropela as palavras, a indagar como a coisa aconteceu, mais uma vez surpreso porém não exageradamente: onde aconteceu, se conversaram com ela.

Hamlet
É bem estranho.

E só: isso é bem estranho e só. Nenhuma palavra se repete aqui tantas vezes quanto *strange*.

Hamlet
Certo, senhores, certo; mas estou confuso.
Estais de guarda para a noite?
Todos
Sim, senhor.
Hamlet
Armado, dizeis vós?
Todos
Armado, meu senhor.
Hamlet
De cima a baixo?
Todos
Da cabeça aos pés, senhor.
Hamlet
Então seu rosto vós não vistes.
Horácio
Vimos sim.
Tinha a viseira erguida.
Hamlet
Ah!... E franzia o cenho?
Horácio
Mostrava no semblante mágoa antes que cólera.
Hamlet
E estava pálido ou vermelho?
Horácio
Muito pálido.
Hamlet
Fixava o olhar em vós?
Horácio
Fixava, sem desviá-lo.
Hamlet
Quisera ter estado lá.

Horácio
Pois ficaríeis
Perplexo ante a visão.
Hamlet
Provável, bem provável...
E demorou-se muito?
Horácio
O tempo suficiente
Para contar-se de um a cem, com voz pausada.
Marcelo e Bernardo
Não, demorou-se mais, bem mais.
Horácio
Não quando o vi.
Hamlet
Grisalha a barba, não?
Horácio
A mesma, bem me lembro,
De quando ele era vivo: de prateado sable.
Hamlet
Hei de vigiar hoje de noite: ele talvez
Surja de novo.
Horácio
Surgirá, garanto eu.

Na expressividade tensa e descontínua desse diálogo[21*], desenha-se com nitidez essa meia surpresa de Hamlet, como se ele soubesse de algo surpreendente que já tivesse visto antes nas noites de sua alma, que confirmasse e justificasse na realidade a sua sensação anterior. Hamlet não se apavora – o Espírito o *deixaria apavorado* –, ele se surpreende ao ver realizada a profecia da sua alma. E *ele mesmo* vai ao encontro da Sombra, *ele mesmo quer* perguntar tudo a ela, indagar.

Hamlet
Se assumir a aparência de meu nobre pai,
Falar-lhe-ei, mesmo que o inferno, escancarado,
Ordene que me cale; peço-vos a todos
Que mantenhais silêncio sobre tal visão,

Como até agora a haveis guardado para vós,
E o que na noite de hoje possa acontecer,
Fazei por entendê-lo, sem usar a língua.

Hamlet já pressente o inefável do mistério – suplica calar, *dar sentido a tudo em silêncio* (isso também deve ser lembrado durante toda a leitura subseqüente da peça), pois tudo está construído sobre o silêncio. Ele mesmo vai ao encontro da Sombra, algo o atrai. A súplica para calar é o pressentimento do terrível juramento a ser feito sobre a espada; aliás, toda a cena (antes do encontro com o Espírito, encontra-se com ele nas narrações que ouvira!) é uma antecipação, um reflexo, um pressentimento da cena da aparição da Sombra a Hamlet (mais um detalhe artístico: os testemunhos diferem sobre o tempo de permanência da Sombra, é impossível determiná-lo, perdeu-se o sentido do tempo, "o tempo saiu dos trilhos"). A surpreendente conversa com os "reflexos" mostra a terrível realidade da aparição da Sombra. Hamlet sabe quase tudo:

Hamlet
(...)
O espectro de meu pai, em armas! Não, as coisas
Não estão bem. Suspeito alguma vilania.
Quisera que a noite já tivesse vindo,
Mas até lá, minh'alma, permanece calma!
Inda que a terra inteira os haja de esconder,
Os atos vis terão no fim de aparecer.

Ele sente que se aproxima a revelação do mistério, sabe que irromperá através da massa de terra que o cobre. Por ora, a inquietação da dor é traduzida por esse verso terrível: "Até lá, minh'alma, permanece calma!" É como se duas correntes caminhassem na peça sem se encontrarem mas estranhamente atraindo-se uma à outra. A Sombra procura Hamlet, o próprio Hamlet procura a Sombra: "Quisera que a noite já tivesse vindo." Esse terrível pranto lhe sai dos lábios. Quando as correntes confluírem, quando Hamlet souber de tudo, exclamará: "Oh, minh'alma profética!"; ele pressentiu tudo. Nisso está todo o Hamlet antes da aparição da Sombra[22*]. Mais um detalhe decisivo e importante da conversa: a Sombra, conta Horácio, estava pálida e tinha um aspecto triste. *Já* está aí (antes da aparição da Sombra a Hamlet) a fonte da dor na tragédia e em Hamlet: é a dor do outro mundo, de além-túmulo, a dor que vem daquele país ignoto de onde veio a Sombra, a dor que vem do túmulo, a dor que não é daqui, a dor do pai, do fantasma que se reflete no rosto de Hamlet.

É de suma importância ressaltar precisamente nesse ponto o além deste mundo na dor de Hamlet e de toda a tragédia, pois Hamlet é todo dor, assim como a tragédia é toda dor.

IV

As correntes finalmente se encontram e sua confluência é iluminada por uma luz surpreendente, que inunda toda a tragédia. Hamlet e o Espírito se encontram e só isso já determina todo o desenvolvimento das idéias, a ordem dos sentimentos, o destino do príncipe da Dinamarca e, através deste, todo o desenrolar da ação da tragédia. Chega a terrível hora ("morta") da noite. Frio e vento. Na plataforma erma, a guarda espera a meia-noite combinada. Depois da meia-noite – o tempo não fica bem definido –, entra o fantasma. Hamlet está aterrorizado, de repente transfigurado pela incrível sensação da iminência do encontro com o Espírito, com um fantasma, com um ser vindo de outros mundos.

Hamlet

Valham-nos anjos e ministros e Senhor!
Ou com espírito ou demônio condenado,
Contigo tragas ou aragens celestiais
Ou rajadas do inferno, sejam teus intentos
Benéficos ou maus, surges com aparência,
Tão apta a provocar a minha indagação,
Que quero te falar. E hei de chamar-te Hamlet,
E soberano, e pai, e real Dinamarquês.
Responde! Não me deixes presa da ignorância
Mas dize-me: por que teus ossos consagrados
Romperam a mortalha dentro do sepulcro?

Por que é que a tumba, onde te vimos posto em paz,
Abriu suas pesadas e marmóreas fauces
Para te devolver? O que é que significa
Isso de assim coberto de aço, ó corpo morto,
Vires revisitar os rasgos do luar,
Tornando a noite pavorosa e nos fazendo
– Nós, que da natureza somos o ludíbrio –
Horrorizados sacudir a nossa mente
Com pensamentos que nossa alma não atinge?
Dize, qual o motivo disso? Para quê?
Que devemos fazer?

Nesse monólogo-interrogação, surpreendente pela incrível força do horror que o satura, inflamado pelo fogo que brota na alma horrorizada que *fez contato com o outro mundo*, traduz-se tudo o que até então estava oculto em Hamlet. Tudo se fundiu nessa interrogação de uma alma, de uma imaginação atormentadas *por pensamentos que estão além do alcance de nossas almas*. Hamlet volta a deparar com o pai, hóspede vindo de outros mundos, e lhe pergunta – isso é profundamente significativo e é importante ressaltá-lo –, *ele mesmo* pergunta o que significa a aparição de um ser oriundo do túmulo que atormenta os *bobos de natureza* com um mistério que, sendo de outro mundo, é inatingível para suas almas. E, *o mais importante, ele mesmo* pergunta: "Que devemos fazer?" Que fazer? Nessas palavras delirantes de uma alma abalada, percebe-se tamanho estremecimento, suscitado pelo contato com o mistério que toca as *últimas* cordas da alma, que a afinam no tom máximo possível, tão extremo que a um pouco mais as cordas não resistiriam e arrebentariam; essas palavras encerram tal horror diante do mistério que causam uma sensação de comoção e percepção desse mistério até então desconhecida por sua profundidade[23*]. *De repente*, tudo se desordena: até aquele momento, os dias e o tempo seguiam o seu curso normal – dias, ocupações, acontecimentos –, e bastou um sopro do fantasma para desorganizar tudo. E Hamlet, profundamente angustiado, debate-se diante do seu *novo nascimento*: "Que devemos fazer?" A Sombra acena a Hamlet. Que saída artística! "O fantasma *acena*." Apavorados, Horácio e Marcelo tentam retê-lo, tentam convencê-lo a não seguir a sombra.

Horácio
Está vos acenando.
Para o seguirdes, como se em particular
Quisesse vos dizer alguma coisa.
Marcelo
Vede
Com que polido gesto vos convida a ir
A algum lugar mais afastado: mas não vades.
Horácio
Não, não, de modo algum.
Hamlet
Ele não quer falar:
Irei com ele, pois.
Horácio
Senhor, não o façais.
Hamlet
Por quê? não há razão alguma para medo.
Um alfinete vale mais do que a minha vida;
Quanto à minh'alma, que perigo há para ela,
Se é algo de imortal, tão imortal como ele?
Eis que outra vez me acena. Vou acompanhá-lo.
Horácio
E se atrair-vos para as ondas, meu senhor,
Ou para o topo horripilante da falésia
Que avança para o mar além da sua base,
E lá assumir diversa e pavorosa forma,
Que da soberania da razão vos prive
E à insânia vos arraste? Meditai um pouco:
O mero sítio, sem nenhum outro motivo,
Leva a desesperadas alucinações
Qualquer pessoa que contemple o mar embaixo
– Tantas braças embaixo! – e escute o seu rugido.

Hamlet quer ir, sua vida *vale menos que um alfinete*, o que pode o Espírito lhe fazer contra a alma, *se esta é tão imortal quanto ele*? Entretanto, Horácio tenta preveni-lo com palavras admiráveis: a Sombra pode atraí-lo para a *beira do abismo*, para o topo da falésia, e lá *privá-lo da soberania da razão*, arrastá-lo *à insânia*: eis o que o Espírito pode fazer (e faz) à alma de Hamlet. Só o lugar, o precipício, leva ao desespero cada um que ouvir o seu *ronco*, a sua voz subterrânea. O topo da falésia, a beira do precipício e a sua voz já infundem a loucura, já privam da soberania sobre a razão. Essa imagem expressiva e de um relevo pictórico traduz aquilo ou o sentido daquilo que irá acontecer agora com o príncipe. É difícil imaginar um quadro real mais carregado de "ambigüidade" simbólica, mistério, alegoria. É profundamente importante observar: Horácio prevê que o Espírito pode *privar Hamlet da soberania da razão e arrastá-lo para a loucura*.

Hamlet
Não pára de acenar-me. Vai, que irei contigo.
Marcelo
Não. Não ireis, senhor.
Hamlet
Distância com as mãos!
Horácio
Sede razoável: não ireis.
Hamlet
Meu fado clama,
E põe audaz como os tendões do leão de Nêmea
Até o menor dos ligamentos de meu corpo.
Soltai-me, cavalheiros, que me está chamando,
(*Desvencilha-se deles, e puxa a espada.*)
Por Deus, farei fantasma quem quiser obstar-me.
Deixai-me, estou dizendo. Vai, que irei contigo.
(*O Fantasma entra num dos torreões e Hamlet o segue.*)

Aqui, Hamlet se enfrenta pela última vez com a vida anterior, com o mundo anterior. Nessa cena simbólica de luta com seus companheiros, temerosos de que ele ultrapasse o limite determinado, o marco proibido da última fronteira que separa o mundo do precipício, a razão da loucura, nessa cena de companheiros que tentam retê-lo e de um Hamlet que vence a sua resistência, que solta as mãos que o seguram, manifesta-se, com toda a força da encarnação *cênica* de um símbolo artístico de que é capaz a arte, todo o sentido de seu ato de ultrapassar "o limite", "o marco", e de sua última luta. "Meu destino clama", é o destino que o chama, e ele apenas o segue: "irei contigo". Nesses gritos inquietantemente frenéticos, crescentes e reiterativos, ouve-se a decisão desesperada de ir e seguir o seu destino, responder a seu chamado, de atender a seus acenos, ainda que seja para a beira do abismo, para a loucura. Horácio sabe que *o fantasma o enlouqueceu.*

Horácio
É a imaginação que o torna temerário.
Marcelo
Vamos atrás. Não é prudente obedecer-lhe.
Horácio
Movamo-nos. Em que redundará tudo isso?
Marcelo
Há algo de podre no reino da Dinamarca.
Horácio
O céu guiará o curso das coisas.
Marcelo
Não, sigamo-lo.

E, mais uma vez, em um diálogo de excepcional qualidade artística, lacônico e fragmentário, em ecos e reflexos surge a loucura de Hamlet, a loucura de toda a tragédia com uma surpreendente força de clareza, como uma epígrafe da tragédia, como uma sombra, como um reflexo de todo o seu sentido, de todas as suas inefáveis profundidades. Hamlet e a Sombra saem, as correntes que se atraem se encontram em outro lugar, acendem a chama trágica de toda a peça: lá se desencadeia a tragédia, aqui temos previamente a sua sombra, sua projeção nas palavras e conversas comuns. Sozinha, essa conversa já nos permite compreender que se desencadeou a tragédia: Hamlet *está louco*, o Fantasma o pôs delirante. A que levará tudo isso? Já é o prenúncio do fim! Da catástrofe! *Há algo de podre no reino da Dinamarca*, e o pai, ao transmitir algo ao filho, está arruinando a Dinamarca, entregando-a (é o que vai acontecer no final, segundo a fábula!), pelo visto, ao vencido Fórtinbras, ao filho deste. *Que o céu o guarde.* Relacione-se este último à "sem vontade da providência..." e "existe uma divindade..." de Hamlet, e o "reflexo" será impressionante pelo caprichoso mistério, pelo jogo de luz e sombra, de revérberos, de reflexos fugazes, de prenúncios imperceptíveis... Tanto por seu valor artístico quanto por sua importância para se compreender o significado da tragédia, esse fragmento é uma das passagens mais valiosas da peça. Nele reside toda a tragédia. Para bom entendedor, meia palavra basta!

Adiante, como sempre acontece em *Hamlet*, depois de uma narração, de um diálogo ou de um pressentimento, segue-se a própria cena.

Hamlet
Aonde queres me levar? Fala, que eu não
Irei mais longe.
Fantasma
Escuta.
Hamlet
Estou à espera.
Fantasma
É quase hora de eu voltar para as sulfúreas
E torturantes chamas.
Hamlet
Ai, pobre fantasma!
Fantasma
Não te apiedes de mim, mas ouve gravemente
O que vou revelar-te.

Hamlet
Fala, que estou pronto
A ouvir-te.
Fantasma
E, quando ouvires, a vingar-te.
Hamlet
O quê?

Hamlet é *forçado* a ouvir, assim como será *forçado* a vingar-se. A Sombra o colocou na mesma extremidade que separa o *aqui* do *além*, este mundo do outro. Antes de revelar o seu segredo, o segredo da sua morte, a Sombra o leva ao último marco, ao limite *do segredo de além-túmulo*, cujo conhecimento exige uma transformação física; o ouvido de carne e sangue não pode captar as revelações dos eternos mistérios, a palavra mais leve da narração lhe deixaria o sangue gelado, tão *terrível* é a impossibilidade de compreender tais mistérios.

Fantasma
(...)
Não me fosse proibido revelar segredos
De onde estou preso, eu te faria algum relato
Cujo mais leve termo havia de rasgar-te
A alma e enregelar esse teu jovem sangue:
Teus olhos, como estrelas, saltariam da órbita;
Os teus cabelos entreunidos e intrincados
Soltar-se-iam, a eriçar seus próprios fios,
Tais como as cerdas de irritado porco-espinho.
Mas é defeso apregoar o arcano eterno
Para ouvidos de carne e sangue. Escuta, escuta!

Aqui, o Espírito tem Hamlet diretamente diante do mistério do além, diante dos "segredos de onde estou preso", permite que ele os toque, e insiste para que ajuste os *ouvidos da alma*: "Escuta, escuta! Oh, escuta!"

E *uma só palavra* de Hamlet mostra todo o seu horror místico na disposição de ouvir e agir.

Hamlet
Oh Deus!
A Sombra exige que ele vingue o seu assassinato.
Fantasma
Vinga-lhe o torpe, monstruosíssimo assassínio.
Hamlet
Assassínio!
Fantasma
Sim, e torpíssimo, pois sempre o é; mas esse
Foi muito mais que torpe, estranho e monstruoso.

Hamlet promete voar para a vingança com asas rápidas como as do pensamento ou as do inquieto amor:

Hamlet
Conta-mo logo, para que com asas rápidas
Como as do pensamento ou as do inquieto amor
Eu me atire à vingança.

Isso marcará toda a sua morosidade e inoperância posteriores: é preciso lembrá-lo. A Sombra revela o segredo da sua morte: foi envenenado pelo irmão, e ao contá-lo fala não só do irmão mas também da sua mulher, a mãe do príncipe. É o terrível enredo da tragédia.

Oh! pavoroso, pavoroso, pavoroso!
Se tens em ti amor filial não sofras isso,
Nem que o tálamo real da Dinamarca seja
O leito da luxúria e do execrando incesto...
Mas como quer que realizes tal ação,
Não manches teu espírito, nem urda a tua alma
Coisa nenhuma contra tua mãe: entrega-a
Ao céu, como aos espinhos que ela traz no peito
Para pungi-la e aguilhoá-la. Adeus agora:
Com sua fria luz que vai perdendo o efeito,
Indica o vaga-lume que a manhã vem perto.
Adeus, adeus, adeus, recorda-te de mim.

Só no início o Espírito fala de vingança, e depois pede ao Príncipe que não *sofra isso*, que não permita que o tálamo real da Dinamarca seja o leito da luxúria e do incesto; *nenhuma palavra* sobre o assassinato do tio: "Como quer que realizes tal ação, não manches teu espírito, nem urda a tua alma coisa nenhuma contra tua mãe: entrega-a ao céu, como aos espinhos que ela traz no peito." Isso merece destaque. Aqui não existe legado para matar, mas também não há só vingança; não existe igualmente uma prescrição terrestre *definida*, existe o desvelamento do segredo e um vago *não sofras isto, não seja, não urda*... O motivo da vingança é apenas uma idéia geral, apenas um entre todos os outros, apenas um motivo casual. Hamlet toma conhecimento de alguma coisa que antes já estava em sua alma: "Oh minh'alma profética!", exclama ele. A Sombra confirmou tudo. Hamlet tocou outros mundos, o segredo terrestre lhe foi desvelado *do além*, ele chegou ao limite deste mundo, ultrapassou o seu limiar e viu o que existe além dele, levou para sempre na alma a luz exterminadora do mistério de além-túmulo, do além, que ilumina toda a tragédia e na chama trágica da dor envolve Hamlet por inteiro[24]. Instantes como esse não passam, não se esquecem: Hamlet está fora do mundo do tempo, o passado lhe foi ressuscitado e outro mundo se descortina – ele ouve a voz subterrânea do abismo. É como *se tornasse a nascer*, pela segunda vez, ganhando do pai *uma nova vida* (que já não lhe pertence, já tolhida, já condenada) e *uma alma nova*.

Hamlet

Celestes hostes, vós! Ó terra! Sim, que mais?
Devo juntar o inferno? Oh! basta! ... Firme, firme,
Ó coração! Nem vós, tendões, envelheçais
De súbito, porém sustende-me de pé! (*Ergue-se.*)
Lembrar-te?... Sim, pobre fantasma, enquanto houver
Memória neste globo atônito. Lembrar-te?
Por certo. Apagarei das tábuas da memória
Toda e qualquer anotação banal e tola,

As máximas dos livros, traços e impressões,
Tudo o que nele copiaram juventude
E observação: teu mandamento, e apenas ele,
Há de viver no livro e tomo deste cérebro,
Sem misturar-se com matéria menos alta:
Sim, pelos céus! Mulher nociva!
Vilão, vilão risonho, mas vilão maldito!
Ó minhas tábuas, conveniente é que eu escreva:
(*Escreve.*)
Alguém pode sorrir, sorrir, e ser vilão;
Na Dinamarca, ao menos, sei que isso é possível...
Aqui vos pus, meu tio. Minha divisa agora
É esta: "Adeus, adeus, recorda-te de mim..."
(*Ajoelha-se e põe a mão sobre o punho da espada.*)
Já o jurei.

É difícil comentar essa passagem; é necessário ler. *Aqui está dito* tudo: esse é o momento do *segundo nascimento*[25*]. *Depois disso*, durante a tragédia Hamlet já é bem diferente de todos, já não é um ser comum, é um *ser* que *tornou a nascer*. O homem muda *fisicamente* (nasce) e fica marcado para toda a vida. Hamlet está preso a outro mundo, ao mundo do além, e assim é todo o legado da Sombra, "Adeus, adeus, recorda-te de mim". Nesse admirável "adeus", estão os vínculos que ficam depois da despedida, a lembrança do Espírito – nisso consiste todo o papel da Sombra –, e Hamlet *se lembra* sempre dela, a ela está ligado pelo "adeus" de além-túmulo. Não é por acaso que ele apenas repete: "recorda-te de mim". Nisso está tudo: toda a sua *memória* o liga à Sombra, leva-o a romper com todo o seu passado, com as tábuas da memória (ele *já* fala de "globo atônito" – isso já é loucura), e ele apaga as máximas dos livros, todas as marcas do passado, e só o legado do pai ("recorda-te de mim", e nada mais) viverá em sua memória como a nova *semente* do pai (além-tumular) que lhe deu *uma nova vida, um novo nascimento*: nascimento místico. Nesse juramento de não esquecer, de apagar tudo, nesses chamamentos que repetem o "recorda-te" além-tumular, está todo o sentido desse segundo nascimento. A força artística dessa passagem supera todo o restante na tragédia: *é indizível.* Hamlet foi arrancado do círculo da vida, rompeu seus vínculos com tudo, com todo o seu passado, tocou outros mundos, comunicou-se com o além, mesmo que tenha sido por um instante – talvez a mais ínfima fração de segundo dentro do nosso conceito de tempo –, esteve em outro mundo, em um segundo mundo, misterioso, noturno, desconhecido e para sempre tornou-se *outro.* Tudo o que antecede esse contato com o mundo novo tornou-se trivial – ele apaga (rompimento com tudo), *recorda* para sempre as palavras da Sombra (nova vida) – o que não se pode esquecer –, e aí está a chave para a compreensão de todo o Hamlet: faça o que fizer, diga o que disser, ao falarmos das suas vivências e atos precisamos ressaltar sempre que ele *se lembra da Sombra* o tempo todo, durante toda a tragédia, isto é, *está sempre ligado a ela.* Nisso reside tudo. "Apagar" e escrever: que traço tão realisticamente simbólico! A ligação de Hamlet com a Sombra nas palavras da Sombra que Hamlet repete e *são pronunciadas do além* é a ligação entre os *dois mundos* na tragédia.

Hamlet
Minha divisa agora
É esta: "*Adeus, adeus, recorda-te de mim...*"
Já o jurei.

Nisso está tudo, todo o Hamlet posterior, renascido de um pai do "outro" mundo. Porque é uma ligação sangüínea, seminal, parental, de nascimento (isto é, de toda a vida, de suas raízes, de sua origem) entre pai e filho; uma ligação material, física, palpável, de uma clareza aterradora, ligação das fontes, do princípio da vida, que, ao mesmo tempo, é a ligação mais incompreensível, não racional, mística, como a vida e o nascimento. Quem sabe onde essa ligação termina, e se termina efetivamente? Será que não continua no além, depois da morte do pai, atando o filho com fios invisíveis ao outro mundo? Ao menos em *Hamlet* é assim. Essa ligação seminal, parental, agora além-tumular, atravessa toda a peça. Mas deixemos para adiante o estudo detalhado dessa relação de um mundo com outros mundos através do pai morto e do filho vivo[26*] – a mais evidente, a mais oculta, a mais terrível das ligações – como causa (motivo) única de todos os atos de Hamlet, e daí como mecanismo único de todo o desenvolvimento da ação da tragédia. Falemos agora do seu *renascimento* propriamente dito. Esse renascimento se manifesta com toda a clareza e todo o relevo na cena posterior à aparição da Sombra, na cena do encontro de Hamlet com os companheiros. Isso fica ainda mais claro se a compararmos com a cena que precede a aparição (Ato I, Cena 4): Hamlet está com os mesmos amigos, e suas conversas sobre bebedeira, assim como a estrutura das falas, são bem comuns. Agora tudo muda inteiramente: já é um homem bem *diferente, não é o de antes*, é um homem frenético, que atravessou o limiar, e suas palavras também são *diferentes*. Nessa pequena cena está o embrião do futuro Hamlet: o Hamlet da dor frenética, da ironia e da loucura quase dolorosa-frenética-irônica. Suas incompreensíveis exclamações, brincadeiras, gestos, palavras, estão todas modificadas, são diferentes. A mais plena transfiguração do herói. "Olá, olá, rapaz! Aqui, ó ave, aqui!" –, grita aos seus companheiros, e, quando lhe perguntam o que aconteceu, responde: "Oh, de abismar." Não lhes conta tudo por temer que o divulguem. Hamlet se sente isolado, completamente distanciado dos homens, vive uma vida nova e propõe aos seus amigos *separar-se*:

Hamlet

É certo: assiste-vos razão. Sem mais rodeios,
Acho melhor, portanto, que nos despeçamos:
Ireis para onde vos indiquem o afazer
Ou o desejo, pois não há quem não possua
Afazer ou desejo, inda que valham pouco;
De minha humilde parte, vede, vou rezar.

Todo o mundo tem afazeres e vontade que levam a alguma parte, mas Hamlet tem uma sorte pesada e pobre que o conduz, ele não tem mais afazeres nem vontades, e *vai rezar*[27*]. Aqui queremos apenas estabelecer esse "segundo nascimento", enfocá-lo como fato basilar, e daí explicar todo o Hamlet no próximo capítulo. Horácio lhe diz: "Que palavras, senhor, absurdas e incoerentes." E as palavras de Hamlet serão sempre assim: absurdas e incoerentes. Aqui se manifesta pela primeira vez essa terrível *dispersão* de pensamentos, que sugere uma concentração terrível e tensa de idéias *lá* onde tudo se reúne em um ponto, em um foco de chama ardente, enquanto aqui é luz *difusa*, aqui os pensamentos se dão em raios divergentes, dispersos. Nele os pensamentos têm um curso *próprio*, secreto, invisível, exteriormente estranho, mudo, disperso, ilógico e incoerente, que se enovela em alguma coisa e procura manter-se em um só ponto *girando* em torno dele. Hamlet força seus amigos a jurarem, e *a jurarem sobre sua espada, que vão guardar silêncio sobre o que viram*[28*] (que traço simbólico!); tudo se baseia no silêncio, inclusive o *segredo da sua espada*, que resolve toda a tragédia. O Espírito exige o mesmo *debaixo da terra*. Ouve-se sua voz (a cena do juramento é impressionante: uma voz subterrânea conduz e move os homens na terra) quatro vezes:

Fantasma (*abaixo*)
Jurai!

"Debaixo" (da terra), a Sombra está sempre com Hamlet; este sempre ouve a voz *subterrânea* da tragédia. Toda essa cena se baseia no juramento (de início, a recusa de Hamlet a contar o que lhe aconteceu, inclusive aos amigos), mas aqui há dois detalhes notáveis que caracterizam um novo estado do príncipe – as palavras absurdas e incoerentes –, a forma como Hamlet convida os amigos a jurarem:

Hamlet

Agora, bons amigos*,
(...)
Atendei-me em pequena solicitação.

Que modo admirável de transmitir o estado de um homem que apagou todas as sentenças dos livros: é como se sondasse as palavras ("bons amigos"), como o faz um homem que delira ou depois de um susto, ao despertar de um sonho e pôr as mãos na cabeça. E os gritos lancinantes e frenéticos dirigidos à Sombra e *seu aspecto irônico* transmitem a loucura do seu pavor:

Hamlet

Sim, disseste bem,
Minha velha toupeira. Cavas tão depressa
Por baixo da terra? Que hábil sapador!
Mudemo-nos de novo, amigos.

É impossível falar *disso* de outro modo; por mais terrível que pareça, *só a ironia o transmite.*

Depois do terceiro chamamento da Sombra, Horácio exclama: "Dia e noite! Como tudo isto é assombrosamente estranho!" E Hamlet, que está sempre falando do silêncio de todas as maneiras, responde:

Hamlet

Pois dai-lhe o acolhimento que se dá a estranhos
Há no céu e na terra, Horácio, bem mais coisas
Do que sonhou jamais nossa filosofia.

Nisso se estrutura toda a tragédia: "nossa filosofia" *jamais sonhou* com ela. Aqui temos efetivamente de dar sentido a

* No original: "friends, as you are friends" ("amigos, na medida em que sois amigos").

tudo em silêncio. Hamlet (e o Espírito) exige o juramento em silêncio não só sobre o que foi visto mas também sobre outra coisa:

> Vinde. Jurai aqui,
> Como antes, que jamais (e valha-vos o céu),
> Por singular que eu me porte
> – Já que talvez, a partir de hoje, eu ache bom
> Aparentar disposição extravagante –
> Jurai que nunca, se me virdes em tais horas,
> Fareis algum sinal de braço ou de cabeça
> Nem deitareis alguma frase duvidosa,
> Como estas: "Ora, nós sabemos", "Se quiséssemos,
> Podíamos" , "Se desejássemos falar",
> "Há alguém, que se pudesse", ou expressões assim
> – Ambíguas – pelas quais se note que sabeis
> Algo de mim. Jurai abster-vos.

É preciso tomar o estranho como tal; mas quem toma o estranho por estranho acaba virando estranho: como agora por trás do "estranho" mudam Hamlet e sua linguagem; a seu segundo nascimento corresponde outra alma; aos dois mundos externos correspondem dois mundos internos[29]. Não é a alma que vive no ordinário mundo diurno a que percebe os contatos do outro mundo, do noturno. É a sua outra metade. E é essa "segunda alma" que agora domina Hamlet. *No juramento – nas duas partes de um juramento – percebe-se tudo: Hamlet pede que os amigos não falem, em primeiro lugar, da aparição da Sombra e, em segundo, de seu estranho comportamento e de sua loucura: que não revelem a verdadeira causa, ou seja, a única causa do seu estranho e "impreciso" comportamento posterior e da loucura – a aparição do Espírito. Isso é tudo.* Hamlet sabe que vai comportar-se "odd or strange"; prevê que vai chegar a um estado inusitado, a uma "disposition"[30]. A causa disso é a Sombra. Essa "condição de loucura"[31]* põe em questão se Hamlet está ou não fingindo. Responderemos em detalhes a isso no capítulo seguinte, no qual tratamos do sentido do estado de ânimo de Hamlet após a aparição da Sombra, pois aqui nos limitaremos a ressaltar o embrião do futuro Hamlet depois de seu novo nascimento, na medida em que essa cena, *em contraste* com a quarta, ressalta seu renascimento. Acabamos de observar a estrutura estranha, desconexa e absurda do seu discurso – seu novo estado. Adiante, veremos que estado é este. Por ora, só uma observação: a análise dessa cena mostra que Hamlet, depois de seu "segundo nascimento", não está *em uma* "disposition" *habitual.* Essas palavras devem ser entendidas não só como condição e intenção de representar um papel (a isto iremos nos referir adiante), como as palavras sobre o comportamento estranho, mas de outro modo: Hamlet, que ainda mantém a clarividência do pensamento, percebe que doravante vai comportar-se de modo "strange or odd"; que "this machine" [determinará] os seus atos e a outra alma – "a loucura" – determinará a "disposition". E é justamente por pressentir o que vai lhe acontecer, dobrado sob o peso que lhe cai nos ombros, que ele sente uma aflição confusa e mortal, e de seus lábios escapa esse terrível pranto:

Hamlet

Como as coisas andam
Fora dos eixos! Oh tarefa de irritar
Ter eu nascido para pô-las no lugar!

Mais uma vez, isso não se pode expressar[32*] nem comentar, o sentido desse lamento profundo e inesgotável ficou fundido nesses dois versos e não pode ser decomposto, neles não está apenas o sentido da tragédia de Hamlet, príncipe da Dinamarca, mas também o sentido da tragédia sobre Hamlet, príncipe da Dinamarca. Aqui Hamlet vivencia liricamente a sua tragédia. Ele entrou em contato com o outro mundo, o véu fino desse mundo – o tempo – rasgou-se para ele, esteve imerso no outro mundo. O tempo saiu dos eixos: essa última cortina, que separa este mundo do outro, o mundo do abismo, o terrestre do além. Este mundo está desarticulado, fora dos eixos, rompeu os vínculos com o tempo. Por ter Hamlet permanecido nos dois mundos, estes se fundiram, o tempo ficou em frangalhos. A excepcional profundidade da sensação do outro mundo, do fundamento místico da vida terrestre, sempre suscita a sensação de desmoronamento do tempo. Estamos diante do caminho da "psicologia" para a "filosofia", do interior para o exterior, da sensação para a percepção do mundo: trata-se de um traço simbólico profundamente artístico. Primeiro a desestruturação do tempo, antes de tudo a "psicologia", a *sensação* de Hamlet após comunicar-se com o Espírito, após o segundo nascimento; depois já *o estado do mundo da tragédia*, dos seus dois mundos. É essa *ligação* ("inter-relação") da tragédia de Hamlet com a tragédia sobre Hamlet que constitui a chave para tudo a que nos referiremos no capítulo seguinte. Eis a exposição da tragédia: *dois mundos* se chocaram, o tempo saiu dos eixos. É essa a *sensação* de Hamlet ("a exposição da sua alma, se é que podemos usar essa expressão), e *assim é o estado do mundo da tragédia*. Em que consiste a tragédia? Por que *fui eu gerado* outrora para colocar tudo no lugar, reatar a ligação perdida entre os tempos, realizar a ligação deste mundo com o outro através da ligação seminal, imotivada *na peça* e mística com o pai, a *ligação do nascimento*? Sua ligação está exatamente no nascimento; ele foi exatamente *gerado* (ligação seminal com o pai morto, imotivada, mística) para "uni-los", mas *não deve, não foi chamado a fazê-lo*. Aqui encontramos mais uma vez a ligação da tragédia de Hamlet (gerado, a ligação do *nascimento* com o pai morto, com o outro mundo) e da tragédia sobre Hamlet (através dessa ligação foi gerado para ligar os dois mundos, para "uni-los": isso já pertence ao sentido geral da tragédia).

Hamlet pronuncia essas palavras soluçantes na hora terrível em que a manhã recém-chegada está imersa na noite que ainda não se foi, em que já amanheceu mas ainda é noite (a Sombra vai embora *bem antes* do amanhecer); na hora mística em que a manhã está mergulhada na noite, em que o tempo sai dos eixos, em que os dois mundos – a noite e o dia – se chocam, confluem. "Dia e noite!", exclama Horácio. E não é por acaso que a tragédia dos dois mundos, seu enredo e seu nascimento estão marcados pela hora *entre o dia e a noite.*

Ele pronuncia essas palavras inclinando-se para o chão sob o peso terrível e esmagador que lhe caiu sobre os ombros[33*]. Pronuncia-as antes de ir rezar, inclinando-se sob o peso da tragédia do nascimento. E não é por acaso que essa hora marca o início da tragédia, o seu primeiro ato, que é todo saturado da dualidade de mundos dessa hora e da alma de Hamlet e constitui uma espécie de fundamento sobrenatural da tragédia.

Dois mundos se chocam ao mesmo tempo (em Hamlet e na tragédia), este mundo saiu dos eixos, o tempo saiu dos eixos: é a maldição do destino de ter Hamlet um dia *nascido* para realizar através de si mesmo, com seu nascimento, a ligação dos dois mundos, colocar este mundo nos eixos, pôr o tempo nos eixos.

Nisso consiste toda a tragédia.

V

Hamlet, nascido pela segunda vez, marcado pelo pavoroso sinal do outro mundo, vindo do país ignoto do além para cá, para a terra, e unido àquele país pelo terrível "recorda-te", por toda a sua memória, recordando-o sempre, está definitivamente marcado por seu terrível afastamento e pelo divórcio com o mundo terreno, por uma solidão verdadeiramente trágica, pela última solidão da alma. Hamlet sempre está *só* na tragédia. Por isso são tantos os seus *monólogos*; está sempre a sós consigo mesmo, e quando fala com os outros parece manter dois diálogos – um externo (quase sempre *ambíguo*, irônico, aparentemente absurdo) e outro interno – com sua própria alma. Já observamos esse admirável procedimento de Shakespeare nessa peça: cobrir a ação com o véu da narração sobre seu significado. Ao analisarmos Hamlet, temos de usar o mesmo material. Depois da aparição da Sombra, depois do renascimento e antes que surja diante de nós, Hamlet aparece na narração – narração de uma impressionante clareza e força representativa (o desdobramento da ação é terrível, tal qual uma cena dentro da cena). É como um retrato *pictórico* (tudo aqui vai do externo ao interno, tudo é pintura: o traje, o gesto, a expressão do olhar, do rosto, a imobilidade do olhar como se tivesse se petrificado: tudo são condições indispensáveis a um retrato imóvel para captar o estático) de Hamlet depois do renascimento. Além disso, no "reflexo" desse fenômeno na alma de Ofélia, no tom lírico do fragmento dado pela sedimentação de suas impressões na narração, tornamos a ver o tom da narração. Ofélia está *horrorizada*.

Ofélia
Ó meu senhor,
ó meu senhor! Fiquei tão assustada!
Polônio
Pelo nome
De Deus, com quê?
Ofélia
Quando eu estava costurando
Em minha câmara, senhor, o nobre Hamlet
– Gibão aberto, sem chapéu, as meias sujas
E sem liga caindo-lhe nos tornozelos,
Tão pálido como a camisa que trazia,
Os joelhos a baterem um no outro, o rosto
Cheio de uma expressão tão digna de piedade
Como se alguém do inferno o houvesse libertado
Para contar horrores... – vi-o à minha frente.

Aqui está Hamlet integralmente, como permanecerá até o final da tragédia: distraído, pálido, trêmulo, com um brilho lastimável nos olhos. Aqui, tudo foi captado com a impressionante força da pintura (externa): a delirante confusão (o traje, a palidez, o tremor), a profunda dor e, principalmente, o *pavor* total de tudo isso, tudo o que *assustou* Ofélia na expressão do olhar, em sua *dor*, em seu brilho lastimável: sem saber de nada, porém sentindo, embora enganada, Ofélia captou esse matiz do além, esse terrível traço além-tumular que tudo transfigurou. O sentido do retrato ilumina-se nos olhos: "*Cheio de uma expressão tão digna de piedade / Como se alguém do inferno o houvesse libertado / Para contar horrores.*" Nisso está todo o Hamlet, a sua explicação. Seguem-se a delirante confusão de gestos e movimentos e a incompreensível estranheza dos atos:

Ofélia

Pegou-me o pulso, e segurou-o com firmeza;
Depois, recuando até a distância de seu braço,
E colocando assim a outra mão na testa,
Pôs-se a estudar-me o rosto tão atentamente
Como se o fosse desenhar. E assim ficou
Por largo tempo. Sacudindo-me afinal
Um pouco o braço, e para cima e para baixo
Movendo por três vezes a cabeça, deu um
Suspiro tão confrangedor e tão profundo,
Que parecia espedaçar-lhe o corpo inteiro
E pôr-lhe fim ao ser. Depois, deixou-me livre,
E, a cabeça voltada sobre os próprios ombros,
Encontrou o caminho sem sequer olhá-lo:
Cruzando a porta sem o auxílio de seus olhos,
Em mim, ele os fixou, até não mais me ver.

Eis todo o Hamlet, de meias caindo nos tornozelos, de gibão aberto, pálido como a camisa, sem chapéu, os joelhos a baterem um no outro, sem dizer palavra, como quem se despede de tudo em silêncio, de olhar fixo, suspirando fundo, como se tal suspiro fosse dar um fim a sua vida, e que *encontrou o caminho sem sequer olhá-lo*: "Cruzando a porta sem o auxílio de seus olhos." Assim ele passa toda a tragédia, *comandado* por alguma coisa, sem plano, sem olhar. Libertado do além para contar horrores, trazendo na dor do olhar o brilho além-tumular da dor do além: isso é todo o Hamlet. E ele atravessa toda a peça como um lunático, comandado por uma estranha força, por uma voz subterrânea, com um olhar fixo.

É essa a sombra impressionante de Hamlet projetada na narração: assim ele permanecerá sempre. Aqui está todo o Hamlet depois da mudança, já outro, aflito e assustador, o Hamlet após a reviravolta. É essa reviravolta em Hamlet, seu segundo nascimento, o fato fundamental que tudo determina e do qual decorre tudo o mais com a lógica inevitável da tragédia, que teremos de captar nos reflexos. A tragédia tem sua lógica, talvez obscura e irracional, mas ainda assim dominante e avassaladora. A partir *de certo momento* – todos o observam na peça –, alguma coisa incompreensível acontece a Hamlet. O rei convoca Guildenstern e Rosencratz – amigos de Hamlet que ele enviara para averiguar a causa dessa mudança, que assusta *rei*, *rainha* e Ofélia – e lhes diz:

Rei
(...) Certo já vos falaram
Algo a respeito da transformação de Hamlet:
Usemos esse termo, já que nem por fora
Nem no íntimo ele é o mesmo; e além de ter perdido
O pai, não sonho nem qual tenha sido a causa
Que o divorciou do entendimento de si mesmo.
De verdes anos fostes educados com ele,
E desse modo há muito que lhe sois ligados
À mocidade e ao proceder: rogo-vos pois
Que consintais em hospedar-vos por um pouco
Em nossa corte: levá-lo-eis a divertir-se
Em vossa companhia, e então descobrireis,
Colhendo tudo o que a ocasião vos ofereça.
Se o aflige alguma coisa que desconhecemos,
E que possamos remediar, se patenteada (II, 2).

A loucura de Hamlet assusta o rei e a rainha. As correntes secretas de suas almas lhes dizem que essa loucura é funesta e o rei tenta curá-lo. Pede a Guildenstern e Rosencratz que procurem alegrar Hamlet e esclarecer o que está acontecendo. Mas a mudança é nítida: ele não é mais o mesmo nem de corpo nem de alma. E a rainha diz: "Ide visitar sem mais delongas, Suplico-vos, *meu filho mais do que mudado.*" O rei pressente vagamente alguma coisa, relaciona-o com a morte do pai, mas não acredita que se trate apenas da tristeza provocada por ela. Polônio percebe o mesmo das palavras de Ofélia. "*Enlouquecido* por te amar? (...) Percebo nisso tudo o amor em grau de insânia (...) Foi isso / Que o enlouqueceu" (II, 1).

E disse ao rei que essa era a causa de tudo. "Penso que descobri a causa por que Hamlet anda lunático." Mas a rainha atina melhor.

Rei
(...)
Ele me diz,
Cara Gertrudes, que atinou com fonte e origem
Do destempero que atribula o vosso filho.
Rainha
Temo que não difiram a razão maior:
A morte do pai dele, e o nosso casamento
Mais que apressado.

Mas Polônio diz francamente:

Polônio
(...)
o vosso filho endoideceu.
(...)
Para encurtar a história, Hamlet, repelido,
Cai em tristeza enorme, e desta num fastio,
E deste numa insônia, e logo, em conseqüência,
Numa debilidade de onde procederam
Seus distúrbios mentais; e nessa derrocada
Tombou na alienação em que se delira agora
E que nos causa lástima.

Outra vez coloca-se o problema da loucura de Hamlet; é a questão central que ocupa quase toda a ação (ou melhor, a inércia) da peça, tudo gira em torno desse estranho comportamento ou do estado de Hamlet. Resta saber se Hamlet finge loucura ou se está efetivamente louco. Além da "*condição* de loucura" (veja-se o capítulo anterior), acerca disso ainda encontramos na peça: Hamlet diz aos amigos como se estivesse insinuando:

Hamlet
(...) Sois bem-vindos; mas enganam-se o meu tio-pai e a minha tia-mãe.
Guildenstern
Em que, meu estimado senhor?
Hamlet
Sou louco apenas se sopra o vento nor-noroeste; quando o vento é sul, não confundo garça com falcão.

Aqui já existe a insinuação do *duplo* aspecto do assunto. O rei pergunta aos amigos o que averiguaram.

Rei
E não podeis, bem orientando as vossas falas,
Saber por que é que ele se impõe tão forte enleio,
E rala asperamente a calma de seus dias
Com turbulenta e perigosa alienação?
Rosencrantz
Ele confessa, transtornou-se-lhe o juízo;
Porém de forma alguma quer dizer por quê.
Guildenstern
Nem nos parece predisposto a ser sondado:
Com uma loucura destra guarda-se distante
Quando queremos induzi-lo a confessar
Seu verdadeiro estado.

Aqui já se verifica quase tudo: ele insinua contra si ("he puts on") mas existe qualquer coisa de desvario ("lunacy"). Ele confessou que "transtornou-se-lhe o juízo", mas com a astúcia da loucura de forma alguma quer dizer a causa do seu verdadeiro estado. E depois da conversa com Ofélia, ouvida pelo rei, ele [o rei] diz:

Rei
Amor! Seu ânimo não tende para isso,
Nem o que ele falou, embora meio ilógico,
Era como a loucura; algo lhe vai na alma.

Alguma coisa que a melancolia incuba
E que, ao sair da casca, temo perigosa.

Por último, o próprio Hamlet diz à mãe:

Hamlet
(...)
Deixai que o inchado rei ao leito vos atraia,
Bandalho vos belisque a face, e que a chamar-vos
"Minha gatinha", por um par de imundos beijos,
Ou a correr-vos no pescoço os dedos réprobos,
Vos faça revelar-lhe tudo: que eu realmente
Não estou louco, mas apenas dissimulo.

O mesmo Hamlet diz a Laertes:

Hamlet
Bem sabe a corte, e já por força vos narraram,
Como severa insânia vem me castigando (V, 2).
(...)
Inimiga do pobre Hamlet é sua insânia.

É evidente que aqui há outra coisa: todos o sentem e o próprio Hamlet o diz. Se não é loucura, então é alguma outra estranha transformação – "transformation", algum estado – "distraction", "lunacy" –, é o que todos observam. Por outro lado, ninguém o considera simplesmente um louco, ou seja, simplesmente um homem absurdo, que não regula. O rei percebe que, embora estranhas, suas palavras não são palavras de louco e – o que é mais importante –, Polônio, o único a considerá-lo simplesmente louco, diz: "É loucura, mas há método nela." Não se trata de uma loucura sem sentido mas de uma loucura profunda: "como suas respostas são por vezes prenhes de sentido. É uma felicidade que a doidice freqüentemente alcança, e que a razão e a lucidez não lograriam parturir com tanto êxito". Essa loucura é vez por outra mais profunda que a razão, o que *até* Polônio percebe. Seja como for, existe alguma "loucura": Horácio diz que Hamlet anda delirando por causa do Fantasma; na cena posterior à aparição do Espírito, percebe-se essa "loucura", tanto a autêntica quanto a "convencional". Depois de conversar com Hamlet (que convenceu o rei de que não se trata de loucura mas de alguma coisa encubada pela dor), Ofélia diz:

Ofélia
Que transtornado está esse nobre espírito! O olho
Do cortesão, a língua do letrado, o gládio
Do guerreiro; a esperança e flor do belo Estado;
O espelho da elegância e o molde da etiqueta;
O alvo das deferências, como decaiu!
E eu, entre as damas a mais triste e infortunada,
Que o favo lhe provei das juras musicais.
Agora vejo como sinos dissonantes,
Em descompasso a badalar fora de tom,
Aquela soberana e esplêndida razão:
Mirrada pela insânia a ímpar forma e aspecto
Da juventude em flor! Ai, mísera de mim,
Ter visto o que já vi, ver o que vejo agora...

Como se vê, a "loucura" existe e o "fingimento" não passa de conseqüência, de expressão particular desse novo estado d'alma de Hamlet. Essa "loucura", que todos percebem – através das palavras aproximadas e várias –, é um estado bem específico da alma de Hamlet após o segundo nascimento. A questão da loucura de Hamlet é a questão do seu estado após o "nascimento", e só definindo essa questão é possível entender o sentido dessa loucura. Esse problema, que a peça acaba não resolvendo até o fim (será que Hamlet finge, será que se passa por louco ou realmente é louco? Por um lado, há nítidas indicações de fingimento, por outro, não menos nítidos vestígios de autêntica loucura), mostra, ou melhor, reflete, encerra toda a *ambigüidade* da tragédia: assim, não se consegue distinguir até o fim o que o próprio Hamlet faz e o que se faz com ele, se é ele que brinca com a loucura ou é a loucura que brinca com ele. O mesmo ocorre com o problema da *falta de vontade* (esses dois problemas são o próprio tema deste capítulo). O fato fundamental que a ambos determina é o segundo nascimento de Hamlet. Hamlet está cindido, desdobrado, entregue a dois mundos, vivendo duas vidas, sempre recordando a Sombra: está entregue a uma outra consciência. Sua alma profética, presciente, que vê através do que está oculto, habita dois mundos, e seu coração, tomado de dolorosa inquietude, pulsa no limiar de uma dupla existência[34]. Ele vive duas vidas porque vive simultaneamente em dois mundos. Por isso, está constantemente em plena fronteira, em pleno limite, em pleno limiar, no último marco desta vida. Por isso, sua existência – seu dia dorido e apaixonado, seu sono profeticamente vago como a revelação dos espíritos – não é um estado normal nem comum. Ele *parece* um lunático. Por isso, sua consciência é dupla. *A suas duas existências em dois mundos* corresponde uma consciência dupla – a diurna e a noturna, a consciente e a condicionada, a racional e a "louca", o racional e o supra-sensível, *místico*. Por isso, a sua consciência também está em pleno limite, em plena fronteira do habitual: a existência está no limiar de dois mundos – a consciência no limite do sonho e da vigília, da razão e da loucura, *entre* ambas. É uma outra existência que não pode ser nomeada. Essa segunda consciência, consciência noturna, não tem expressão, transcorre e movimenta-se no silêncio, apenas refletindo-se e projetando-se no dia dorido e apaixonado, precipitando-se na consciência diurna e causando impressão: refletindo-se nela pela loucura[35]*. Eis por que estamos sempre diante de Hamlet como diante de uma cortina que esconde seus verdadeiros sentimentos, disposições, emoções, vendo apenas a sua projeção estranha e incompreensível na "loucura". Aqui temos de conjecturar sobre tudo, aqui nada é dado diretamente. Suas conversas com todos são sempre *ambíguas*, como se ele estivesse maquinando alguma coisa sem dizer o quê; seus monólogos não são o início nem o fim da sua emoção, não a expressam inteiramente, mas são apenas fragmentos, e sempre inesperados, em que o tecido da cortina se esgarça, e nada mais. E só seu *aspecto inesperado* e seu *lugar* na tragédia é que sempre revelam, ao menos um pouco, daquelas profundezas do silêncio de Hamlet em que tudo se realiza, e por isso são percebidas por trás de todas as suas palavras, por trás de toda a cortina de palavras. *Hamlet é um místico*, e isso já determina tudo: o segundo nascimento místico resolveu isso e determinou-lhe a consciência e a vontade. Vivente místico caminhando o tempo todo na beira do abismo, desligado e separado de tudo o que é terrestre, ele *trouxe de lá a dor e a ironia* em sua projeção para a terra. Não se trata de elementos de seu estado de espírito trazidos de fora e arbitrariamente dados, dos quais se deva deduzir tudo como de premissas: trata-se do efeito imediato de seu segundo nascimento, da forma de sua loucura, de seu novo estado, que não reconhece o mundo (a ironia) e está misticamente ligado ao outro mundo (a dor). Imerso no dia-a-dia terrestre, no cotidiano, Hamlet está fora dele, arrancado de seu círculo, olha *de lá* para ele. É um *místico*[36*] que caminha o tempo todo à beira do abismo, e que se relaciona com ele. O efeito desse fato fundamental – de tocar o outro mundo – já é tudo isso: a não-aceitação deste mundo, o desligamento dele, a outra existência, a loucura, a dor, a ironia.

Sua ironia – dorida, fundida com a dor – é, na sua maior parte, o que constitui sua loucura fingida: é apenas um estilo, a forma de sua relação com o ambiente, apenas a expressão *de sua outra existência, do contrário* ele não conseguiria falar. Aqui, a ironia é apenas uma cortina que esconde seu posicionamento diante do mundo. Ela mostra o que há de alegórico em seus sentimentos. É o estilo de uma hostilidade ao mundo, de sua rejeição. É assim que ele fala com Polônio, Guildenstern e Rosencrantz, com o rei e com Ofélia. Isso, evidentemente, é o que consideram (Polônio e as demais personagens da peça) sua loucura fingida. É o "madness in craft". Na ironia, há sempre um elemento "craft", de astúcia, de artificialismo de segundo grau, *de segunda intenção*. Mas se torna evidente toda a base da aflição contida em sua ironia. A loucura de Hamlet está nessa aflição; dela todos falam, o rei pede aos amigos que o alegrem, a rainha diz: "Mas vede lá o infortunado: Como vem lendo triste?"* Hamlet fala de tal modo que, em suas palavras dirigidas a Polônio, Guildenstern, Rosencrantz, Osrico e outros, a ironia alterna com a dor, que se manifesta apenas de uma forma indireta em suas palavras obscuras e fragmentárias. Ele já odeia o sol, e em suas palavras absurdas, com que confunde os cortesãos, transparece a insinuação a toda a obscuridade da sua dor. Do seu diálogo irônico com Polônio escapam estas palavras:

> Pois se o sol gera larvas num cão morto, sendo
> Carne boa de ser beijada... Tendes uma filha?
>
> *Polônio*
> Tenho, senhor.
>
> *Hamlet*
> Não a deixes andar ao sol. (...)
>
> *Polônio*
> Que dizeis a isso?**

É como se com isso ele dissesse *alguma coisa diferente*. Inimigo do sol, ele amaldiçoa a concepção personificada pelo sol, que, acariciando carniça, gera larvas. É assim que a ele se afigura essa concepção do mundo pelo sol. Agora ele se rebela contra a concepção, contra o sol, com as mesmas palavras com que se referiu ao nascimento no mosteiro. Depois de haver conhecido o silêncio e a palavra, diz sobre o livro: "Palavras, palavras, palavras", como se condenasse a palavra.

---

* No original: "But, look, where sadly the poor wretch comes reading."

** No original: "Hom say you by that?" (O que quereis dizer com isso?)

Quer livrar-se do vento na "sepultura", e, quando Polônio lhe pede licença para retirar-se, ele diz: "Não podeis tomar-me nada, senhor, de quem eu não me separo do melhor amo: *exceto a minha vida, exceto a minha vida.*" E com que *sofrimento* pronuncia: "Estes velhos idiotas fastidiosos!" Assim, a ironia se entrelaça com a aflição, tão *angustiante* é para ele. Em seguida, diz ele a Guildenstern e Rosencrantz:

Hamlet

(...) Deixai-me perguntar-vos mais particularmente: que merecestes às mãos da Fortuna, meus bons amigos, que ela vos manda à prisão aqui?

Guildenstern

Prisão, senhor?

Hamlet

A Dinamarca é uma prisão.

Rosencrantz

Então o mundo também é.

Hamlet

Uma vasta prisão em que há muitas clausuras, celas e calabouços, dos quais um dos piores é a Dinamarca.

Rosencrantz

Não achamos, senhor.

Hamlet

Ora, para vós então não é; pois nada é bom ou mau, a não ser por força do pensamento: para mim é um cárcere.

Eles não compreendem, não entendem, mas *desde o primeiro encontro* Hamlet pressente que estão atados, que não sairão dali, que já entraram no círculo encantado e funesto da tragédia, que a sorte já os enviou à prisão. O próprio Hamlet compreende que está numa prisão e por isso sua vontade está paralisada; que, nessa prisão, é um "*prisioneiro do mundo*" (o mundo todo é uma prisão). Não é a omissão que personifica as aspirações terrestres, que o torna infeliz, mas os *sonhos tempestuosos* que ele tem constantemente, e esses sonhos são a sua *loucura*.

Rosencrantz
Ora, vossa ambição é que lhe dá esse caráter: é muito apertada para a vossa mente.
Hamlet
Ó Deus! Eu poderia estar recluso numa casca de noz, e julgar-me rei de ilimitado espaço, não fossem os meus sonhos maus.
Guildenstern
Sonhos que, efetivamente, não passam de ambição: pois a própria substância do ambicioso não é mais do que a sombra de um sonho.
Hamlet
Um sonho é em si mesmo apenas uma sombra.
Rosencrantz
Realmente, e considero a ambição de qualidade tão aérea e leve, que não passa da sombra de uma sombra.
Hamlet
Então os nossos mendigos são corpos, e os nossos monarcas e alongados heróis as sombras dos mendigos... Vamos à corte? pois palavra que não posso raciocinar.

Aqui, percebe-se nitidamente o obscuro curso interior do pensamento de Hamlet. Num diálogo vazio, em plena tagarelice, ele desenvolve seu próprio diálogo. Sente-se atormentado pelos "sonhos maus", seu "orgulho" é a sombra da Sombra. Adiante, com uma impressionante força de clarividência da alma, ele diz aos amigos que foram enviados pelo rei para se certificarem da causa de sua tristeza. Essa adivinhação de Hamlet os deixa assustados.

Rosencrantz (para Guildenstern)
Que dizeis?

Esse acerto imotivado é como uma antevisão da descoberta dos segredos dos pacotes.

Hamlet (à parte)

Não há dúvida então; estou de olho em vós.

E o próprio Hamlet define a sua transformação, o que assusta o rei, a causa que os trouxe para sondá-lo. Essa loucura é a sua dor.

> *Hamlet*
>
> (...) Fugiu-me ultimamente, mas não sei por quê, toda a minha alegria, e renunciei à prática dos exercícios; e tudo me desagrada a tal ponto que esta bela estrutura, a terra, me parece um promontório estéril; este magnífico dossel, o ar, vede este esplêndido firmamento suspenso, este majestoso teto trabalhado com um fogo de ouro, apenas me parece uma repulsiva e pestilenta congregação de vapores... Que obra de arte é um homem, que nobre na razão, que infinito nas faculdades, na expressão e nos movimentos, que determinado, e admirável nas ações; que parecido a um anjo de inteligência, que semelhante a um deus! A beleza do mundo; a flor dos animais; e contudo, para mim, que é esta quintessência do pó? O homem não me encanta, não, nem a mulher.

Assim repercute nele o convívio com o Espírito, o outro mundo; sua visão de mundo, sua cosmovisão é esta: o céu, a terra, o homem... Eis o que lhe aconteceu: sem saber por quê, ele perdeu toda a sua alegria, entregou-se à tristeza. Aqui está Hamlet por inteiro, o aflito príncipe da Dinamarca. Não se trata de uma tristeza leve, doce e secretamente agradável, da melancolia sonhadora de um jovem, mas de uma dor pesada e profunda. Na aflição existe sempre qualquer coisa que não é daqui, a aflição é a dor, é a doença da vida, do terrestre, é a sua depreciação. A aflição de Hamlet *vem de lá* (o Fantasma está aflito). Aqui na terra não há lugar para aflição; na vida como tal não existe aflição. Nela a aflição vem da morte; a aflição é um elemento da agonia, o reflexo da morte que existe na vida. Por isso, na aflição existe sempre algo de místico. Daí a presença do místico em toda a peça, no próprio Hamlet que é todo aflição. Durante a peça, por trás da conversa mais comum, Hamlet está sempre *recordando* a Sombra; às vezes isso aflora:

"Hamlet. – E os meninos levam a melhor? Rosencrantz – levam, senhor; e até Hércules e seu fardo."

> *Hamlet*
>
> Não é muito de estranhar, pois meu tio é rei da Dinamarca, e aqueles que lhe faziam esgares zombeteiros enquanto meu pai era vivo, dão agora vinte, quarenta, cinqüenta, cem ducados por seu retrato em miniatura. Pelo sangue de Cristo, há nisso alguma coisa que ultrapassa o natural: se a filosofia pudesse elucidá-la!

Ele efetivamente não gosta dos homens: "Use every Man after his desert, who should escape whipping?"* Sente-se íntimo dos atores, gosta dos atores que representam reis, de cavaleiros andantes, de amantes suspirosos. Sua mente fantasmagórica se sente íntima da fantasmagoria dos atores, de sua representabilidade, do fato de estarem eles no limite entre dois mundos – o da realidade e o da invenção. Sente intimidade com a própria simbólica da cena, com os impulsos do ator... A aflição o retém permanentemente no limite da vida, e ele permanece eternamente sem saber: ser ou não ser?

> *Hamlet*
>
> Ser ou não ser, eis a questão: será mais nobre
> Em nosso espírito sofrer pedras e setas
> Com que a Fortuna, enfurecida, nos alveja,
> Ou insurgir-nos contra um mar de provações
> E em luta pôr-lhes fim? Morrer... dormir: não mais.
> Dizer que rematamos com um sono a angústia
> E as mil pelejas naturais – herança do homem:
> Morrer para dormir... é uma consumação
> Que bem merece e desejemos com fervor.
> Dormir... talvez sonhar: eis onde surge o obstáculo:
> Pois quando livres do tumulto da existência,

---

* "Tratai cada qual segundo seu próprio mérito, e quem há de escapar aos açoites?"

No repouso da morte os sonhos que tenhamos
Devem fazer-nos hesitar: eis a suspeita
Que impõe tão longa vida aos nossos infortúnios.
Quem sofreria os relhos e a irrisão do mundo,
O agravo do opressor, a afronta do orgulhoso,
Toda a lancinação do mal prezado amor,
A insolência oficial, as dilações da lei,
Os doestos que dos nulos têm de suportar,
O mérito paciente, quem o sofreria,
Quando alcançasse a mais perfeita quitação
Com a ponta de um punhal? Quem levaria fardos,
Gemendo e suando sob a vida fatigante,
Se o receio de alguma coisa após a morte,
– Essa região desconhecida cujas raias
Jamais viajante algum atravessou de volta –
Não nos pusesse atônita a resolução,
Nem nos fizesse tolerar os nossos males
De preferência a voar para outros, não sabidos?
O pensamento assim nos acovarda, e assim
É que se cobre a tez normal da decisão
Com o tom pálido e enfermo da melancolia;
E desde que nos prendam tais cogitações,
Empresas de alto escopo e que bem alto planam
Desviam-se de rumo e cessam até mesmo
De se chamar ação (III, 1).

Eis um admirável entrelaçamento do que é terreno com o que é do além em Hamlet[37*], o limite em que está sempre situado, o limite entre a vida e a morte. Nisso consiste a tragédia: Hamlet gostaria de livrar-se da vida que o nascimento lhe impõe, não quer suportar, gemendo e suando, o fardo da vida; contudo, o país ignorado confunde sua vontade, o mistério do além o tolhe. De alma, ele é sempre um suicida, mas alguma coisa lhe prende a mão. A pergunta sobre o que é mais nobre fica sem resposta, mas Hamlet permanece para suportar "o peso da vida". Esse monólogo mostra que Hamlet está constantemente no limite, no limiar, no cemitério. Nesse sentido, entende-se seu significado central na peça. A idéia do suicídio, oculta, reprimida, percorre toda a tragédia: suicídio – a morte de Ofélia, o desejo de Horácio. Contudo, só poucas vezes aflora à superfície. Antes Hamlet já havia dito: "Se Deus não tivesse proibido o suicídio..." Agora já o tolhe o "país desconhecido". Hamlet parece estar sempre no cemitério. Por isso, em termos de emoções de Hamlet essa cena está diretamente relacionada com o monólogo. No geral, trata-se de uma cena profundamente significativa e simbólica. Mas é tão característica do estado de Hamlet quanto o limite, do mesmo modo que o é o monólogo, a cena com os atores, embora nesta exista também o limite, só que de outra ordem. Aqui o estado d'alma de Hamlet é ressaltado pela luz que os coveiros projetam sobre ele. Hamlet e os coveiros: duas espécies de pessoas, uma de homens simples, comuns, que entendem a morte de um modo terreno, *cínico*, e um homem marcado, cuja alma vive permanentemente no limite entre a vida e a morte. Os coveiros estão sempre no cemitério – entre túmulos, caveiras, cadáveres, ossos –, abrem covas e cantam sobre a juventude, a velhice, a morte, brincam e riem. Só aparentemente estão no túmulo, não refletem, não sentem a morte. Um tanto cínicas à moda popular, tristes e alegres ao mesmo tempo, suas canções e conversas ressaltam seu aspecto plenamente oposto a Hamlet. Essas palavras personificam sua atitude tranqüila e indiferente diante da morte, atitude *comum*, diante do habitual, do cotidiano, do *vital*. Para eles, não há na morte nada de surpreendente, ela é apenas um episódio inevitável, desagradável mas comum na vida.

Hamlet

Não tem esse tipo consciência de seu mister, que assim canta abrindo a cova?

Horácio

O hábito lhe deu a isso um caráter indiferente.

Hamlet

É isso mesmo, a mão que pouco trabalha tem o tato mais delicado.

Hamlet examina caveiras. Aqui, o importante não é julgar – o que Hamlet menos faz é *julgar* –, ele sente, experimenta, vive. São caveiras de políticos, cortesãos, gente do povo, advogados, compradores de imóveis, adquirentes (uma coisa notada: como é *doloroso* a Hamlet conversar com o coveiro, e como o coveiro o trata mal – por ouvir dizer –, de sorte que o povo não só *gosta* de Hamlet). A cena é saturada de tal estado necropolesco de Hamlet que, se alguém se deixasse imbuir dele, não conseguiria viver, tamanha seria a falta de objetivo e a falta de sentido do que fazer neste mundo. Aqui não importam em Hamlet os juízos mas a *sensação profunda*[38*] do cemitério e o estado peculiar de tristeza necropolesca que impregna toda a peça. "Custou tão pouco a formação desses ossos, que servem apenas para jogar com a malha? *Só de pensar nisso os meus doem*", diz Hamlet com incontido sofrimento. Hamlet está nesse estado, sublinhado aqui (essa *sensação do secreto* em Hamlet, o fato de não conhecermos *diretamente* seus sentimentos e estados de ânimo mas apenas o vermos como por trás de uma cortina é conseqüência de seu contato com o outro mundo e de sua "outra existência, da loucura") mas furtivamente percebido em toda a peça, estado daquela peculiar *tristeza* aflitiva decorrente do fato de estar sempre ele no extremo da vida, no seu limite, que pode ser denominado estado tumular, ou melhor, estado liminar de tristeza. A caveira de Yorick exterioriza de modo especialmente vivo esse sentimento: está quase passando mal de tristeza.

Hamlet

Deixa-me ver. (*Pega a caveira.*) Que lástima, pobre Yorick! Eu o conheci, Horácio – era um tipo de infinita jocosidade, e da mais notável fantasia. Ele me levou às costas mil vezes... que horrível, agora, é imaginar tal coisa! Como é nauseante! Aqui ficavam lábios que beijei não sei quantas vezes. Onde estão agora as tuas chufas? as tuas cabriolas, tuas canções, teus lampejos de chiste que davam acessos de alegria aos comensais? Nenhum mais, agora, para zombar de teu próprio ríctus?

Caiu-te o queixo? Vai agora à câmara de minha dama, e dize-lhe que, ponha ela embora uma polegada de pintura sobre as faces, não poderá fugir, um dia, a esta aparência.

Depois disso, cria-se uma atitude *nova e peculiar* diante da vida, dos advogados, compradores de imóveis, de todos os assuntos terrestres, dos grandes e pequenos, do cortesão adulador ou senhor que elogia um cavalo e cuja caveira o coveiro está lançando à terra, a Alexandre Magno, cujas cinzas talvez tenham servido para rebocar parede. Essa *nova* atitude em face da vida, ou melhor, esse estado d'alma é a percepção da vida *sub specie mortis*[39], é o estado *aflitivo*[40]*. Entretanto, não se deve pensar que a cena do cemitério, como o monólogo "ser ou não ser", ocupa posição particular na tragédia, fora da ação, como quadros *gerais* do estado de ânimo de Hamlet diretamente desvinculados do desenrolar da ação na tragédia: ao contrário, essas cenas só adquirem seu sentido integral se relacionadas com a ação da tragédia. A aflição, a ironia, a loucura, a vida mística da alma, a *lembrança do pai* e sua ligação espiritual com ele não são meros traços isolados da vida da alma de Hamlet, que dominam e se elevam sobre sua imagem na tragédia, mas estão estreitamente relacionados com todo o desenrolar da ação, *são seus reflexos*; não são "lugares-comuns" da tragédia, sua "filosofia", seus juízos, mas fatos da vida espiritual de Hamlet que decorrem diretamente do desenrolar da ação (a aparição da Sombra) e que, por sua vez, integram imediatamente o mecanismo da tragédia e estão diretamente ligados a seus atos (e por isso lhes dão um enfoque especial, um sentido especial). Só em função deles é possível compreender esses estados de ânimo e a relação da vida interior de Hamlet (a vida de sua alma) com o papel externo (seus atos, *this machine*...) que desempenha na tragédia, a relação estranha e incomum que implica a decifração do mistério de todo o mecanismo da tragédia.

VI

Examinemos agora outro aspecto de Hamlet – sua *ação* na tragédia, ou melhor, sua inércia, pois, salvo uma parte da última cena, insignificante pela dimensão, o conteúdo de quase toda a tragédia, sua "*ação*" consiste na "inércia" do seu herói[41*]. Essa questão da falta de vontade de Hamlet deve ser considerada central para a compreensão da peça e posta em relevo para a interpretação de Hamlet. Isso deve elucidar uma concepção bastante substancial da explicação da fábula e, daí, da tragédia em seu conjunto. Não se trata apenas da enigmática inércia de Hamlet mas também de seu *estranho* e incompreensível *agir* (porque, apesar de tudo, ele "age" na peça, ainda que de modo estranho e incompreensível), não só de sua inexplicável falta de vontade mas também de sua vontade impressionantemente dirigida (*porque ainda assim a sua vontade se manifesta na tragédia – seus atos, assuntos, etc.*). Noutros termos, a questão se coloca assim: do Ato I à última cena do Ato V, Hamlet aparentemente não age, ou seja, não mata o rei, e ainda por cima suas auto-acusações de inércia ressaltam isso e não permitem considerá-la suscitada apenas pelas condições técnicas do drama nem forçada por obstáculos externos que deveria superar antes de fazer o principal; pelo visto, essa inércia tem na tragédia um sentido que precisa ser elucidado; por outro lado, mesmo assim Hamlet "age" na tragédia, manifesta sua vontade (o espetáculo, o assassinato de

Polônio, de Guildenstern e de Rosencrantz, do rei e de Laertes), o que mais uma vez deve ter seu sentido na tragédia. É claro que essa enigmática inércia e a incompreensível ação, a inexplicável falta de vontade e a vontade estranhamente dirigida (o que cabe esclarecer aqui) são dois aspectos da mesma questão, duas manifestações da mesma essência e, no fim das contas, a mesma coisa.

Logo fica claro, e sem mais palavras, que no próprio estado d'alma de Hamlet, como delineado no capítulo anterior, já estão presentes todos os elementos da "falta de vontade", que na tragédia devia manifestar-se na inércia. É o homem que não aceita este mundo, que está em seu limite, que está desligado dele, imerso na aflição, isolado na última solidão da alma, que *não quer* viver, cuja vida lhe foi imposta pelo nascimento, e não pode nem deseja agir ou manifestar sua vontade. Não é que uma coisa decorra da outra – a falta de vontade da aflição –, mas que ambas são dois aspectos de um mesmo estado d'alma. A aflição de Hamlet e sua falta de vontade são igualmente "centrais" em sua imagem: nisso reside a estreitíssima relação que na tragédia existe entre o herói (a aflição) e o desenrolar da ação, a fábula (falta de vontade), tema fundamental deste ensaio. Nesse sentido, o monólogo "Ser ou não ser" e a cena do cemitério são muito significativos, porém assumem importância maior em função de outro aspecto desse problema (o da "estranha vontade"), no qual ganham um sentido peculiar e profundamente significativo. A ação está sempre no mundo, *na vida*, enquanto Hamlet está *fora* do mundo, *fora* da vida. Daqui podemos passar ao essencial. A aflição de Hamlet, que explica sua inércia, a imobilização de sua vontade, não é causa fundamental, *originária*, mas derivada, e provém de seu isolamento do mundo, que, por sua vez, tem em Hamlet o sentido e um caráter d'alma peculiar, específico, a que já nos referimos anteriormente. O fato fundamental de Hamlet é seu "segundo nascimento", e o estado místico de duas vidas e dois mundos que deriva daquele explica sua vontade "inativa" e "estranhamente atuante". *Hamlet é um místico – isso determina não só seu estado d'alma no limiar de uma dupla existência, de dois mundos, mas também sua vontade em todas as manifestações negativas e positivas, na ação e na inércia.* Os estados místicos da alma foram assinalados por uma profunda falta de vontade, por uma paralisia interior da vontade, e devem manifestar-se pela inércia. Se enumerarmos todos os conhecidos sintomas comuns desses estados – sua inefabilidade, inexprimibilidade, a sensação do secreto em Hamlet, a cortina, a loucura, o silêncio; sua brevidade e fugacidade, ou melhor, a extratemporalidade, a sensação do desmoronamento do tempo, sua aparente inexplicabilidade, intuitividade; e, por último, a inércia da vontade –, então teremos de examinar particularmente esta última[42*]. O místico sente sua vontade como que paralisada; uma vez que nos estados místicos existe algo *que não é daqui*, algo *que não é deste mundo*, que não é terrestre, o que constitui sua essência principal, então neles não existe o elemento de vontade, pois, sendo *extramundo, fora do mundo*, excluem a possibilidade da ação. Ainda mais se não se trata de estados místicos em geral, e sim de *aflição mística*. Mas esse último indício implica dois aspectos: o primeiro, em nossos termos, é a paralisação da vontade, e daí a inércia; o segundo não é a falta de vontade mas a subordinação da vontade, o tolhimento das ações. Ele sente sua vontade dominada por uma força estranha (o que, por outro lado, é ausência de vontade) que o dirige. Eis por que essa inação de Hamlet, assim como seus atos, não se deve ao seu caráter mas a todo o conjunto da tragédia: através de Hamlet – que está sob o poder de uma força do além, de um Hamlet que subordinou e atrelou sua vontade a uma ligação com o outro mundo –, esse segundo mundo, essa força do além influencia todo o desenrolar da ação. De modo imperceptível, através de Hamlet o fio do místico do além se entrelaça com o real. Adiante veremos que espécie de força é essa que movimenta todo o mecanismo da tragédia. Essa última peculiaridade dos estados místicos – falta de vontade ou subordinação da vontade – assemelha esses dois estados com a subordinação à estranha força que constitui a essência do chamado "automatismo" e do transe mediúnico-místico: é impossível estabelecer um limite entre ambos. Em Hamlet, verificam-se esses dois aspectos de um mesmo fenômeno: ele é um místico, o que determina seu estado d'alma, e com isso ele é o *médium* da tragédia que se encontra sob o poder de uma força desconhecida; seu específico – se é que se pode dizer assim – "automatismo trágico" (a subordinação da vontade à tragédia; lembremos seu *this machine*) explica tudo. Hamlet escreveu a Ofélia: "Teu para sempre (...) *enquanto lhe pertença esta máquina corpórea, Hamlet.*" O sentido de sua falta de vontade está em que "esta máquina" já não lhe pertence; está subordinada a outra força, está sob o seu poder; o sentido de suas "falta de vontade e vontade", de suas inação e ação, está no *automatismo trágico*[43], na subordinação de *this machine* à tragédia; agora, seus atos, suas ações, assim como sua inação, independem de sua alma, pois quem faz tudo é "essa máquina", que tem um só motivo para ambas as coisas em todos os casos: *assim requer a tragédia.* Que força é essa da tragédia, qual o sentido desse "*assim requer*", é coisa que veremos adiante. Nisso consiste a tragédia pessoal de Hamlet – porque ele é um ser humano e não uma máquina – e que ao mesmo tempo não pertence a ele. Nesse automatismo trágico reside tudo: tanto a tragédia pessoal de Hamlet quanto o sentido de toda a tragédia.

Antes de mais nada, o próprio Hamlet tem consciência disso e – o que é de profunda relevância observar – angustia-se e *não compreende* (eis o principal!) sua falta de vontade, não sabe *o que* lhe tolhe a vontade. A angústia da inércia lhe aparece pela primeira vez após a declamação do ator. Essa cena da declamação é profundamente marcante no sentido de expressar o estado d'alma de Hamlet: ele apenas *ouve* o monólogo – a narração de Enéias a Dido sobre o assassinato de Príamo. Sua mente experimenta uma estranha alegria diante dos quadros trágicos dos horrores de Tróia, como se ali, na trágica Dinamarca, repercutisse o eco e se projetasse a sombra daqueles acontecimentos, assim como em seu drama pessoal repercute o drama de Pirro: é assim que lá e cá se entrelaça a tragédia pessoal e familiar com a tragédia do reino – Horácio lembra Roma. Eis uma daquelas representações magníficas e alegóricas da sensibilidade de Hamlet para o mistério que preenchem toda a peça. O próprio Hamlet declama e ouve o monólogo sobre o assassinato motivado pela morte do pai, sobre a vingança de Pirro pela morte do pai de Aquiles e sobre o quadro, entrelaçado com essa história, da destruição de Tróia e da dor de Hécuba, imerso de modo inefável na contemplação do lado místico de sua alma, em que amadurece a morte do rei e se esboçam os contornos da destruição da Dinamarca entrelaçados com os contornos de sua própria morte: as sementes lançadas do outro mundo vegetam em sua alma. No sofrimento louco e indescritível que lhe infunde morte na alma, Hamlet esquece tudo; voltando a si, ele mesmo não compreende seu estado nem a si mesmo. Como o leão Hircano, sedento de sangue, em armaduras negras como a noite e agora banhadas em sangue, Pirro procura Príamo. Em Hamlet amadurece a fúria de Pirro, que vinga o pai, e sua ira mortal, que num abrir e fechar de olhos brotará da região obscura do inconsciente, transbordando, banhando e envolvendo tudo, e resolverá todo o problema num instante medido pelo pêndulo da tragédia, a cujo mecanismo está subordinada a "máquina" de Hamlet. Ao zunido da espada Príamo cai por terra. Nesse instante,

> Em luta desigual, cai Pirro sobre Príamo:
> Irado, não acerta: mas a agitação
> Do ar revolto pela espada inexorável
> O ancião derruba já de músculos sem força:
> A bruta Ílio, como se sentisse o golpe,
> Inclina para a base o topo flamejante,

E o horrendo baque prende o ouvido de Neoptólemo.
Pois vede! fica no ar, como paralisado,
O gládio que buscava a fronte lactescente
Do venerando Príamo; e, ficando imóvel,
Pirro, qual se a pintura fosse de um tirano,
Ou como neutro entre o desígnio e a execução,
Nada operou.
Tal como às vezes, antes de uma tempestade,
O céu fica saliente e as nuvens não se movem,
E os arrojados ventos perdem toda a voz,
E abaixo a terra ostenta a quietação da morte,
Mas logo rasga os ares o hórrido trovão,
Assim depois da pausa, ativa-se a vingança
E impele Pirro.

Segue-se um quadro horrendo, reflexo da catástrofe, do golpe. Pirro fica imóvel, levanta a espada, esta paira no ar – não foi assim que Hamlet se deteve? Pirro está imóvel, mas isso é uma pausa antes da tempestade, quando o trovão rasga de repente os ares. Não é assim o caráter tenso da "inércia"? Ela está plenamente "imóvel", nela tudo está impregnado do pressentimento da catástrofe. Esse monólogo, artisticamente "representado", desenha o estado de Hamlet e, além disso, é um eco de toda a tragédia: é como se pairasse sobre ela. A dor de Hécuba e a fúria da paixão de Pirro inflamam o ator, que chora e muda de feição. Hamlet experimenta o efeito da atuação emocionante do ator. Não compreende por que a paixão que nele cresce resolve-se num vazio, por que retarda sua ação e não age, por que em sua alma ainda não existe a fúria que instiga e faz agir, não existe o impulso, o estímulo para tudo realizar. Ele se acusa de tudo, não entende o *porquê*, angustia-se com isso, sem saber que *assim requer a tragédia*.

Hamlet
É isso; bem, adeus. Agora estou sozinho.
Oh! que vadio sou, que tipo dos mais vis!
Não é monstruoso? Aquele ator pode forçar

A própria alma a lhe sofrer com o pensamento,
E era uma fantasia, um sonho de aflição:
Agindo a alma, ele ficou de rosto branco,
O aspecto conturbado, os olhos lacrimosos,
A voz entrecortada: o desempenho inteiro
Com gestos e expressões se lhe ajustou à idéia:
E tudo, tudo aquilo, por nenhuma coisa!
Por Hécuba!
Que é Hécuba para ele, ou ele para Hécuba,
Que a deva prantear? Que é que faria ele,
Se possuísse os meus motivos de paixão,
As minhas deixas para a dor? Submergiria
O palco em lágrimas, e com horríveis falas
Havia de orçar o ouvido de assistência,
Enlouquecer o réu, pôr o inocente pálido,
Confundir o ignorante e no estupor lançar
As próprias faculdades de enxergar e ouvir!...
Mas eu, paspalho inerte, de ânimo de lodo,
Arrasto-me alquebrado como um João-dos-sonhos,
Nem posso dizer nada, já que não me imbuí
De minha causa: oh não, nem em favor de um rei
Do qual a propriedade e a vida ultrapreciosa
Sofrendo execrando o arrasador ataque:
Serei covarde? Quem me chama de vilão
Parte-me o crânio, arranca a minha barba e, aos sopros,
Lança-ma ao rosto? Quem me puxa e torce as ventas?
Para, iludindo-me, levar-me à perdição.
Preciso de razões mais concludentes que essa;
A consciência do rei se trairá com a peça.

Nesse monólogo, desde o "É isso... Agora estou sozinho", tudo é recolhimento, concentração na solidão da alma, em si mesmo; vê-se que Hamlet não entende a si mesmo, censura-se severamente; seu "eu" lhe é algo tão terrível e horroroso que ele mesmo se assusta, censura-se, e não entende a causa de sua inércia. O ator podia subordinar sua alma à sombra da paixão, à dor de Hécuba, enquanto Hamlet – que não é covarde, que odeia profundamente o rei e é estimulado à vingança pelo céu e o inferno – explode em impropérios. Nessas censuras a si mesmo, subjaz o estilo sumamente profundo da tragédia, seu "mundo como vontade e representação": através das raízes profundas de sua vontade, ele tocou a raiz profunda da tragédia, da qual se desenvolve a ação, está ligado a ela mas em sua contemplação *não compreende a si mesmo*. Esse monólogo de Hamlet (e o seguinte) são particularmente notáveis pela força da expressão do "automatismo trágico" em sua alma e de sua dor interior por ele causada. Contudo, isso é apenas uma parte do monólogo sobre a inércia, pois a outra se refere à ação. Ele quer que os atores representem diante do rei uma coisa parecida com a morte de seu pai. Aqui se vê com que "tosca" realidade Hamlet percebe a aparição do Espírito: isso não é uma ficção, uma convenção, já que ele o vê como veria cada um de nós. Foi precisamente o Espírito e ninguém mais que aqui lhe revelou o conhecimento fantasmagórico, não terrestre. Para agir na terra são necessários fundamentos mais firmes. Ele fará o assassinato revelar-se através de um órgão diferente, singular. Através da consciência do rei, essa representação, essa reprodução, esse assassinato desmascarado pelo Espírito e a fala concretizada do fantasma irão chocar-se com o assassinato real, acontecido na realidade. As revelações do Espírito, reproduzidas no palco, devem suscitar uma terrível reação diante do terrestre. Nesse sentido, a cena dentro da cena é um ato impressionante. Primeiro é a terrível fusão do *outro* com *este*, do *aqui* com o *além*, e através dessa fusão Hamlet traduz para o idioma terreno as palavras do Espírito; segundo, com seus atos e ações Hamlet aciona de modo involuntário os pedais da tragédia, que desencadeiam o desenrolar geral da ação. Assim, a representação altera radicalmente o curso da ação, serve como ponto de sua reviravolta, de onde a tragédia se precipita para o desfecho. Hamlet intercala na peça *O assassinato de Gonzaga* seus próprios versos; procura convencer os atores a serem naturais, a reproduzirem tudo com precisão, mas "ao natural", próximo da realidade: angustia-se com o aspecto fantasmagórico, inexeqüível de seu conhecimento, acha que a isto se deve a "inimpulsividade", incapacidade desse conhecimento de dar o impulso para a ação, para a realização: ele quer uma cópia a mais próxima possível da realidade:

> *Hamlet*
>
> Não sejais tampouco incaracterístico, mas deixai que o discernimento seja o vosso preceptor: ajustai o gesto à palavra, a palavra ao gesto, com o cuidado específico de não ultrapassardes a natural moderação: pois o exagero foge ao propósito do teatro: o objetivo deste, a princípio e agora, foi e é oferecer um como espelho à natureza (III, 2).

Esse espelho da natureza é o espelho da vida – a cena –, é profundamente significativo na tragédia como profundamente significativa é a cena na cena. Adiante falaremos de seu significado para a peça no conjunto e para o desenrolar geral da ação, assim como da cena no cemitério. Aqui foi introduzida na cena a sua própria simbólica – as leis desse espelho da vida, o ator que representa um papel que não escolheu e vive, ou seja, é como se a ordem da vida estivesse invertida – mas que é a mesma coisa segundo o sentido secreto da tragédia. Aqui, temos a cena na cena, porém o próprio Hamlet é apenas uma cena. Essa simbólica da cena (do próprio Hamlet como "espelho da vida"), seu sentido e a lei de sua ação foram exteriorizados, abstraídos da peça, captados. Hamlet combina com Horácio observar o rei durante a representação:

> (...) O rei virá ver uma peça agora:
> Uma cena aproxima-se das circunstâncias
> – Eu já tas detalhei – em que meu pai foi morto.
> Quando chegar o trecho, peço-te que usando
> Toda a penetração de tua alma, olhes meu tio:
> Se a culpa que ele esconde não sair da cova
> A uma tirada, então o espectro era infernal

> E são ignóbeis como a forja de Vulcano
> As suspeitas que nutro. Observa-o com atenção,
> Que cravarei o meu olhar no rosto dele:
> Confrontando depois as nossas impressões,
> Ajuizaremos da expressão que tiver tido.

Hamlet deve parecer alegre: "I must be idle." Contudo, a sombria inquietação provinda da expectativa da "realização", da concretização das palavras do fantasma, faz-se sentir nas conversas com o rei, Polônio e Ofélia.

> *Rei*
> Não tenho nada a fazer com essa resposta, Hamlet. Vossas palavras não me pertencem.
> *Hamlet*
> Não, nem me pertencem mais.

Já não são dele; a sua alegria forjada explode como uma cortina esticada, e nela há muita dor.

> *Ofélia*
> Estais alegre, meu senhor?
> *Hamlet*
> Quem, eu?
> *Ofélia*
> Sim, meu senhor.
> *Hamlet*
> Ó Deus, não acharíeis outro farsante como eu. Que pode alguém fazer, senão estar alegre? Vede que ar risonho tem minha mãe, e meu pai morreu nem há duas horas.

Nessa alegria (há também alegria: a alegria obscura suscitada pela justificação, alegria funesta), já existe o reflexo da alegria bárbara, terrível e lúgubre que se apossará dele depois da representação.

Começa a pantomima, um traço profundamente simbólico: é apenas a fábula, o esqueleto da peça, sua pantomima (o desenvolvimento nu da ação, destacado e reproduzido) que domina toda a peça, antecipa-a e a determina, mostra simbolicamente aos espectadores esse domínio, o desenrolar da ação, o mecanismo, e só mais tarde a substitui pelos juramentos da rainha, isto é, pela própria peça. É uma passagem de suma importância para compreender as leis da ação na tragédia *Hamlet*: ali também existe a "pantomima", mas não está destacada, está na própria tragédia e na alma de Hamlet, e até na própria ação: a pantomima é aquele *assim requer a tragédia* imotivado, apriorístico, que paira sobre ela. Já prevenido, o espectador vê de outro modo o diálogo entre as personagens, seus atos, etc. É de suma importância observar essa pantomima em *Hamlet*. Mas deixemos isso para depois. Por ora, cabe apenas salientar como na cena dentro da cena se percebeu a própria simbólica da tragédia, como se aquela tivesse sido destacada desta.

Ofélia
Que quer dizer isso, meu senhor?
Hamlet
Claro, é uma iniqüidade oculta, quer dizer um crime.
Ofélia
Parece que a pantomima encerra o argumento da peça.

Começa a própria peça: o sobrenatural corporifica-se na representação.

Rei
Como se chama a peça?
Hamlet
A ratoeira. Ora, por quê? Por metáfora...

Eis a simbólica da cena: aqui tudo é "metafórico", tudo em sentido figurado. Dominado por uma terrível tensão, o príncipe narra, faz sugestões, interrompe a peça.

Ofélia

Explicais tão bem como um coro, meu senhor.

Hamlet interrompe o ator e sugere a cena do envenenamento. Essa cena é um horror pelo que tem de representação do além e de seu choque com o terrestre. No palco o rei já profetiza (subordinado à pantomima da peça):

Mas, onde comecei, aí vou terminar:
Correm-nos tão contrários a vontade e o azar,
Que ruirá sempre o que tivermos planejado:
O pensamento é nosso, não o resultado.
Pensas que não terás segundo casamento,
Porém, eu morto, morrerá tal pensamento.

O rei no palco já está doente do pressentimento de sua morte iminente. Aqui já está "no reflexo" o sentido de toda a fábula da peça. O rei presenciou o terrível desmascaramento de seu crime – as palavras do Espírito se justificaram, revelou-se o assassinato; por um instante – o tempo entrou nos eixos –, na alma de Hamlet não existe mais divórcio entre o *lá* e o *aqui*, o fantasma transformou-se em realidade, horrorosa realidade, a veracidade do além foi confirmada. A representação está interrompida. Tomado pela frenética paixão da loucura, da alegria desesperada e do horror, Hamlet se sente esmagado por uma força triunfante, como se de repente tivesse percebido a verdade do fantasma e o peso de sua meta. Esses gritos ensandecidos de louca alegria e dor exaltada ("Oh, as flautas! Deixai-me ver uma") descrevem seu estado: o frenesi da paixão chega ao limite, a corda está esticada ao máximo, a ponto de arrebentar. Seis versos – absurdos e dolorosamente selvagens – sobre o veado ferido e o rei... Ao mesmo tempo não é uma paixão ativa que o incita, que o impulsiona, mas uma paixão que o *esmaga* (e Hamlet se sente esmagado por seu peso). Esse *esmagamento* de Hamlet delineia-se melhor na conversa com Guildenstern, Rosencrantz e Polônio, que lhe transmitem um chamado do rei.

> *Guildenstern*
> Meu bom senhor, dai algum nexo a vossas falas, e não eviteis tão selvagemente o assunto.
> (...)
> *Hamlet*
> Não posso, senhor.
> *Rosencrantz*
> O que, príncipe?
> *Hamlet*
> Dar-vos resposta sensata: – meu espírito está enfermo. Mas, senhor, a resposta que eu puder dar está às vossas ordens, ou antes, como dizeis, às ordens de minha mãe. Basta portanto, vamos ao assunto. Minha mãe, dizeis...

Na bela cena das flautas, onde a *ironia* (que *por si só* mostra toda a profundidade de sua solidão) ganha uma força impressionante, ele diz: seus segredos, os segredos de sua alma que os outros vieram arrancar, são mais profundos que os segredos da flauta que eles não sabem tocar; e Hamlet não pára de se comparar a um "instrumento":

> *Hamlet*
> Pois vede agora em que mísera coisa me transformais! Quereis tocar-me; presumis conhecer-me as chaves; aspirais a arrancar o coração de meu mistério; pretendeis tirar-me sons, da nota mais baixa até a mais alta... e, apesar de haver música, excelente melodia, neste pequeno instrumento de sopro, não podeis fazê-lo falar. Pelo sangue de Cristo, julgais que sou mais fácil de ser tocado do que uma flauta; dai-me o nome do instrumento que quiserdes; malgrado a importunação, não sabeis tocar-me.

Outra vez o "instrumento", que pode ser *quebrado* mas não tocado; quem o *toca* é a pantomima da peça. E com que sensação de esmagamento pela paixão ele diz a Polônio, a quem promete ir *imediatamente* ver a rainha:

Hamlet
"Imediatamente" é coisa que se diz com facilidade.
Deixai-me sozinho, amigos.

Ele fica sozinho mais uma vez, absorto. Hamlet está tenso ao extremo, a paixão está à beira da ação.

Hamlet
Esta é a fase da noite em que os bruxedos reinam,
Os cemitérios escancaram suas fauces,
E o próprio inferno exala peste sobre o mundo:
Eu podia beber agora sangue quente
E cometer ações tão cruéis que o dia, ao vê-las,
Havia de tremer. Quieto, porém. Agora,
À minha mãe! Ó coração, não te descartes
Dos sentimentos filiais que te são próprios!
Não entre a alma de Nero neste peito firme,
Seja eu cruel, porém jamais desnaturado:
Hei de falar punhais, mas sem usar nenhum!
Sejam hipócritas a minha língua e alma;
Por mais que a exprobre com palavras de argüição,
Não deixes, alma, que eu as sele com a ação. (*Sai.*)

Hamlet não se conhece a si mesmo; nele o terreno, que raciocina e que tantas vezes fora tomado por autêntico, *ainda* não conhece (*brevemente!*) seu segredo. Vê-se de fora, sem uma compreensão de si mesmo nem de seus atos: eis o *último* desdobramento *místico* da personalidade, a dissociação do "eu": o lado diurno não conhece o noturno. Não sabe por que retarda a ação, procura as causas, censura-se. Esse monólogo é particularmente notável: sente que o assassinato está maduro em sua alma, que agora pode realizar atos terríveis que farão estremecer o dia. *Esta é a fase da noite em que os bruxedos reinam, / Os cemitérios escancaram suas fauces, / E o próprio inferno exala peste sobre o mundo*: ele sente o assassinato em sua alma, sabe que já está maduro, que está ali e teme que a alma não escute seus conselhos e mate a mãe. *É* *profundamente importante que o próprio Hamlet se contenha, que reprima a questão* nele já madura, que ele sente mas não entende. *É igualmente importante o fato de ele mesmo estimular-se a agir, censurar-se pela inércia: as duas são movidas por uma só causa.* Ele acha que se move livremente, censura-se, procura ao redor as linhas que o atam e o envolvem, que não lhe permitem, *chegado o instante necessário,* fazer aquilo a que aspira e, ao contrário, arrastam-no a fazer algo de que ele mesmo se contém. Sente que irá cometer um assassinato, beber sangue quente, mas independentemente de sua vontade. Parece-lhe que se move com liberdade e se contém de fazer uma coisa enquanto tende a fazer outra. Como uma agulha magnética num campo de forças magnéticas, Hamlet está atado em seus movimentos e atos por fios magnéticos, invisíveis, porém imperiosos, *estendidos do além,* que atravessam toda a tragédia. Como se toda ela fosse um campo magnético de forças, em cujo turbilhão a agulha que aí caiu executará um movimento predestinado. Ao caminhar ao encontro da mãe, Hamlet encontra o rei – é uma cena admirável![44]* Está disposto a beber sangue, mas sua mão levantada com a espada, tolhida sem força, pára de repente, como o braço de Pirro, *sem que ele saiba o motivo.* Sua razão prestimosa procura uma justificação – seu engano é transparente a ponto de suscitar dor –, mas existe uma verdade nele; *agora ele poderia realizá-lo, mas sua espada escolherá outro instante: porque – isso Hamlet não sabe, assim requer a tragédia –,* ele não se nega a fazê-lo, mas *isso não é o que lhe está destinado.* Ele explica por que o assassinato agora não seria uma vingança, mas simplesmente *não se trata disso:* Hamlet cometerá agora outro assassinato, as forças "magnéticas" o arrastam a outro lugar onde deixarão cair o braço levantado com a espada, porém este se detém num ímpeto impotente. Aqui aparece com uma força incrível e uma clareza sensível a influência das forças magnéticas provenientes do além (elas não estão em cena, suas causas também não estão, porque estão na "pantomima" da tragédia, nos bastidores). A cena mostra o fio da consumação com uma ponta caindo sobre o rei (mostra o paralelismo entre o rei e Hamlet: o rei está rezando, atrás dele está Hamlet de espada desembainhada; a hora de ambos ainda não chegou). Hamlet ainda ignora isto:

Hamlet

Eu poderia agir agora, é o momento,
Agora que ele está rezando: – e vou agir,
(*Desembainha a espada.*)
E para o céu mandá-lo, e assim tirar vingança.
Mas é preciso que isto seja ponderado:
Um vilão me assassina o pai: por causa disso,
Eu, filho único, despacho para o céu
Esse vilão...
Não, isso é refrigério e paga, não vingança:
Ele colheu meu pai farto de pão, impuro,
Quando floriam plenamente os seus pecados,
Com o vigor de maio... E quem, exceto o céu,
Sabe como ele está na prestação de contas?
Porém, segundo os fatos e a especulação,
Pesado é-lhe o castigo: e eu estarei vingado
Se colher este aqui quando ele purga a alma,
Quando está pronto e preparado para o transe?
Não. (*Embainha a espada.*)
De volta, espada: sentirás mais negro o punho
Quando ele esteja no torpor da bebedeira,
Ou empolgado pela fúria do desejo,
Ou no prazer incestuoso de seu leito,
No jogo, blasfemando ou cometendo um ato
Que não encerre saibo algum de salvação:
Derruba-o então de pés escoiceando o céu,
E de alma negra e condenada como o inferno
Onde cairá. A minha mãe me está esperando.
Eis um remédio que te serve unicamente
Para alongar-te um pouco essa existência doente.

O rei *parece* salvo pela reza, sua existência doentia foi prolongada, ainda não chegou o momento, não se cumpriu o prazo. O assassinato invadiu Hamlet, amadureceu em sua alma como uma fruta prestes a cair; Hamlet tem a mão levantada com a espada, esta deve cair, ele tenta convencer a si mesmo a não matar a rainha, mas sente *que já não é dono de sua vontade*. Contudo, o mais surpreendente (e imotivado na peça) é que a rainha também o sente:

Rainha
Que queres tu fazer? Pretendes me matar?
Socorro! Aqui! Socorro!

É uma exclamação inteiramente incompreensível[45]*: de onde concluiu ela que ele quer matá-la? Ele mesmo teme o assassinato que já lhe amadureceu na alma, que o assusta por sua fatalidade confusa e inquietante, que se manifestou com tanta clareza e se fez tão patente em seu rosto, nos gestos e na voz que a rainha já o *percebe*. Mortalmente assustada, a rainha grita, e grita também Polônio que está espiando por trás de um tapete. Hamlet perfura o tapete com uma estocada, golpeia *através da cortina* (como isto é profundamente simbólico, que obscuridade, que cegueira da ação) e mata Polônio.

Hamlet (*desembainhando a espada*)
Como um rato?
Um ducado em que ele vai morrer.
(*Dá uma estocada através do arrás.*)
Polônio (*Cai.*)
Oh, estou morto!
Rainha
Ai de mim! Que fizeste?
Hamlet
E que sei eu? É o rei?

Ele *ainda* não sabe o que já aconteceu; *pergunta* se é o rei. Cheio de ligações incompreensíveis, esse assassinato lembra de modo impressionante os referidos fios: porque foi provocado pela paixão que brotou na alma do príncipe durante a declamação do ator, embora ele a dirigisse para outra parte: "Tomei-te por alguém mais alto..." Existe um quê de *perigo* nele, um quê de mortal em sua ironia: quando se dirige a Polônio, Guildenstern e Rosencrantz, sua ironia os mata.

Rainha
Oh, que impensado feito, que sangrenta ação!

É verdadeiramente um *rash*, uma insensatez, uma loucura, uma falta de vontade. Agora Hamlet vê nisto um acontecimento predestinado, considera-se apenas *instrumento*. Sua morte é indispensável, faz parte da pantomima da tragédia.

Mas foi o céu que assim dispôs, para punir-me
Por meio dele, e a ele com o que eu lhe fiz,
Pois devo ser meirinho e látego do céu.
Vou escondê-lo, e dar cabal satisfação
Por essa morte. Assim, mais uma vez boa noite.
Devo ser cruel apenas para ser amante.
Isto começa mal, e pior será o restante.

Hamlet já sente (pela primeira vez) a predestinação profundamente trágica de seus atos, seu "automatismo" (instrumento), e está preparado: isso é apenas o começo, o pior ainda está por vir. A cena com a mãe impressiona pela força. Hamlet já dissera: "Seja eu cruel, porém jamais desnaturado", e a verdade da mãe diz: "Essas palavras entram pelos meus ouvidos / Como punhais." Aqui a tensão chega ao auge, quando a ação das palavras-punhais está quase se convertendo em ação viva capaz de matar a rainha. Essas palavras-punhais são em Hamlet a linha espiritual da morte da rainha na fábula da peça (como é na alma dele a linha de toda a fábula). Hamlet crava seus punhais com uma força terrível: desde o início, a ignomínia da mãe não o atormenta menos do que a morte do pai, desde o início a traição da mãe e seu casamento precipitado o ocupam. Sabe que a mãe não agiu por cálculo nem por amor: sua atitude é incompreensível e imotivada na peça: "Que diabo assim vos iludiu em cabra-cega?"

Terrível ignomínia, o pecado da mãe arde em seu coração como uma ferida, tamanho sofrimento ardente há em suas palavras. A ligação mística do filho com a mãe, levada aos extremos da altura terrestre pela paixão, chama com uma força incompreensível um terceiro: o pai, que Hamlet vê. Essa aparição é tão necessária quanto incompreensível e maravilhosa. Esta última aparição da Sombra imprime o último traço de seu papel na tragédia e o esclarece em definitivo: se a Sombra fosse uma ficção, o efeito secundário, essa sua aparição seria dispensável, pois seu papel terminaria com o desmascaramento do assassinato. Habitando sempre Hamlet de modo invisível, ligada a ele pelo nexo seminal, que existe de modo invisível na fusão mística de pai-mãe-filho[46], ela reaparece. A rainha não a vê mas sente que alguma coisa incomum está acontecendo com Hamlet.

Hamlet
(...)
(*Entra o Fantasma, vestindo com chambre.*)
Valei-me e tatalai as asas sobre mim,
Ó vós, celestes guardas! que é que desejais,
Forma indulgente?
Rainha
Ai! Está doido!
Hamlet
Viestes para zangar com vosso tardo filho,
Que, prisioneiro da paixão e circunstâncias,
Tolera que lhe fuja a instante execução
De vossas veneráveis ordens? Oh, dizei!
Fantasma
Não te esqueças!... O fim desta visita é apenas
Acerar teu desígnio, quase que embotado;
Mas vê, a perplexidade oprime a tua mãe:
Oh, põe-te entre ela e o seu espírito que luta:

Quanto mais débeis são os corpos, com mais força
Age sobre eles a imaginação. Dirige-te
A ela, Hamlet.

Hamlet

Como vos sentis, senhora?

Rainha

Ai, como vos sentis,
Vós que fixais o olhar no vácuo e sustentais
Conversação com o ar sem corpo? Nesses olhos
Vossos espíritos espreitam, alienados:
Como soldados que um alarme despertasse,
Vossos cabelos acamados, excrescências
Que possuíssem vida, erguem-se e põem-se em pé.
Filho gentil, asperge a fria paciência
Sobre o calor e a chama desse destempero.
Aonde olhais?

Hamlet

Oh, para ele, para ele!
Vede como fulgura pálido! O seu ar
E causa conjugados, se ele lhes pregasse,
Sensibilizariam até mesmo as pedras!
Não me fiteis, senão com esse apiedante olhar
Transmutareis as minhas duras intenções:
Então aquilo que preciso consumar
Não apresentará seu verdadeiro aspecto,
As lágrimas talvez substituindo o sangue.

Rainha

A quem vos dirigis?

Hamlet

Não vedes nada?

Rainha

Nada,
Embora veja quanto existe.

Hamlet

Não ouvistes
Nada?

Rainha

Nada, a não ser a nossa voz.

Hamlet
Pois vede,
Olhai ali, olhai como ele se retira!
Meu pai, nas vestes que trazia quando vivo.
Vede como ele sai, agora, pela porta. (*Desaparece o Fantasma.*)
Rainha
É vosso cérebro que cunha essa ilusão;
A insânia é hábil em criar formas vazias.
Hamlet
Insânia! Não, meu pulso bate compassado,
E faz, tal como o vosso, música sadia;
Não foi loucura o que exprimi: ponde-me à prova.
E eu tudo redirei, palavra por palavra,
Coisa de que a loucura fugiria aos saltos.

É uma cena terrível: o desdobramento atinge seu limite máximo e se manifesta nitidamente nessa cena; os dois mundos, as duas vidas de Hamlet – a ação se desenvolve simultaneamente em duas realidades, no sentido mais literal da palavra: eis onde o tempo saiu dos eixos! A Rainha diz que isso não passa de ilusão do cérebro, de produto da insânia. Ela está neste mundo: não vê, não ouve a Sombra, mas *vê tudo* o que está acontecendo. Para ela, Hamlet está de olhar fixo no vazio e conversa com o ar sem corpo. Nessa passagem, o choque entre os dois mundos se mostra com especial evidência: a Sombra ordena que Hamlet converse com a mãe. A Sombra está ali, na outra realidade, no outro mundo; a Rainha está aqui, neste. Hamlet está no limiar, simultaneamente nos dois mundos. Quando se desprende do além, pergunta: "Como vos sentis, senhora?" A Rainha: "Ai, como vos sentis, Vós?" Eis dois mundos que se chocam e se surpreendem, que se admiram um com o outro por exclamações. É o sofrimento dos dois mundos, a cruz de Hamlet, a dor do tempo fora dos trilhos, a colisão de duas vidas. A Sombra passou diante do punhal de Hamlet levantado contra a mãe, ela está salva, sua hora ainda não chegou. A Sombra apareceu para inflamar a decisão extinta de Hamlet. Este temia que o Fantasma tivesse aparecido para censurá-lo, porque ele, dominado pela ira e a paixão, ainda assim retardava a ação sem saber o motivo. Hamlet pede que a Sombra não o olhe com esse apiedante olhar, ou então ele derramará lágrimas em vez de sangue. Essa circunstância é profundamente importante e está intimamente entrelaçada com a tragédia. A Sombra está incrivelmente triste, aflita. A dor lutuosa de Hamlet é reflexo da dor do além, de além-túmulo – dor não deste mundo, dor de outro mundo com que o Fantasma o contagiou, não só deixando de contribuir mas ainda servindo-lhe de empecilho para a concretização da vingança. Isso é sumamente importante. Hamlet não é um "pessimista" no sentido comum do termo. Sua dor não é deste mundo, e uma tristeza não terrestre o envolve e o paralisa. É preciso definir de uma vez por todas aqui o papel da Sombra, como se depreende de sua última aparição. A relação de Hamlet com o pai não é dever, não é amor, não é respeito (*Hipérion*, "o homem no pleno sentido da palavra", etc.). Tudo isso são sentimentos terrenos, reflexos mentais de suas ligações. Tudo isso está na superfície. Seus vínculos estão em tal profundidade que dão vertigem: essa relação na peça é imotivada (por que Hamlet é obrigado a cumprir o legado da Sombra?), e é simplesmente renegada ao silêncio. A relação pai e filho é um laço consangüíneo, de nascimento, e, por conseguinte, de toda a vida, o vínculo místico. Hamlet não tem missão de vingar-se (dever), não quer vingar-se (sentimento de vingança, amor, respeito), não é obrigado a vingar-se (destino), não nasceu para cumprir alguma coisa. Mas aqui é fácil cometer o erro sedutor que as reticências podem acarretar. A Sombra *não é* a única causa, a causa *primeira* de todos os acontecimentos na peça, não é o último motor de seu mecanismo. Hamlet está sempre sob o poder de uma força estranha, de uma vontade estranha. Aqui é possível o erro: sob o poder da Sombra, daí o caráter além-tumular da tragédia, o monocentrismo de toda a peça. Mas não é assim: em primeiro lugar, se fosse assim, se a Sombra lhe conduzisse a mão, ele teria matado imediatamente após a aparição do Espírito, e aqui se verifica que a Sombra está sempre a empurrá-lo: *o que então* o retém? Ora, dissemos que é *a mesma coisa* a retê-lo e a estimulá-lo; em segundo lugar, Hamlet não só vinga como mata Polônio, Laertes, Guildenstern, Rosencrantz, e destrói a si mesmo. Logo, a Sombra nada tem a ver com isso, noutros termos, a Sombra não domina a fábula, não a abrange *toda*, a fábula da peça é mais ampla do que seu papel, ela mesma está subordinada à fábula, que também a abrange: assim, ao passar o trono a Fórtinbras, Hamlet está destruindo a vitória do pai. A Sombra está subordinada àquilo a que tudo está subordinado na tragédia e sob cujo poder se encontra Hamlet: ao *assim requer a tragédia*. Se isso estivesse certo, *Hamlet* seria um caso particular de tragédia do destino (o destino seria o pai), e todo o sentido da peça seria diferente. Mas não é assim. A própria Sombra, suas aparições, seu papel ocupam na tragédia um lugar restrito, ainda que importante, e estão subordinadas à fábula. Às vezes (em determinados casos também através de Hamlet, que *recorda* a Sombra, que está vinculado a ela), isso é um mecanismo secundário da tragédia, donde o papel da Sombra nos "reflexos" que se projetam sobre o desenrolar dos acontecimentos através de Hamlet. Mas não é sua vontade, *a vontade da Sombra* que domina; como tudo o mais aqui, ela mesma está subordinada a outra vontade, à vontade da tragédia. Hamlet tenta convencer a mãe: "Cuidai de arrepender-vos do que é passado, conjurai o que é futuro." Mas uma única pergunta da rainha – "Que farei?" – mostra que ela ainda está toda aqui, que o futuro é inevitável e irreversível, que a rainha não tem remédio, que a ignomínia não pode ser lavada, e nisso consiste o sentido da tragédia: inelutável, incorrigível, irredimível. As palavras de Hamlet, que rejeitam suas anteriores palavras-punhais, estão impregnadas do pressentimento da fatal inevitabilidade da morte: a rainha descobre tudo e, como na fábula (outra vez!), morrerá inevitavelmente.

Hamlet

Nada daquilo que eu vos disse que fizésseis:
Deixai que o inchado rei ao leito vos atraia,
Bandalho vos belisque a face, e que a chamar-vos
"Minha gatinha", por um par de imundos beijos,
Ou a correr-vos no pescoço os dedos réprobos,
Vos faça revelar-lhe tudo: que eu realmente
Não estou louco, mas apenas dissimulo.

Hamlet está cheio de vagos pressentimentos, é *impossível que se corrija*, o funesto, o catastrófico se aproxima, é inevitável, a rainha irá morrer: *haverá coisa pior*. Ao ver Hamlet conversando com o Fantasma, a rainha diz: "Ai! Está doido!" Eis *em que consiste* sua loucura: nesta e em sua alma fica gravada a linha da morte da rainha. Hamlet não tenta convencê-la a voltar ao caminho do bem – esse é o sentido de toda a tragédia –, não há retorno. Em linhas gerais, toda a fábula da tragédia, todos os acontecimentos estão marcados (esboçados) pelas linhas do estado d'alma de Hamlet: existe uma coincidência completa e *estranha* entre sua alma e a fábula, entre acontecimentos e sentimentos, de sorte que, em função dos acontecimentos que esses sentimentos posteriormente suscitaram, os próprios sentimentos ganham outro reflexo, são iluminados pelo reflexo da chama trágica. Em sua alma pode ser encontrada a linha de cada um dos acontecimentos, como se desenvolveram através dela, a linha do pressentimento nem sempre consciente, assim como a linha da consumação (sua alma é a fonte do místico na peça): assim, sua dor é a linha espiritual da própria morte, a marca da morte; sua ironia, na qual existe mais do que uma simples zombaria, é também qualquer coisa de funesto, fatal, trágico, é a linha da morte, da morte dos que o cercam, por quem ele nutre uma profunda e trágica hostilidade (Guildenstern, Rosencrantz, Polônio), não é uma simples zombaria deles, mas *alguma coisa perigosa* que destrói a todos que com ele se chocam; seu amor é a linha espiritual da morte de Ofélia; suas palavras acusatórias e, principalmente, *a* *recusa a elas* (veja-se acima) são a linha da morte da mãe; a hostilidade ao rei é a linha da morte dele. Em função da linha (de atividade ou passividade), está o próprio acontecimento. Aqui se traçam propriamente essas linhas. Contudo, há linhas que levam ao acontecimento não de uma forma imediata mas indireta. É o caso de suas relações com Ofélia. Já falamos de seu amor antes da aparição do Espírito. Naquele período, tudo era simples: ele se declarava dela enquanto "essa máquina lhe pertencesse". Tão logo essa "máquina" sai de seu controle, despede-se dela em silêncio[47]*. Ele a ama sempre, mas na peça não há quase nenhuma palavra sobre isso, o que constitui o melhor exemplo da inefabilidade de suas sensações. Em Hamlet, marcado pela dor lutuosa do outro mundo, não há lugar para o amor de uma mulher. O amor é deste mundo, e Hamlet está fora dele. Não é por acaso que Laertes e Polônio temem esse amor (linha da destruição). O próprio Hamlet pressente a influência funesta, *mortal*, de seu amor, que matará Ofélia.

Hamlet
Ó Jefté, juiz de Israel! Que tesouro possuías!
Polônio
Que tesouro possuía ele, meu senhor?
Hamlet
Ora!
"Apenas uma linda filha,
Que ele adorava à maravilha."
Polônio (à parte)
Sempre falando em minha filha.
Hamlet
Não tenho razão, velho Jefté?
Polônio
Se me chamais de Jefté, senhor, tenho uma filha que adoro à maravilha.
Hamlet
Não, não é o que segue.

Polônio
Então que é que segue, meu senhor?
Hamlet
Ora!
"Deus não ignora que em má hora,
e depois, bem sabeis,
"Veio a se dar, como era de esperar."

A primeira estrofe da piedosa canção vos mostrará mais, pois vede, aí vem o meu passatempo (II, 2).

Hamlet não conclui: entretanto, que pressentimento da predestinação irreversível irradiam suas palavras – *a única filha de Jefté morreu em sacrifício pelo pai* – não é este o destino de Ofélia? – tão profundamente está enraizada essa previsão na pantomima da tragédia. Ao matar o pai, Hamlet mata também Ofélia. Depois da despedida sem palavras que determina tudo – o amor, a ruptura, a renúncia a ela –, Hamlet se encontra duas vezes com ela: uma, no encontro preparado pelo rei e Polônio, a outra na representação teatral. Em ambos os casos, observa-se a profunda ligação que existe entre a tragédia de Hamlet e seu amor por Ofélia. Esta e seu destino não são um episódio estranho na obra mas estão profundamente entrelaçados na própria pantomima da tragédia. Mas disso falaremos à parte. Hamlet termina o monólogo "Ser ou não ser" com as palavras: "A bela Ofélia! Ninfa, em tuas orações / Recorda-te de todos os pecados meus" (III, 1).

Ofélia é o princípio *suplicatório* na peça; é, na tragédia, sua superação, sua conclusão; daí ser tão importante que Hamlet lhe dirija tais palavras. Diante dela, Hamlet se sente sempre pecador. É uma circunstância de suma importância, de significado profundíssimo: a atitude dele para consigo é de aversão, vez por outra chegando às raias do asco. Ele não só renunciou aos homens, e por isso se comporta *assim* com eles, mas também renunciou a si mesmo, e para consigo adota a *mesma* posição. Quando Osrico elogia Laertes, Hamlet diz:

"Conhecer um homem seria conhecer-se a si mesmo." Sua atitude em relação a Ofélia é, em linhas gerais, muito nebulosa: o amor dos dois é um aspecto bastante substancial da peça, mas não há nela uma única cena de amor entre ambos, não importa onde se encontrem: isso é sumamente característico da tragédia. Ele diz a Ofélia palavras malévolas sobre a virtude e a beleza.

Hamlet
(...) Isso foi outrora um paradoxo, mas os nossos dias provam que é verdade. Eu já vos amei.
Ofélia
Realmente, senhor, vós me fizestes acreditar que sim.
Hamlet
Não devíeis ter-me acreditado: pois a virtude não pode enxertar-se tanto em nosso velho tronco, que não nos fique um ressaibo dele: eu nunca vos amei.
Ofélia
Tanto maior foi meu engano.
Hamlet (*apontando para o genuflexório*)
Refugia-te num convento.
Por que razão quererias conceber pecadores? Eu próprio sou passavelmente virtuoso, e contudo poderia acusar-me de coisas tais, que melhor fora se minha mãe não me houvesse dado à luz: sou demasiado soberbo, vingativo, ambicioso, com mais crimes ao meu dispor do que pensamento para abrigá-los, imaginação para dar-lhes forma ou tempo para cometê-los. Que fariam indivíduos como eu, engatinhando entre o céu e a terra? Somos todos uns patifes rematados, não creias em nenhum de nós: – entra para um convento. (*De supetão.*) Onde está vosso pai?
Ofélia
Em casa, senhor.
Hamlet
Pois que as portas fiquem bem fechadas sobre ele, para que não vá fazer o papel de bobo noutro lugar. Adeus.

Eu vos amei, eu não vos amei: com isso permaneceremos até o final da peça. Ele lhe sugere um mosteiro: para que dar à luz? Sua mãe teria feito melhor se não o tivesse dado à luz. Aqui a relação mais íntima com a tragédia do nascimento e o sentido geral da peça são percebidos com clareza especial: por que ela haveria de ser mãe? Fosse para o convento. As palavras que ele diz sobre si mesmo são profundamente importantes e significativas. Mais um detalhe: a pergunta sobre o pai e suas palavras mostram com clareza que Hamlet entendeu tudo:

> Vai-te para um convento, vai-te, e bem depressa. Adeus. (...) Vamos, chega, foi isso que me pôs maluco. Digo-te, não mais teremos casamentos: hão de viver os já casados – todos, exceto um –, os restantes permanecerão como se encontram. Para um convento, vai-te!

Aqui em Hamlet está a linha espiritual de todo o destino de Ofélia, na musicalidade de suas repetições já verificamos toda a loucura suplicatória, monacal, claustral de Ofélia. Não é por acaso que se harmonizam tanto suas repetições "para um convento" com o canto de loucura dela, que *nada* significa: "Hey non nonny, hey nunny" (IV, 5), um eco preciso dos infinitos *to a nunnery*! – "para um convento!"[48*]. Na cena do espetáculo, Hamlet é mordaz com Ofélia. No cinismo dessa conversa, existe algo mascarado[49*], que encobre, empana. Acontece que a cortina e a máscara são sumamente características e importantes. Aqui (Hamlet aguarda o espetáculo, observa o palco) sente-se qualquer coisa de lancinante, de humilhantemente prazeroso e mordaz, quando a ignomínia da alma arranca todo o decoro externo e os acanhamentos, quando a nudez da alma já não é cínica (é necessário observar este fator: o cinismo equivale à vulgaridade, mas nessas palavras de Hamlet existe uma profunda dor e depressão da alma). O amor como afirmação indireta da vida (do princípio da vida), do nascimento, dos casamentos, do mundo, de tudo o que a tragédia rejeita, não tem lugar na alma de Hamlet. É impressionante que toda a cena do cemitério ocorra sobre o túmulo de Ofélia. De um modo geral, isso está profundamente ligado a toda a fábula, mas deixemo-lo para mais tarde. Ele pergunta de quem é o túmulo mas não fica sabendo. Depois vê os funerais de Ofélia: "Como! A formosa Ofélia!..." Hamlet fica irritado com a retórica da dor de Laertes, e salta para dentro da cova. E *na cova de Ofélia os dois se atracam*, começam a lutar. É uma cena simbólica: como a pantomima na representação mostra o futuro conteúdo do drama, essa cena antecipa a futura luta fatídica entre Laertes e Hamlet, seu duelo fatal[50*]. Além disso, essa luta na *cova* de Ofélia simboliza o aspecto *além-tumular* que esse aparente duelo assume, assim como o golpe às cegas, na *cortina*, simboliza a *obscuridade*, a imprecisão, a independência em relação à vontade, a *cegueira* dos atos orientados do além. Durante o duelo fatal para ambos, Hamlet *já está no túmulo* e *de lá*, já estando *lá*, atinge o rei, faz tudo. Mas deixemos isso para mais tarde.

Hamlet
Ora, quanto a este assunto eu lutarei com ele
Até que as minhas pálpebras não mais se movam.
Rainha
Que assunto, meu filho?
Hamlet
Oh, eu amava Ofélia:
Quarenta mil irmãos, somando o seu amor,
Não chegariam nunca ao meu total.

O rei e a rainha dizem: "Oh, está maluco", "Pelo amor de Deus, deixai-o!"

Hamlet não produz uma frase retórica – "quarenta mil..." – ao estilo de Laertes, que Hamlet havia parodiado antes: é algo bem diferente, pois ele a amava com um amor *bem diferente, outro*, não terrestre, especial, de sorte que no *nosso sentido*, no sentido terrestre, ele poderia dizer: eu não te amei, mas poderia dizer outra coisa: "Eu te amei", e ainda: "Quarenta mil irmãos, somando seu amor, não chegariam nunca a meu total."

Ele não a amava assim, não apenas mais forte que o irmão, mas *de modo diferente*. Porque ele a matou: matou de amor trágico. Aqui se esboça a linha do assassinato de Laertes: com Laertes ele se atraca imediatamente, mas apartam os dois.

Laertes (*pegando-se com ele*)
Que diabo leve tua alma!
Hamlet
Tu não rezas bem.
Tira esses dedos, peço-te, do meu pescoço.
Pois se não sou irrefletido nem colérico,
Tenho contudo em mim algo de perigoso,
Que deve ser receado pelo teu juízo.
Refreia a mão.

Aqui está tudo: embora ele não seja colérico, não seja hostil a Laertes, *nele existe qualquer coisa de perigoso* que destrói a todos que com ele se chocam, e é isso que Laertes tem que temer. Mas Hamlet gostava de Laertes.

Hamlet
Ouvi, senhor, por que é que me tratais assim?
Sempre vos estimei, mas isso pouco importa:
Ponha Hércules em prova a máxima energia.
O gato há de miar, e o cão terá seu dia.

Hamlet já sabe que no mundo não há milagres, que não importa se ele gosta dele ou não: nele há qualquer coisa de perigoso que o outro deve temer. Para concluir o apanhado dos acontecimentos antes da catástrofe, resta-nos dizer alguma coisa sobre a morte de Guildenstern e Rosencrantz. Depois de escutar a conversa de Hamlet com Ofélia, o rei conclui que Polônio está na pista falsa, que Hamlet não está louco de amor e resolve mandá-lo para a Inglaterra (antes o próprio Hamlet lhe pedira para ir a Wittenberg) arrecadar impostos:

Assentei que ele vá à Inglaterra sem tardança,

Para exigir nossos tributos atrasados.
Talvez os mares e países diferentes,
Com seus aspectos vários, logrem expulsar-lhe
Do espírito o que nele se acha algo arraigado:
É o cérebro que martelando o mesmo tema
O afasta da conduta usual.

Só *depois da representação e do assassinato de Polônio* é que o rei anuncia a Hamlet essa decisão, enquanto projeta sua morte na Inglaterra; isso acontece no Ato IV, Cena 3, enquanto na Cena 4 do Ato III, ou seja, *antes disso*, na cena com a mãe, Hamlet já sabe (de forma imotivada) que não está equivocado; conclui das palavras de Polônio que, pela idéia do rei, deve primeiro conversar com a mãe, e se isso não der resultado irá para a Inglaterra (Ato III, Cena 1). Rei: "Pois seja." E eis que Hamlet fica sabendo antecipadamente[51]*.

Hamlet
Há um diploma selado, e levam o mandato
Meus dois colegas: neles fio-me tal como
Em víboras de presas venenosas: vão
Limpar o meu caminho e guiar-me a uma cilada.
Pois que isso opere: é divertido ver saltar
O sapador com o seu petardo: será duro,
Porém eu cavarei uma jarda sob as minas,
E na explosão mandá-los-ei à Lua. Oh, causa gosto
Quando se encontram duas manhas, rosto a rosto.

Duas tramas, dois trabalhos de sapa irão coincidir, e Hamlet o sabe, embora o rei *ainda* não tenha a intenção de traí-lo, aliás o rei ainda não tem propriamente nenhuma intenção. Em conversa com Horácio, Hamlet lembra apenas a angustiante inquietação da viagem, que lhe revelou tudo, e ali, *num instante*, ele faz tudo sem pensar (e o salienta), mas deixemos isso para depois. Toda a história de sua viagem à Inglaterra, que descreve sua luta passiva contra o rei – que pretende expedir mandato para matá-lo – desenvolve-se fora da cena, nos bastidores, *do mesmo modo* com que ele mata seus companheiros. Toda a história se desenvolve nos bastidores, enquanto no palco se projeta apenas sua sombra: dela ficamos sabendo por uma carta de Hamlet, que comunica o encontro com os piratas, a estranha e insólita coincidência de circunstâncias e a fatal convergência de acontecimentos que forçaram seu retorno[52*]. Hamlet sabe de tudo mas não tenta resistir; não lhe passa pela cabeça a idéia de recusar a viagem: esta é necessária à tragédia. Eis essa conversa profundamente importante: o rei lhe comunica que ele deve viajar para a Inglaterra (Hamlet já está sabendo).

Hamlet
A Inglaterra?
Rei
Certo, Hamlet.
Hamlet
Bom.
Rei
É o que acharias se soubesses nosso intento.
Hamlet
Eu vejo um querubim que o vê. Vamos, porém!
Para a Inglaterra! (*Inclina-se.*) Adeus, querida mãe.

A caminho da Inglaterra, Hamlet encontra numa planície o exército de Fórtinbras, que marcha para conquistar uma porção de terra que não vale cinco ducados e espera autorização para passar pela Dinamarca.

Este é o abscesso de opulência e muita paz,
Que rebenta por dentro, e no exterior não mostra
Qual foi a causa do trespasse. Eu agradeço-vos
Humildemente, meu senhor.

Hamlet *ainda* não se conhece, mas está atormentado pela angústia da falta de vontade: mais uma vez fica só, mais uma vez está absorto em sua inércia, pois passa o tempo todo, toda a tragédia sem agir. Por quê? Isso é o mais enigmático na tragédia, é seu centro.

Hamlet

Oh, como falam contra mim os incidentes,
E me acicatam a tardia desafronta!
Que é um homem, se dormir e alimentar-se, apenas,
São o seu bem mais alto e o preço de seu tempo?
Um animal, mais nada. Certo, o que nos fez
Com o dom do raciocínio, de tão largo alcance
Que vê atrás e adiante, não nos presenteou
Essa capacidade ou a razão divina
Para mofar sem uso em nós. Seja portanto
Bestial esquecimento, ou algum covarde escrúpulo
De meditar com precisão nas conseqüências,
– Meditação que há de mostrar, se for quarteada,
Uma parte de juízo e três de covardia –
Não sei por que é que vivo só para dizer
"Devo fazer tal coisa", pois razões possuo,
Vontade, força e meios para consumá-la...
Exemplos claros como a terra a tal me exortam.
Testemunhe-o este exército vultoso e caro,
Levado por um príncipe franzino e jovem,
Cujo espírito, inflado de ambição divina,
Faz um muxoxo às invisíveis conseqüências
E expõe o que é mortal e não seguro àquilo
A que a fortuna, a morte e o risco se abalançam,
Por mera casca de ovo... Ser deveras grande
Não é mover-se sem possuir grande motivo,
Mas com grandeza achar, se a honra está em jogo,
Razão de briga numa simples ninharia.
Como é que fico eu pois, eu, cujo pai foi morto,
E conspurcada a mãe, estímulos sobejos
Para a razão e o sangue e deixo tudo em paz,
Ao passo que distingo, para meu opróbrio,
A morte ameaçando vinte mil soldados,
Os quais, por fantasia e fábula de glória,

Caminham para a tumba como para o leito,
Lutam por uma nesga onde nem sequer cabem
Os numerosos combatentes, nem é tumba
E receptáculo para abrigar os mortos?
Será sangrento o que eu pensar, daqui por diante,
Ou tudo o que eu pensar será irrelevante. (*Sai.*)

O próprio Hamlet não compreende por que não age quando tem *motivo, vontade, forças e meios* de fazê-lo, mas repete: *é preciso agir.* O que o retém, por que ele apenas "come e dorme" e não age? Inspirado por uma ambição divina, o príncipe vai em busca da morte, de grandes feitos, enquanto Hamlet, que tudo tem, não age. Por quê? Ele mesmo não sabe, e nisso reside seu tormento. Antes precisava de motivos mais sólidos para agir, agora ele sabe tudo e ainda assim não age. O enigmático e o inexplicável de sua inércia, que ele mesmo não entende, estão ressaltados com impressionante clareza nesse tormento da falta de vontade, e isso deve ser levado em conta. Ele tomou a decisão: que seja de sangue o pensamento, mas ele continuará a viagem. Hamlet conta a Horácio:

Hamlet
Uma espécie de luta no meu coração
Obstava a que eu dormisse – eu me sentia pior,
No leito, que os amotinados em seus ferros.
Irrefletido – e que abençoada irreflexão!
A insensatez – saibamo-lo – nos vale às vezes,
Quando nos falham os projetos bem pensados,
E disso esta lição devíamos tirar:
Alguma divindade nos modela, os fins,
Por mais que nós lhe demos a demão de início.
Horácio
Certíssimo.

Segue-se a narração de Hamlet sobre como ele abriu o despacho e da ordem que ele deu para matar Rosencrantz e Guildenstern.

Hamlet

Cercado pela rede dessas vilanias,
Nem mesmo havia dito um prólogo ao meu cérebro,
Já este começava a peça. Eu me assentei,
E fiz novo despacho.

Ele se refere ao selo: "Bem, no caso o céu dispôs." Para Hamlet, essas duas mortes, como a morte de Polônio, eram inevitáveis, porque se meteram entre guerreiros fortíssimos, entraram no círculo encantado da tragédia.

Hamlet

Pois se eles cortejaram esse ofício, homem!
Não, não me pesam na consciência: a perdição
Lhes vem de terem, eles próprios, se insinuado:
É perigoso alguém, de condição mais baixa,
Pôr-se entre o bote e as pontas, cruamente iradas,
De fortes adversários.

Hamlet vê isso como um acontecimento predestinado: existe uma divindade que dirige os destinos; o plano arquitetado fracassa, o contra-senso salva, disso ficou sabendo apenas agora depois de sentir as leis secretas dos acontecimentos. É aqui que cabe procurar a resposta para a questão relativa ao plano do herói e ao plano da peça. A morte dos dois cortesãos e toda a história da viagem à Inglaterra, que aqui aparece apenas em reflexos, são profundamente significativos; mudam Hamlet e o rei, dão o último impulso que irá suscitar imediatamente a catástrofe. Contudo, deixemos isso para mais tarde. Mais um detalhe: a morte dos dois cortesãos não é um episódio estranho na peça, que apenas desencadeia a história da viagem e não tem importância em si mesmo: ela é profundamente significativa e necessária ao *morticínio* na tragédia, o que se verifica na última cena, quando os embaixadores da Inglaterra comunicam a execução dos dois no momento final da tragédia! Depois do regresso da Inglaterra e, principalmente, dessa história, a atitude de Hamlet em relação ao rei muda radicalmente. De fato, todos esses acontecimentos que examinamos foram suscitados pelo próprio desenrolar da ação durante o período da inércia de Hamlet. Logo, essa ação não modifica o caráter fundamental de seu papel, a falta de vontade, mas o ressalta. Foram acontecimentos secundários, porque Hamlet não se propunha matar Guildenstern, Polônio, etc. No fundamental, sua posição em relação ao rei continuava inativa, e todos esses atos só o sublinhavam: ao partir para a Inglaterra ele se censura por não fazer nada, etc. Hamlet se consumia no tormento da falta de vontade, não conseguia entender-se. Já nos referimos a isso. Agora as coisas mudam radicalmente. Embora antes de ir para a Inglaterra Hamlet já dissesse que todos viveriam, menos um, etc., depois da morte de Polônio, que só por acaso não acabou sendo a morte do rei, ele fala dos vermes, que o rei pode viajar pelas entranhas de um mendigo, etc. Eis o que ele responde a Rosencrantz:

Rosencrantz
Meu senhor, deveis dizer-nos onde está o corpo, e ir conosco à presença do rei.
Hamlet
O corpo está com o rei, mas o rei não está com o corpo. O rei é uma coisa...
Rosencrantz
Uma coisa, meu senhor!
Hamlet
Uma coisa nula, conduzi-me a ele. Esconde-te, raposa.

Entretanto, torturado pela falta de vontade que não entendia, Hamlet tinha um plano, um propósito firme, mas nada fazia. Agora as coisas são diferentes. É verdade que procura os fundamentos terrestres para sua façanha, mas está muito claro que não são elas mas algo bem diferente que irá resolver a questão.

Hamlet
Pensa: não é forçoso agora para mim –
O que matou meu pai, e a mãe me prostituiu,
Enfiou-se entre a eleição e as minhas esperanças,
Quis apanhar no anzol a minha própria vida,
E isso com tal ardil – não é de todo justo
Pagar-lhe com este braço? Não é ser um réprobo,
Deixar que novos males sejam perpetrados
Por essa úlcera da natureza humana?

Mesmo assim, apesar de tudo isso, nem depois Hamlet toma uma decisão definida, nada empreende, não caminha para a realização de seus feitos, e tudo acontece de modo diferente.

Horácio
Em breve lhe virão notícias da Inglaterra,
Narrando a conclusão que lá se deu ao caso.
Hamlet
Em breve. Mas pertence-me o entretanto, e a vida
De um homem dura o tempo de dizermos "um".

Agora não existe falta de vontade, agora existe uma firme convicção, o conhecimento de que aproveitará o intervalo surgido graças à história dos piratas e seu retorno à Dinamarca. Ocorre que todo o desenrolar dos acontecimentos da tragédia criou um especial intervalo de tempo, *um "resto de dias" fatal, funesto, no qual se realiza tudo como previra Hamlet.* Ele sente que já está no limiar de realizar *a vontade da tragédia* (e não só a vingança, pois ele não se limita a vingar mas *realiza* tudo, ainda que se diga "um"). Já não se atormenta com a falta de vontade. A dor de sua alma é outra. A que se deve essa mudança? Não sabemos. Sabemos apenas a que *não* se deve: não se deve a um plano determinado, a uma decisão tomada, a um propósito meditado. Tudo acontece de maneira diferente, e quando tudo já se realizou chegam os embaixadores da Inglaterra para anunciar as execuções, ou seja, que o "resto dos dias" já se esgotou, e se não tivessem as coisas acontecido como aconteceram, Hamlet não teria matado o rei, pois não ia matá-lo mas, ao contrário, ia-lhe ao encontro da vontade; essa mesma conversa e a chegada dos embaixadores, isto é, o restante dos dias, acontecem numa única cena. Osrico propõe a Hamlet um duelo com Laertes, tramado pelo rei, uma simples competição de florete. Hamlet pressente tudo. E deixa escapar: e se eu disser não? – Sua última vacilação, um traço admirável. Mas concorda. *Pelo visto*, trata-se de um simples divertimento de palácio e, ao concordar com ele, Hamlet não tem em vista pôr em prática seu propósito (prova disso não é só a falta de qualquer intenção de sua parte – ele não as menciona – como também a análise da última cena, que mostra *como* Hamlet realizou tudo depois que Laertes lhe revelou tudo, depois da morte da rainha, quando ele já está morto e matou Laertes, ou seja, imprevista, impensadamente). Porque ele não só mata o rei – sentido da cena na catástrofe em seu conjunto – como nada tem a temer. E mesmo assim pressente tudo. Antes de iniciar a prova, chega até a fazer as pazes com Laertes (não só a pedido do rei, ele mesmo lamenta ter ofendido Laertes, como o dissera a Horácio).

Bem sabe a corte, e já por força vos narraram,
Como severa insânia vem me castigando.
Tudo o que fiz
E que vos tenha espicaçado, por violento,
O amor filial, a honra e a desaprovação,
Aqui o proclamo, foi produto da loucura.
Foi Hamlet que ofendeu Laertes? Nunca Hamlet.
Porque se Hamlet em si mesmo não está,
E, quando não é ele, ofende então Laertes,
A ação não é de Hamlet: Hamlet a renega.
Quem a pratica? A insânia dele. Sendo assim,
Hamlet faz parte da facção dos agravados;
Inimiga do pobre Hamlet é sua insânia.

Aqui está todo o Hamlet. Ele sofre de uma doença grave; na morte de Polônio, na luta com Laertes ele está eximido de si mesmo, *em si mesmo não está; a ação não é de Hamlet*: sua estranha distração o coloca sob o domínio de alguma outra força, de sua loucura, de seu "ofuscamento". O rei e a rainha falam do assassinato de Polônio, e de tudo o mais podia ser dita a mesma coisa:

Rainha
Louco,
Tal como o vento e mar lutando para ver
Qual o mais forte: em seu desgovernado acesso,
Ouvindo algo mexer-se atrás de um dos arrases,
Célere puxa a espada; grita "Um rato, um rato!"
E dessa concepção fantástica imbuído
Mata o bom velho sem o ver.
(...)
Rei
Hamlet em sua alienação matou Polônio... (IV, 1).

São esses todos os seus atos: durante toda a tragédia ele é "punish'd with sore distraction" – está sempre desligado de si mesmo –, "he's not himself" e sobretudo pode dizer: "Não foi Hamlet que ofendeu, 'nunca Hamlet'." A loucura é inimiga de Hamlet, sua cruz. Ele é vítima de sua "insânia". Eis o sentido de Hamlet em toda a tragédia: parece que o próprio Hamlet "em si mesmo não está", "não é ele", está sempre ausente e, não sendo ele mesmo, está sempre fora daqui, "nunca é Hamlet", "Hamlet does it not", etc. Eis o supremo desligamento de si mesmo. O tempo todo ele se sente como um prisioneiro algemado. Não tem o domínio de si mesmo, não é Hamlet, "em si mesmo não está", está sob o poder da loucura, um outro cuja mão invisível realiza tudo, mas não Hamlet. Nisso está tudo, todo o sentido de Hamlet. Agora, antes do duelo, Hamlet pressente tudo. Chega o fatal "resto dos dias". Hamlet muda integralmente. "Existe uma divindade", dizendo depois da viagem. "Foi o céu que assim dispôs" – após a morte de Polônio. Hamlet é inteiramente outro; embora não vá ao duelo com a intenção de fazer tudo (é especialmente importante salientá-lo), não há falta de vontade.

Horácio
Perdereis essa aposta, meu senhor.
Hamlet
Não creio. Desde que ele foi para a França tenho me exercitado continuamente. Vencerei com a vantagem que me deram. Mas não podes calcular a angústia que me oprime o coração – pouco importa, porém.
Horácio
Nesse caso, meu bom senhor...
Hamlet
É uma simples tolice; mas uma espécie de pressentimento que talvez perturbasse mulher.
Horácio
Se vosso espírito objeta a alguma coisa, obedecei-lhe. Evitarei que venham para cá, dizendo que não estais disposto.
Hamlet
De modo algum; desdenhamos o augúrio. Há uma iniludível providência na queda de um pardal. Se for este o momento, não está para vir; se não está para vir, é este o momento; se não é este o momento, há de vir todavia – estar pronto é tudo. Já que ninguém sabe, por coisa alguma do mundo, qual o momento exato de morrer, por que nos preocuparmos?

Uma conversa sumamente profunda e impressionante. Hamlet pressente que algo terrível se aproxima, sabe que vai ganhar a aposta, não parou de exercitar-se (o que em seguida será comprovado pelo número de estocadas), mas sente uma indizível angústia. Essa dor é o vivenciamento pressentido da própria morte[53*], mas isso não é nada, ele despreza os pressentimentos não porque não acredita neles, e sim porque *tem alma profética, pressente tudo de antemão*[54*] – e isso é o mais importante e profundo. Antes da aparição da Sombra, ele sente que existe alguma coisa má, durante o desmascaramento exclama: "Oh, minh'alma profética"; pressente a morte de Ofélia, Guildenstern e Rosencrantz – "a prisão" –, de Laertes – "tenho contudo em mim algo de perigoso" –, da rainha – "destruístes a vós mesmas...", descobre o segredo dos cortesãos enviados pelo rei, a escuta de Polônio, o segredo dos mandados enviados ao rei da Inglaterra, a viagem – *decididamente tudo* –, e aí está o sentido da interação de seu papel com a fábula na peça. Agora ele pressente a catástrofe no duelo, o instante fatídico da tragédia, o "resto dos dias". Eis como esse instante, essa sensibilidade do momento está determinada aqui: é agora e não depois; não é depois, logo, é agora; e não é agora, logo, com certeza será depois. Tudo se realiza em seu instante. Sem a vontade da Providência, não morre nem um pardal. Estar preparado é tudo. Eis *tudo*. Isso não pode ser comentado: *é tudo*. É esse o estado atual de Hamlet, seu sentimento do momento fatídico, o catastrófico "resto dos dias". Sob a influência de pressentimentos avassaladores que lhe pesam no coração com tamanha angústia, ele sente na alma a máxima *preparação*[55]. *Estar preparado é tudo*. Hamlet está *preparado*. Não está *decidido, está preparado; não há decisão, há preparação*. Por isso, não há mais incompreensão de si mesmo, censuras, reprovações, mesmo sem que esteja pondo em prática sua intenção: é de suma importância reiterá-lo mais uma vez e salientá-lo.

Tomado de uma aflição angustiante, Hamlet sente que chegou o *instante, que o prazo se cumpriu, que chegou a hora* (eis por que não há mais falta de vontade!), que se esgotou o fatídico e trágico "resto dos dias" destinado pela própria tragédia (o "intervalo de tempo" formado por todo o desenrolar da ação, por toda a fatal concatenação de acontecimentos casuais grandes e pequenos) para a *consumação de tudo*.

Ele está pronto: assim seja. *Let be!*

VII

Se compararmos Hamlet, sua situação e seu papel na peça a uma agulha magnética, situada no campo de ação de forças magnéticas, no vórtice de forças invisíveis que se estendem através de toda a tragédia e a dirigem, deveremos comparar as outras personagens da peça a agulhas de ferro não magnetizadas que caíram no mesmo campo. A influência dirigente das forças magnéticas (situadas *fora da cena*) manifesta-se diretamente em Hamlet, mas através dele sua ação se transmite também às outras personagens "não magnetizadas"; como a agulha magnética magnetiza as agulhas de ferro, Hamlet contagia a todos com sua qualidade trágica. Nesse sentido, seu papel é central na peça: as tragédias das outras personagens são mostradas como que de perfil, em insinuações, em traços, apenas do aspecto em que se relacionam com Hamlet. Por si mesmas passam à margem do curso central da peça. E todas elas só podem nos interessar neste aspecto (em relação a Hamlet), no qual se reflete a ação das forças "magnéticas" da tragédia, que é iluminada pelos reflexos da chama trágica. Isso já deixa claro que não precisamos "caracterizar" tais personagens mas apenas esclarecer seu papel e seu significado na tragédia, uma vez que isso é necessário para traçar o curso da ação da tragédia e esclarecer seu sentido no conjunto, seu reflexo e a refração dos raios magnéticos em tais personagens. Antes de passarmos a outras personagens, é necessário observar o acentuado limite que separa Hamlet das outras personagens, que são seres inteiramente diversos, são os dois mundos na tragédia: Hamlet e os outros, a noite e o dia no drama. Hamlet é o autêntico *herói trágico*, herói da tragédia, agente de seu princípio, e por isso essa peça é exatamente a tragédia de Hamlet, príncipe da Dinamarca. As outras personagens personificam conflitos dramáticos (não todas), a luta contra obstáculos externos e internos, em suma, todos aqueles momentos das vivências que caracterizam o drama e poderiam transformar cada uma dessas personagens em herói de um drama independente e particular; são apenas personagens *dramáticas* na peça pelo sentido do papel que desempenham e a qualidade dos vivenciamentos. Entretanto, não estamos interessados em seus dramas particulares em si, como que destacados da tragédia, mas tão-somente no reflexo que as atinge, no reflexo da chama trágica que transforma em *vítimas trágicas* da tragédia de Hamlet eventuais *heróis* particulares, destacados do drama.

Antes de mais nada, temos de nos deter involuntariamente em Ofélia, pela força e a nitidez do reflexo trágico aqui presente. A imagem de Ofélia é profundamente necessária à tragédia, que sem ela seria incompleta, não teria sentido. Essa imagem, que atingiu as últimas profundezas da poesia e foi marcada com uma chama não terrestre, parece dominar toda a tragédia, toda sua "música", constituindo sua "*segunda* voz" permanente, que se ouve sempre, o acompanhamento em silêncio, muitas notas abaixo da melodia principal que ecoa sob (sobre) ela. A tragédia de Ofélia é a mesma que a de Hamlet, só que em outra personificação, em outras manifestações, em outras projeções, em outro reflexo, ou melhor, em outra lírica, em outra música. Sob o véu tênue da suprema poesia, essa lírica de sua tragédia (chamamos *lírica* da tragédia o vivenciamento lírico efetivamente profundo da própria tragédia pelo herói, ou seja, o modo como a própria Ofélia vivencia sua tragédia) se constitui na passagem mais profunda da tragédia.

Dois tipos de laços ligam Ofélia à fábula da peça (e, assim, duas correntes a ligam ao curso principal da peça, embora ela possua seu próprio curso, que, sem se fundir com o curso geral, está intimamente ligado a ele): o princípio místico de sua vida, seu nascimento pela relação consangüínea e seminal com o pai morto, o princípio da paternidade, e a relação mística do amor por Hamlet (referimo-nos aos "laços magnéticos" e não aos laços formais externos). O primeiro desses laços é o tema principal de toda a tragédia[56*], sua base *trágica* comum: Hamlet, Ofélia, Laertes, Fórtinbras são todos filhos trágicos de pais mortos; sua base trágica é comum; mas o tema foi centrado em quatro imagens, todas profundamente importantes, e depois de Hamlet existe uma mais interessante. O segundo laço liga Ofélia pelo amor de Hamlet à tragédia familiar do príncipe, à rainha mãe, e deste modo vincula as duas mulheres, a mãe e a noiva, que não chega a ser esposa nem mãe. O pecado da rainha, o pecado da mãe repercute nela, na noiva, pela não-realização do casamento e a renúncia à maternidade. As duas mulheres estão interiormente ligadas entre si em seu entrelaçamento íntimo. Ofélia é esboçada de modo muito vago, imperceptível; é uma das imagens mais profundamente inesgotáveis e de mais fundo encanto pela força da pura poesia. Contudo, os dois laços podem reduzir-se a um: ao drama de Ofélia, que ama o trágico Hamlet, entrelaça-se através deste (pois os dois fios passam por ele, o pai morto e o amor!) o fio "magnético" que lança um reflexo particular sobre seu drama, que a imobiliza e a arrasta para a morte. Tanto o irmão quanto o pai percebem profundamente o sentido funesto do amor de Hamlet, e a ambos preocupa uma vaga sensação do fundamento trágico desse amor ("Hamlet é escravo do nascimento", etc., cf. Cap. II). Respondendo a uma pergunta do pai sobre o sentimento de Hamlet, a própria Ofélia diz: "Eu não sei, meu senhor, o que pensar..." (I, 3). Ofélia conhece uma resposta às exigências do pai para romper com Hamlet: "Obedecer-vos-ei, senhor." Esse é um momento de suma importância (compare-se com Hamlet, sua viagem à Wittenberg, à Inglaterra) que, projetado às relações do cotidiano familiar, mostra a docilidade, a subordinação (*disposição*) de Ofélia aos fios "magnéticos", a essência mística de sua alma feminina profundamente passiva. Ao ver Hamlet, que vem despedir-se – ela ainda não sabe o que pensar, não compreende –, ela se assusta: "Ó meu senhor, ó meu senhor! Fiquei tão assustada!" E quando o pai pergunta: "enlouquecido por te amar?", ela responde: "Não sei, senhor, porém receio que assim seja" (II, 1). Mesmo sem saber o que *pensar* dele, ela *sentiu* tudo: ficou *assustada, com medo.* Sua narração dessa cena deve ser tomada como fundamento de todo o *Hamlet.* A rainha deseja vê-la esposa de Hamlet:

Rainha

(...) No que vos toca, Ofélia,
Possam mostrar-se os vossos dotes de beleza
O motivo feliz da alienação de Hamlet:
Vossas virtudes hão de assim fazer – espero –
Com que ele volte ao seu estado costumeiro.
Para honra de vós ambos (III, 1).

Ao caminhar ela para a morte, repete-se a mesma coisa. Sua primeira dor é o amor de Hamlet. Depois do encontro marcado com ele, ela diz francamente: "Tudo perdido, tudo." E define sua dor como percepção da tragédia de Hamlet (ouve o badalar de sinos dissonantes, etc.) e como reflexo da tragédia dele: "Ah, mísera de mim. Ter visto o que já vi, ver o que vejo agora..." Nisso está sua tragédia, mas uma tragédia ainda não concretizada: é a tragédia refletida de Hamlet, e isso precisa ser elucidado. Há ainda um "momento lírico" profundamente importante: Ofélia reza por ele – ele não lhe havia pedido para lembrar seus pecados durante as orações?

Ofélia: "Ó, valei-me, céus de misericórdia! Ó, tempestades celestiais, curai-o!" Esse aspecto religioso em Ofélia, que se projeta sobre a tragédia, é o que a conclui e supera (compare-se à fala dos soldados: Horácio: "Que os céus o guardem!" Marcelo: "Assim seja" (I, 5)). Trata-se de uma oração por Hamlet, mas disso falaremos adiante. A imagem de Ofélia está esboçada da forma mais imperceptível possível. Nessa cena, como na cena da representação teatral, ela quase não fala, apenas replica, confirmando a conversa, e essa sua *inefabilidade*[57*] na tragédia dá bastante encanto a seu papel: ela aparece toda à meia-luz, na penumbra. E esse caráter insignificante de sua conversa (apenas réplica) é bem significativo. É Ofélia antes da loucura. Sua tragédia começa quando *Hamlet lhe mata o pai.* Aqui os dois cursos de sua tragédia se fundem: o amor trágico de Hamlet e o assassinato de Polônio *por ele* a enlouquecem e a destroem posteriormente, levando-a à morte. Não é por acaso que Hamlet chama o pai de Jefté: em sua morte existe qualquer coisa de sacrificial (pelo pai e em geral), como o há de religioso em sua loucura. A relação com o outro mundo através do pai assassinado, cuja morte se manifesta na filha por um nexo místico, manifesta-se nela também na "outra existência", na loucura. Em estado de loucura Ofélia se apresenta diante da rainha: é uma cena profundamente notável, como se nela repercutisse o pecado da rainha que ela expia. Não é por acaso que Hamlet liga diretamente a idéia da desonra da mãe ao rompimento com a noiva: "O nome da mulher é fragilidade." Esse é o sentido da conversa, e não é por acaso que ele a manda para um convento; não haverá mais casamento, não é necessário haver nascimentos, ela morre sem se casar, sua morte é uma morte expiatória e sacrificial na tragédia. Antes de apresentar-se, ela torna a aparecer na *narração* de um cortesão à rainha.

Rainha
Não quero recebê-la.
Gentil-homem
Ela contudo insiste, realmente doida;
E seu estado tem de ser compadecido.

Rainha
Mas que deseja?
Gentil-homem
Fala por demais no pai,
Diz que, segundo ouviu, há ardis no mundo; hesita,
Bate no peito e afasta aos pontapés, hostil,
Meras inocuidades; fala coisas dúbias,
Dessas que têm sentido apenas por metade.
Diz frases nulas, cujo emprego desconexo
Leva os ouvintes a inferirem; e presumem,
Compondo o que ela diz com aquilo que eles pensam;
E suas frases, reforçadas por seus gestos,
E piscadelas e balanços de cabeça,
Podem fazer alguém, realmente, suspeitar
De nada certo, mas de muitos infortúnios (IV, 5).

É essa sua loucura: plangente, obscura, aparentemente sem sentido, mas cuja incoerência é bastante profunda, entretecida dos *delírios sobre o pai*, de batidas no peito, de gestos, e tudo isso induz a pensar que há nela alguma coisa terrível, ainda que indefinida. Em nenhuma passagem a palavra carece tanto de sentido, nem em Hamlet, como nas cenas da loucura de Ofélia; são os abismos da poesia, suas últimas profundezas, que nenhum raio pode iluminar; a luz dessa loucura é incomum e estranha, é indecomponível[58*]. É absolutamente impossível transmitir toda a impressão que ela causa. Seu louco delírio entrelaça o pai e Hamlet. Aqui também está presente a *visão do pai*, sua sombra, ela vê o velho de cabelos brancos. Em sua loucura, tudo gira em torno da morte e da mortalha. O rei diz:

Pensa no pai.
Ofélia
Por favor não falemos nisso (...)
Rei
(...) tudo causado pela morte do pai dela – vede!

Em sua loucura, no próprio tom da voz, pausadamente rítmico, existe qualquer coisa de dolorosamente suplicante: é o que vemos em seu canto sobre o peregrino que saiu a perambular descalço pelos lugares santos, sobre a morte dele:

Ofélia

Ai, senhora, ele está morto,
Ele está morto e inumado:
– Uma lápide a seus pés,
À cabeceira um relvado.

Ofélia representa na peça o princípio da súplica religiosa:

Ofélia

Bem, Deus vos recompense! (...) Senhor, sabemos o que somos, mas ignoramos em que podemos tornar-nos. Deus esteja à vossa mesa.

(...)

Espero que tudo se arranje. Devemos ser pacientes, mas não posso evitar o pranto, quando penso que o deitaram no chão frio. Meu irmão vai saber, e assim vos agradeço o bom conselho. Vamos, minha carruagem! Boa noite, senhoras, boa noite. Queridas senhoras, boa noite.

A sombra da morte cai sobre ela: o próprio ritmo dessas palavras traz alguma coisa inexprimivelmente comovedora, serenada pelas lágrimas, elevada pela dor, docemente suplicante, feminina por excelência.

Laertes diz:

Como é que isso é possível?
O juízo de uma tenra virgem ser tão frágil
Como a existência de um ancião? A natureza
É refinada em seu amor, e, onde o é,
Envia com o ser amado uma lembrança
Das mais preciosas.

Eis o sentido de sua loucura: o sentido incompreensível.

Hey non nonny nonny hey nonny... You must sing "Down a-down, and you call him a-down-a". O, how the wheel becomes it.

Esse é seu refrão. É como se a sombra da morte já tivesse descido sobre ela, monja virgem, condenada. A cena das flores é intraduzível: a simbólica das flores é tão próxima de sua loucura que as flores são sua única linguagem.

Laertes
Tristes pensares e aflição, a dor, o próprio
Inferno, ela os transforma em formosura e encanto.

Não é por acaso que a rainha, ao cobrir seu túmulo, seu caixão virginal de flores, diz: "Dulçores para a doce. Adeus, querida jovem!", e Laertes diz: "Baixai-a à terra: e dessa carne imaculada possam nascer violetas!" A pureza de sua imagem virginal, que renunciou a dar à luz, ao casamento ("imaculada"), tudo isso está relacionado com as flores. Em seu canto de flores, ao lado da melodia lúgubre que exala um langoroso cheiro das violetas que murcharam com a morte do pai, soa toda uma gama de cheiros, de aromas. E nessa dor de súplica, dor canora da morte, transparece o próprio ritmo interno das lágrimas, sua alma, seu íntimo:

Ofélia (*Canta.*)
E ele não voltará?
E ele não voltará?
Não, não, ele morreu:
Vai para o leito de agonia teu,
Que ele não voltará.
Barba da cor do arminho,
Cabelos cor de linho,
Partiu, partiu o ancião.
Qualquer gemido é vão.
Oh, Deus lhe tenha a alma em seu perdão!
E as demais almas cristãs rogo a Deus. Deus esteja convosco (IV, 5).

Eis a visão do pai no canto. De sua loucura podemos falar com as palavras de Laertes: "Esta vacuidade diz mais do que muita fala substanciosa." Nessa loucura existe um sentido sumamente profundo (musical), embora não externado, existe qualquer coisa de suplicante em sua dor, em seus cantos, nas flores. Em seus cantos sobre a donzela enganada, o eco da *falha* trágica que a conduz à morte, ao amor rejeitado que a ligava a Hamlet, equipara isso à perda da virgindade: esse amor a tornou diferente, a condenou à morte. A sombra da morte desceu sobre ela: os fios magnéticos da tragédia a enredaram e ataram. Mais uma vez a fala da rainha lança sobre tudo isso um véu nebuloso:

Rainha
(...) Vossa irmã, Laertes, se afogou.
Laertes
Oh, afogou-se! Onde?
Rainha
Onde há um salgueiro que se inclina sobre o arroio
E espelha as folhas cinza na corrente vítrea,
Ela fazia umas grinaldas fantasiosas,
Tecendo as folhas do chorão com margaridas,
Ranúnculos, urtigas, e as compridas flores
De cor purpúrea que os pastores, sem modéstia,
Chamam com um nome forte, mas que as nossas virgens
Conhecem, castas, como "dedos-de-defunto".
Galgando a árvore com o fim de pendurar
Essa coroa vegetal nos ramos pensos,
Maldoso um galho se partiu, e ela tombou
Com seus troféus herbóreos no plangente arroio.
Abriram-se-lhe em torno as vestes, amplamente,
Mantendo-a à tona qual sereia, por instantes:
E ela cantava trechos de canções antigas,
Como que sem noção do transe em que se achava,
Ou como criatura que, nascida na água,
A esse elemento fosse afeita. Mas, em breve,
As suas vestes, já embebidas e pesadas,

Levaram a infeliz, do canto melodioso
Para lodosa morte.

Laertes

Ai, afogou-se então?

Rainha

Afogou-se, afogou-se (IV, 7).

É uma narração impressionante. Sua própria morte (meio suicídio!) é profundamente admirável: *meia* morte, *meio* suicídio; um galho quebrou-se, mas Ofélia caminhava ao encontro da morte, cantando trechos de velhas canções, flutuando com flores e coroas, e afogou-se. Os fios magnéticos se entrelaçaram a suas grinaldas e a arrastaram para o fundo. Assim, até o final da peça não se resolve o problema de saber se *ela mesma* procurou a morte ou morreu contra a vontade. Essa morte está no limite de ambas as coisas, quando *uma e outra* se fundem e é impossível distinguir se ela se afogou ou se isso aconteceu contra sua vontade. É a última profundeza do inatingível, o último mistério da vontade e da morte. Ambas as coisas se fundem na fala da rainha. A insolubilidade definitiva do problema se revela claramente na *extraordinária* conversa dos coveiros, na qual, sob a dialética grosseira de dois rústicos embrulhados em sutilezas jurídicas, revela-se com a enorme força da alegoria *o mesmo problema* da morte e do suicídio, e da impossibilidade de separá-los (V, 1). Em todo o caso, eles falam de suicídio. E Hamlet opina a mesma coisa, ao ver o cortejo: "Por que estes ritos mutilados? Isso indica que o corpo a sepultar destruiu com mão desesperada a própria vida." O sacerdote fala do enterro, os coveiros também.

Sacerdote

(...) Duvidosa foi-lhe a morte (...)
Profanaríamos o ofício funeral
Entoando-lhe um *requiem* e a encomendação
De praxe para as almas que se vão em paz.

Há uma espécie de súplica religiosa em sua dor e em sua loucura, qualquer coisa de expiatório, de sacrificial na morte. Essa imagem sumamente profunda de uma Ofélia virginal que renunciou ao casamento e à maternidade, imagem toda urdida da dor de uma loucura religiosa, do ritmo serenado das lágrimas, da ternura mais íntima e triste de uma alma de noiva, feminina, virginal, não só é importantíssima para a "música da tragédia" como está profundamente imbricada no próprio desenrolar da ação. Não é por acaso que Laertes aponta a influência "virginal" de sua loucura.

Laertes
Se me incitasses à vingança, quando lúcida,
Não poderias comover-me tanto assim (IV, 5).

E mais motivos para vingança:

Laertes
E assim me encontro com um nobre pai perdido;
Em condições desesperadas vejo a irmã,
Cuja excelência, se o louvor retrocedesse,
De um morro apregoaria as suas perfeições,
Reptando os nossos tempos. Vingar-me-ei, porém (IV, 7).

Sobre o túmulo de Ofélia, Laertes amaldiçoa Hamlet:

Laertes
Oh, o triplo de dez vezes caia triplo mal
Sobre a maldita fronte cujo iníquo feito
Do nobre juízo te privou!

E aqui, no cemitério, diante do caixão de Ofélia, desenvolve-se toda a cena, como se sobre ela pairasse o tempo todo a imagem de Ofélia morta: *em seu túmulo* desencadeia-se a luta entre Hamlet e Laertes, simbolizando o duelo fatal dos dois que tudo decidirá, quando Hamlet, *já na sepultura* (*e Laer-*

tes também), já morto, cumpre com seu dever. Se a cena no cemitério – a primeira do Ato V – revela o fundamento sepulcral, o aspecto além-tumular da catástrofe, a segunda cena do mesmo ato (em ambos acontece a mesma coisa: o duelo entre Laertes e Hamlet; adiante falaremos do sentido da primeira cena: por ora diremos apenas que o significado de sua primeira luta está em transcorrer *no túmulo*, assim como ocorrerá com o duelo fatal) está ligada à imagem da falecida Ofélia, que se projeta sobre a catástrofe, iluminando-a com uma luz diferente. A tragédia de Ofélia é como um acompanhamento lírico que se eleva sobre toda a peça, impregnada da terrível dor de sua inefabilidade, de melodias profundas e misteriosas, que de forma mágica e incompreensível se revela a si mesma e incorpora o mais emocionante, o mais alusivo e comovedoramente doloroso, o mais profundo e obscuro porém superável, sereno, trágico e místico no conjunto da peça. Assim a tragédia se transforma em oração. A imagem de Ofélia, tecida da loucura religiosa, de um lacrimoso ritmo (isto é, da própria essência do pranto) e das impressionantes sombras de sua morte meio desejada, meio catastrófica, está envolta na tristeza cristalina e plangente da água, do salgueiro e das grinaldas, das flores mortas; ela parece alterar o tom de toda a dor da tragédia, fazendo-a ecoar de modo diferente, parece superá-la e serená-la como se deitasse sobre ela a luz do sacrifício, da expiação e da oração.

Mas deixemos para mais adiante a religião da tragédia.

VIII

Para elucidar o curso geral da ação da tragédia, necessário ao exame da catástrofe, resta ainda dizer algumas palavras sobre as outras personagens, como o rei, a rainha, Laertes, Polônio, Fórtinbras, Horácio e outros. A imagem da rainha, mãe de Hamlet, está em contigüidade direta com a imagem de Ofélia. Está ligada ao desfecho da tragédia e, em termos femininos, é uma imagem difusa, de sorte que até o final da peça não se explica absolutamente se ela sabia ou não do crime cometido pelo marido[59*]. A dor de Hamlet a assusta, ela gostaria de reconciliá-lo com o rei, ele partilha com ela seus planos, de maneira que ela o acompanha *passivamente* em tudo na peça. E, sem saber de nada, caminha inevitavelmente com ele para a morte. Desconhece que Cláudio matara seu primeiro marido – não está a par de seus planos nem da intenção de matar Hamlet – e acaba vítima de tudo isso. Quando Polônio fingia procurar a causa dos distúrbios do príncipe, ela sabia que a causa era uma: a morte do marido e o casamento precipitado no qual ela sente qualquer coisa de criminoso, e ainda assim se engana e quer ver a felicidade do filho ao lado de Ofélia, e quer espalhar flores sobre seu leito nupcial. Em seu pecado existe alguma ingenuidade que a destrói, o rei a previne para não beber e ela insiste em beber: na cena da representação teatral, como na cena da catástrofe, essa "ingenuidade" do pecado é clara. "Como vos estais sentindo, senhor?", pergunta ela ao rei, perturbado com "a ratoeira" do Ato III, Cena 2. Por isso, existe qualquer coisa de terrível em sua morte: ela morre por suas próprias mãos, ninguém a destrói. Mesmo assim, ela se sente profundamente assustada com a loucura de Hamlet, percebe a destruição do príncipe: durante a conversa com ele, percebe o assassinato "configurado" nele, grita, o que leva Polônio à perdição. E, depois das palavras-punhais de Hamlet, essa mulher fraca e sem vontade fica tomada de horror ao saber que agira de modo tão simples, ignorando até que estivesse pecando.

Rainha

Que fiz, que ousas soltar levianamente a língua
Nesse clamor tão rude contra mim?
(...)
Oh, ai de mim, que ato, que tão forte clama,
A trovejar assim no índice inicial? (III, 4).

Ela deve sondar com Hamlet a causa de sua dor, e é esse o sentido de seu encontro com ele. Entretanto, sendo uma mãe fraca, ela acaba ouvindo as censuras do filho. E fica horrorizada:

Rainha

Ó Hamlet,
Não fales mais. Fazes que eu volte o meu olhar
Para o interior de minha própria alma, e aí
Diviso manchas negras, de tão firme cor,
Que não sairão jamais
(...)
Ó Hamlet, tu partiste em dois meu coração.

A sombra diz: a perplexidade oprime tua mãe. Mas depois disso ela pergunta: "Que farei?" Isso mostra que ela nada tem a fazer, não poderá salvar-se, e Hamlet lhe fala da morte. Ela está profundamente assustada com a loucura do filho.

Rei
Esses ofegos tão profundos, tais suspiros,
Guardam sentido que deveis nos explicar,
E que convém sabermos. Que é de vosso filho?
Rainha
(...)
Dileto senhor meu, oh, o que vi há pouco!

Mas aqui ela demonstra amor por Hamlet:

Rainha
Foi pôr nalgum retiro o corpo a que deu morte,
Sobre o qual sua insânia mostra-se tão pura
Como o ouro em mina dos mais vis metais: pois ele
Pranteia o sucedido.

Louca, Ofélia assusta a rainha.

Rainha
Não quero recebê-la.
(...)
"Minh'alma que está doente
"(Eis do pecado a verdadeira natureza)
"Vê um prólogo de males em qualquer miudeza:
"Tão cheia é a culpa de suspeita desabrida,
"Que se destrói com o temor de ser destruída" (IV, 5).

Ela ama o rei: é a sinceridade do pecado, sua naturalidade, sua natureza primeira. Na cena em que Laertes investe com a multidão contra o palácio, ela o tranqüiliza. Quando se fala da morte de Polônio, ela diz: "Mas não às mãos do rei." Não pressente a desgraça e, ao anunciar a morte de Ofélia, diz: "Um infortúnio caminha aos calcanhares de outros..." (IV, 7). Além de não estar implicada na morte de Hamlet, ela teme por ele, e durante o duelo no cemitério diz a Laertes: "Pelo amor de Deus, deixai-o!" E ela o defende:

Isso é cabal loucura; e o acesso, por um pouco,
Vai operar sobre ele assim. Logo, porém,
Paciente como a pomba, quando sai da casca
O par de seus filhotes com penugem de ouro,
Há de se pôr imóvel o silêncio dele (V, 1).

Antes de começar o duelo com Laertes, ela lhe pede para fazerem as pazes. Existe em sua imagem inativa, passiva, qualquer coisa de terrível: a fraqueza de sua natureza, o lado pecaminoso dessa mesma natureza (de mãe, que dá vida), sua naturalidade e sua profunda natureza primeira. Seu pecado não tem explicação – Hamlet tem razão –, não é amor, não é cálculo, foi algum demônio negro que a empurrou brincando com ela de cabra-cega; é o pecado em si, sem quê nem mais, em sua fraqueza e inocência natural. E por isso há qualquer coisa de terrível em sua morte inevitável. Os fios a arrastam para a morte de modo irresistível, irremediável, em toda a sua imagem de inocência pecaminosa existe o reflexo do fogo terrível que a assusta e lhe imprime na alma o pesado fardo da tragédia. Assim é sua imagem: seu destino é o que ilustra da forma mais clara a lei geral da tragédia, sua pantomima que domina toda a ação e conduz inevitavelmente para a catástrofe, na qual está o sentido de toda a peça: ao longo da tragédia ela não age, está enredada na trama da tragédia (no assassinato) que domina toda a peça, e no enredo é colocada inevitavelmente sob a espada destruidora e conclusiva da catástrofe levantada sobre toda a tragédia. Existe algo estranho em sua morte: é estranho o próprio tipo dessa morte, ela morre aparentemente por suas próprias mãos, por acaso, e ao mesmo tempo essa morte é inevitável, predestinada desde o desencadeamento da tragédia (as palavras de Hamlet sobre sua morte). *E assim todas as personagens do drama, como cavalos cegos, giram sem saber a roda fatal da tragédia e acabam caindo debaixo dela e morrendo*[60]*.

O rei também sucumbe sob o pesado fardo: ele também está ligado ao enredo do drama, é um fratricida, o que o torna personagem central do desenlace, da catástrofe. De fato, a luta inativa de Hamlet com ele, que acaba ferindo de morte os dois inimigos, é o que constitui todo o conteúdo da tragédia, o curso central dessa fábula. São os dois fortíssimos guerreiros de que fala Hamlet e entre os quais caem e morrem todos os restantes. Na tragédia, o rei não é um criminoso, seu crime foi cometido antes da tragédia. Agora ele quer viver em paz com Hamlet. A peça começa com ele querendo pôr as coisas em ordem – e ao que parece sendo bem-sucedido –, querendo acertar as relações externas perturbadas com a morte do irmão, e as relações pessoais. Entretanto, acaba morrendo e o trono é conquistado por Fórtinbras. Mas deixemos a intriga política para mais tarde. Ele pede a Hamlet para deixar de lado a tristeza, pois sente nela qualquer coisa de sinistro, uma tristeza incomum de um filho pelo pai, algo destrutivo e pavoroso. Está sempre com a alma dominada por uma inquietação sombria. E, embora Hamlet nada empreenda contra ele, mesmo assim ele procura evitar a morte que sente nas palavras e atos do príncipe, e vai ao encontro dela arrastado pelos fios magnéticos. No início da peça, ele pensa que tudo ainda pode ter bom andamento: a aceitação de Hamlet de continuar na corte alegra-lhe a alma, como o alegra a vontade do príncipe de organizar a representação teatral, de divertir-se. Através de Polônio, Guildenstern e Rosencrantz, ele tenta sondar a causa da tristeza de Hamlet e desviá-la para outro curso, combatê-la, distrair o príncipe, de sorte que sem o saber os três caem no ciclo da luta, servem de instrumento do rei e, como Laertes, morrem com ele. Há muita coisa semelhante nessas três personagens e em seus papéis na peça (compare-se a relação de Hamlet com Osrico, outro cortesão, Ato V, Cena 2, à sua relação com Polônio, "a nuvem em forma de camelo", Ato III, Cena 2)[61]*. Só que o papel de Polônio até *depois da morte* (cf. o pai de Hamlet) continua a integrar a fábula através de Ofélia e Laertes. A morte de Guildenstern e Rosencrantz (aliás, o que eles fazem a dois ninguém poderia fazer sozinho:

é um procedimento artístico admirável[62*]; dois cortesãos parecidos como duas gotas d'água e fazendo o mesmo papel) é anunciada no momento final da tragédia, fato profundamente importante. A conversa dos dois, em resposta à ordem do rei de acompanhar o príncipe à Inglaterra, mostra o quanto estão ligados ao rei e a seu destino:

Guildenstern
Vamo-nos aprestar.
Zelo piedoso e santo é o de manter a salvo
Os muitos, muitos corpos que em sustento e vida
De vós dependem, Majestade.
Rosencrantz
Se é preciso
Que usando a força inteira e todo o arnês da mente
A simples existência de um particular
Evite os danos, ainda mais tem de evitá-los
Aquele em cujo bem-estar se apóia e firma
A vida de milhares: o trespasse régio
Não é morte de um só: igual a uma voragem.
Arrasta quanto o cerca; é ponderosa roda,
Posta na grimpa da mais alta das montanhas,
E em cujos largos raios mil pequenas coisas
Estão apensas e encaixadas: se ela tomba,
Cada mesquinho anexo, mera conseqüência,
Acompanha a ruidosa queda. Nunca o rei
Suspira só, com ele geme toda a grei (III, 3).

Eles foram arrastados para a luta com o rei e desde o início procuram fazer Hamlet cair na armadilha: por isso, a morte do rei será também a morte deles. Seu papel e destino na peça nos mostram esse campo tenso e funesto entre combatentes que cruzaram espadas, campo em que morre tudo o que ali aparece. E não é por acaso que a dor de Hamlet assusta tanto o rei. Ele ouve inquieto as informações de Polônio: "Revela-me qual seja; Há muito que ardo por saber" (II, 2). Mas tudo em vão: os cortesãos não conseguiram descobrir a causa da dor de Hamlet, a esperança agora está nos atores, nos divertimentos. Preparando-se para escutar com Polônio a conversa do príncipe com Ofélia, ele diz:

> Amiúde temos esta culpa – está provado: –
> Aparentando um ar contrito e pios gestos,
> Pomos capa de açúcar sobre o próprio diabo.
>
> *Rei* (*à parte*)
> Oh, que verdade! Dolorosa vergastada
> A que me infligem à consciência estas palavras!
> O rosto da rameira, lindo de cosméticos,
> Não é mais feio, sob aquilo que lhe vale,
> Do que meu ato sob as falas tão pintadas (III, 1).

O rei vai sucumbindo ao longo de toda a peça: quase todo o conteúdo das cenas da tragédia (as conversas de Hamlet com Ofélia, com Polônio, com os cortesãos e a mãe, inclusive com os atores, tudo isso foi tramado pelo próprio rei, incluindo-se aí a última cena que o põe a perder-se), quase todo o seu mecanismo é produto das inquietações do rei, de seus temores que o levam à perdição. Assim, o próprio rei está preparando sempre sua própria morte. Ele caminha para a catástrofe não menos que Hamlet, ele mesmo se precipita para a morte, vai de encontro ao braço de Hamlet. Todas as esperanças se desfazem: depois da conversa com Ofélia, ele diz claramente que o príncipe não está doente de amor, que em seu coração foi depositada uma semente cujo fruto será perigoso; resolve mandar o príncipe para a Inglaterra, mesmo aceitando a sugestão de Polônio para que a rainha converse com ele (são *impulsos* para suas ações: a conversa com Ofélia, a decisão de enviá-lo para a Inglaterra, a representação teatral que reforça definitivamente essa decisão, a conversa com a mãe e o assassinato de Polônio que o levam a decidir eliminar o príncipe na Inglaterra, o regresso do príncipe, a conversa com Laertes). É sumamente importante observar que o mecanismo que *move* a ação está todo concentrado no rei e não em Hamlet; não fosse ele, a ação permaneceria estagnada, uma vez que, exceto ele, ninguém empreende nenhuma ação, nem mesmo Hamlet; o papel de Hamlet é estático e não dinâmico, seus atos são conseqüência dos atos do rei (o assassinato dos cortesãos) e, conseqüentemente, tanto o princípio da ação como todo o mecanismo de seu movimento posterior estão concentrados nele; ele é o *protagonista* do drama, e não Hamlet. Uma vez que a raiz de toda a ação está nele, afora a análise geral de sua imagem esmagada pelo fardo pesado, é muito importante estabelecer os motivos de seus atos, que sempre se reduzem a um: o temor vago, a inquietação, o receio que lhe provoca a aflição de Hamlet; tudo isso é suscitado por uma coisa: prevenir a desgraça; o rei começa a luta, e tudo acarreta fatalmente a morte. Contudo, há mais uma circunstância extremamente importante: no curso de toda a ação o rei não tem um plano único, os planos mudam, fracassam, ele escolhe novos, combina-os com os planos de outros (de Polônio, de Laertes), e o resultado é que, embora ele aja, tanto o motivo único de seus atos quanto seu caráter indicam claramente que não é o plano do rei que serve de base ao desenrolar da ação na peça, que não é ele que a conduz mas a fábula que o conduz, que a peça tem seu próprio plano que domina os planos do rei, usando-os a seu modo, que esse plano da peça arrasta inexoravelmente o rei para a morte e que, ao tentar resistir a ela, o próprio rei *cumpre* o plano da peça, subordinando-se a ele. A sabedoria de Hamlet, sua falta de plano, sua disposição profética consistem em perceber o plano da peça e subordinar-se integralmente a ele. Na representação teatral, o rei se denuncia, assim como Hamlet também se denuncia. É por isso que a representação é o momento da virada da ação na peça.

Rei

Não estou apreciando nada o jeito dele,

Nem é seguro para nós que essa loucura
Fique vagando à solta.

É preciso acelerar a partida dele: “Pois vamos pôr grilhões na causa do receio, / Que ora anda a passos livres” (III, 3).

Esse extraordinário peso do fardo espiritual que penetra sua oração é uma passagem impressionante da tragédia:

Rei

Oh, fétido é o meu crime, até aos céus tresanda.
Fulmina-o a maldição primeira, a mais antiga,
A de matar o próprio irmão! Não posso orar,
Porém, como a vontade, o meu pendor é intenso!
Forte é o desejo: a culpa inda é mais forte, anula-o;
E, como um homem pronto para dois trabalhos,
Hesito sem saber qual começar primeiro,
E ambos descuido. Ainda que o fraterno sangue
Me avolumasse ao dobro esta maldita mão,
Não há bastante chuva nos clementes céus
Para lavá-la e pô-la do brancor da neve?
Qual é a serventia da misericórdia,
Senão a de encarar o crime? E que há na prece,
Além do dúplice poder de prevenir
Para que não caiamos, e de nos perdoar
Quando caídos? Erguerei portanto os olhos.
A minha falta é coisa ida; todavia,
Que forma de oração é a que melhor me cabe?
“Perdoai-me o ignóbil assassínio cometido?”
Não pode ser: estou de posse dos proventos
Por que matei: coroa, ostentação, rainha...
Terá perdão quem guarda o que alcançou por crime?
Corrupto é o curso deste mundo, em que o delito
Com mão dourada afasta às vezes a justiça.
E vemos que amiúde o prêmio da maldade
Suborna a lei. Porém lá em cima não é assim,
Não há evasiva, lá o feito é recebido
Segundo a sua verdadeira natureza,

E vemo-nos então forçados a depor
Em frente às nossas próprias faltas... Que fazer?
Que resta? Prova a força do arrependimento,
Que não pode ele? Sem embargo, que é que pode,
Se alguém não pode arrepender-se? Oh, miserável
Situação! Ó peito negro qual a morte!
Ó alma enviscada, que, lutando por fugires,
Te prendes mais! Valei-me, Anjos, para que eu tente!
Vergai-vos, joelhos obstinados! Coração,
Que tens as fibras de aço, faze-te tão suave
Como os tendões de algum recém-nascido! Tudo
Pode arranjar-se ainda (III, 3).

Aqui o rei aparece inteiro: não pode rezar, embora o queira, pois o céu não tem misericórdia para perdoar esse horrendo crime (trata-se da constante natureza suplicatória da tragédia, a invocação, por parte das personagens, do deus da tragédia que as arrasta inexoravelmente para a morte); será que quem caiu não tem perdão? Entretanto, a oração não pode ajudá-lo, na religião da tragédia não há perdão, expiação, súplica, retorno; ela só conhece o rito: o sacrifício da vida, a morte, a fatalidade da perdição; e nisso reside o sentido da tragédia. Não há arrependimento; as últimas palavras da oração do rei expressam todo o horror de uma alma desesperada que se esforça para libertar-se e afunda cada vez mais. *É apavorante seu estado.* Contudo, ele ainda alimenta esperança na reza. Mas durante sua *oração em silêncio* a espada de Hamlet está suspensa sobre sua cabeça (e esse é o sentido da tragédia), para a qual ainda não chegou o momento de cair, mas este chegará inevitavelmente. *Não há oração*:

Rei

Minhas palavras voam, os pensamentos não:
Sem pensamento, as preces para o céu não vão.

Esse debater-se na agonia, essa alma do rei submergida no horror, é uma imagem profundamente indispensável da peça, essa impossibilidade de rezar é seu traço indispensavelmente profundo. Agora o rei sabe que está arruinado: mas ainda vai lutar e isso só vai instigar e acelerar essa ruína. O assassinato de Polônio por Hamlet o assusta:

Rei
Que odioso feito!
Se lá estivéssemos, seríamos nós mesmos!
Livre, ele nos ameaça a todos: a vós própria,
A nós, a cada qual.

Sente que na morte de Polônio está sua própria morte. E teme que venha a ser acusado da morte de Polônio. Aproxima-se a hora de sua própria morte:

Rei
(...) minha alma está repleta
De abatimento e confusão a mais completa (IV, 1).
(...)
É perigoso que esse homem ande solto!...
(...)
Para aliviar desesperada enfermidade,
Temos de usar desesperada medicina (IV, 3).

E sua única esperança está no pedido ao rei da Inglaterra para matar Hamlet:

Age, rei da Inglaterra, pois igual à febre
Ele raiva em meu sangue, e tens de me curar:
Suceda o que de bom me possa acontecer.
Minha alegria não terá principiado
Enquanto eu não souber cumprido esse mandado.

As desgraças se sucedem umas depois das outras: a vingança de Laertes se volta inicialmente contra o rei:

Rei
Gertrudes, ó Gertrudes,

Se os males vêm, não vêm quais simples batedores,
Porém aos batalhões
(...)
A insciência, mísera de fatos,
Não sentirá escrúpulos para acusar-nos
De ouvido a ouvido; e qual metralha de canhão (IV, 5).

O rei não só consegue aparar o golpe de Laertes como o dirige contra Hamlet: os dois são aliados naturais, têm o mesmo inimigo, uma causa comum:

Rei
Vossa consciência deve agora me selar
A absolvição e ter-me na alma por amigo,
Porquanto ouvistes, com ouvido criterioso,
Que aquele que matou o vosso nobre pai
Queria a minha vida (IV, 7).

As cartas de Hamlet revelam o fracasso do primeiro plano[63]*. E o rei escolhe Laertes como seu instrumento.

Rei
Sendo assim, Laertes
– E como pode ser assim? ou diferente? –,
Quereis deixar-me conduzir-vos?
Laertes
À vontade,
Contanto que não desejeis levar-me à paz.
Rei
À tua própria paz. Se ele voltou de fato,
Abandonando a viagem, e se não pretende
Reencetá-la, induzi-lo-ei a certa empresa
Já sazonada em minha idéia, e sob a qual
Ele terá de sucumbir. Por essa morte
Não soprará um simples vento de censura:
Até a mãe dele exculpará o estratagema,
Falando em acidente.

Laertes
Às ordens, meu senhor,
E inda melhor se planejardes de tal forma
Que eu seja o executor.

Dois planos são tramados simultaneamente: um, que se voltará contra seu próprio autor e destruirá Laertes, e outro que destruirá a rainha; os dois, a espada envenenada que mata Hamlet e a espada também envenenada que mata a rainha, cairão sobre o rei. Ao reconhecer a Laertes o direito de *vingar a morte do pai* e ao unir-se a ele para ajudá-lo, *assim* o rei está levantando contra si mesmo a espada de Hamlet, que também vinga a morte do pai. E, referindo-se à luta no túmulo de Ofélia, o rei diz: "Logo veremos uma hora de quietude" (V, 1). Atam-se os fios, aperta-se o nó, e a solução será o desastre.

Laertes, que aceita ser instrumento do rei, ocupa um lugar estranho na peça. Seu papel, que parece semelhante ao de Hamlet, serve para ressaltar o complexo contraste entre eles e a *falta de vontade* do príncipe: ele também é um vingador do pai assassinado, vinga-se e morre ao mesmo tempo. Entretanto, é o oposto total de Hamlet, e nisso consiste o sentido de seu papel: no contraste entre os dois, há nele o que falta em Hamlet. É um jovem que vive na França e desfruta de sua juventude como todos; está todo neste mundo, e goza os instantes de felicidade como lhe aconselha o rei. Assusta-o o amor de Hamlet por Ofélia, e ele pressente qualquer coisa de funesto. Da conversa entre Polônio e Reinaldo (Ato II, Cena 1), ficamos sabendo *como* vive Laertes, e essa cena é um contraste com Hamlet: nada disso se aplica ao príncipe; tudo o desenha por contraste. O jogo, a farra, a licenciosidade, as faltas dos fulgores e as leviandades que, segundo Polônio, são próprios da juventude, essas "máculas da liberdade, fulgores e explosões de ânimo fogoso, o ímpeto de sangue ainda não domado, desses que assaltam o comando da juventude", embora sejam coisas censuráveis, todos as praticam e são um direito que se reconhece para a juventude. Depois do assassinato do pai, Laertes muda inteiramente: uma explosão de vingança lhe inunda a alma, a fúria da vingança se volta inicialmente contra o rei, ferve e lhe agita o sangue.

Rainha
Oh, calma, bom Laertes.
Laertes
Uma gota de sangue que eu mantenha calma
Dir-me-á bastardo, xingará meu pai de corno,
Porá um ferrete de rameira, aqui, na fronte
Casta e sem mácula de minha honesta mãe.
(...)
O que jurei
Leve-o o mais negro diabo! Vão para as profundas
Consciência e graça! Desafio a perdição.
Cheguei a um ponto em que bem pouco estou ligando
A este mundo ou ao outro! Venha o que vier,
Hei de vingar meu pai, do modo o mais completo.
Rei
E quem vos deterá?
Laertes
Minha vontade, e não
A do universo inteiro:
Os meios que domino, hei de tão bem geri-los,
Que escassos irão longe (IV, 5).

Mas a tragédia usa a seu modo tanto a vontade de Laertes quanto a falta de vontade de Hamlet. Os cálculos do rei se fundem com a impetuosidade de Laertes, que é todo sede de vingança e está disposto a ser instrumento do rei: "Cortar-lhe a goela em plena igreja."

Mal avista Hamlet no cemitério, Laertes investe contra ele e os dois são apartados. Em Hamlet há qualquer coisa de perigoso que o bom senso de Laertes deveria temer: *ele mesmo* entrega a espada envenenada a Hamlet, que o mata ali mesmo;

é atraído para o círculo da morte, está atado pelos fios magnéticos e é arrastado para a morte. É necessário observar que os dois não são inimigos em si mas por necessidade. Hamlet fala da briga com Laertes no cemitério.

> Meu bom Horácio, causa-me profunda pena
> Ter-me excedido com Laertes; vejo a imagem
> Da minha causa no retrato da que o move.
> Vou cortejar-lhe as boas graças: todavia,
> A ostentação da sua mágoa conduziu-me
> A uma torreante cólera.

Antes de iniciar a luta, Hamlet se dirige a Laertes, que lhe responde de maneira hipócrita. Ainda no cemitério, Hamlet lhe pergunta por que o trata assim, pois sempre o estimou (isso já citamos anteriormente); mas *o problema não é esse*: ambos interpretam os papéis que lhes foram destinados, e só depois de os esgotarem farão as pazes, como se não tivessem sido inimigos mas apenas representado esses papéis. Em contraste com Hamlet, Laertes completa a imagem de Fórtinbras, que, graças aos fios da incrível política, une o rei e Laertes. Essa intriga política geral, que abre e fecha a peça e constitui os dois pólos de sua fábula, atravessando todo o drama, é, em linhas gerais, a seguinte: como acontece com a parte familiar da fábula, aqui domina a "pantomima", uma ocorrência que se dá antes do levantamento do pano e determina tudo: do relato de Horácio nós nos inteiramos do combate entre Hamlet e Fórtinbras, no qual o primeiro vence. Depois da morte de ambos, tanto na Dinamarca quanto na Noruega reinam seus irmãos. Essa intriga política, que se desenvolve à margem da própria tragédia e parece emoldurá-la, dá o sentido particular a toda a fábula e não é em vão que a catástrofe termina com a passagem da coroa da Dinamarca para as mãos de Fórtinbras, como veremos adiante. Por ora, cabe apenas elucidar seus traços gerais, na medida em que está relacionada com as imagens do rei, de Laertes e Fórtinbras. De sorte que aqui estão definidos os dois pólos da intriga: seu início e seu final. Por todo o desenrolar da tragédia, estende-se sua linha, que, ao passar como que por fora, à margem do curso central da ação, ainda assim está sempre relacionada com ele: nos minutos fatais da tragédia, essa ligação se revela com clareza. O fatídico estado de coisas na Dinamarca, sua podridão e os preparativos militares constituem o fundo da tragédia. A vitória do Hamlet pai é precária, e não por acaso Horácio e os soldados relacionam a aparição do Espírito ao prólogo das desgraças para a pátria. O rei diz a mesma coisa:

> (...) o jovem Fórtinbras,
> Fazendo fraca idéia do que nós valemos,
> Ou julgando que morto o nosso caro irmão
> Desconjuntado e desunido esteja o reino,
> Coligou-se com o sonho de que se avantaja
> E assim nos vem importunando com mensagens
> Nas quais nos fala em devolver-lhe aquelas terras
> Perdidas pelo pai, com as compulsões da lei,
> Ao enfrentar o nosso valoroso irmão.

A coincidência das palavras "desconjuntado e desunido esteja o reino" com as palavras de Hamlet "como as coisas andam fora dos eixos" não é casual. O rei resolve o problema por via pacífica, através de negociações; seus embaixadores pedem ao tio de Fórtinbras que o detenha, coisa que ele aceita sob a condição de que Cláudio permita a seu sobrinho atravessar a Dinamarca a caminho da Polônia com seu exército. O rei concorda e acha que com isso está tudo resolvido. Mas essa passagem por seu reino (que traço de apatia domina também a parte política da fábula: aqui tudo são narrações, conversas com embaixadores, e Fórtinbras passa apenas duas vezes com suas tropas) acaba sendo fatal para a Dinamarca: é como se estivesse o tempo todo acontecendo uma luta sem ação entre Hamlet e Fórtinbras, a luta entre os pais continua nos filhos, que nenhuma vez se encontram na peça, e Fórtinbras, ao passar de volta da Polônia, chega no exato momento em que o reino, abalado e "fora dos eixos", está quase desmoronando, e ele, vencedor incruento com direitos ao trono, acaba por obtê-lo. Não é por acaso que compara os cadáveres que ali encontra aos cadáveres vistos em campo de batalha: são adversários que ele não matou, que ele não venceu, e é por isso que ele presta a Hamlet honras militares: é um adversário morto. Segundo a fábula, o sentido definitivo da peça não é a morte do rei mas a recondução de Fórtinbras ao trono, para onde todo o drama conduz[64]*. Essa intriga se desenvolve o tempo todo fora da cena, e dela nos inteiramos através das narrações de Horácio e dos embaixadores; Fórtinbras aparece apenas duas vezes, a primeira quando está indo para a Polônia e salta aos olhos de Hamlet o contraste entre os dois, e a segunda na volta da Polônia, quando chega no momento preciso da catástrofe. A intriga amplia os limites da fábula: abalado e fora dos eixos, o reino em que há algo de podre está em ruínas e a passagem de Fórtinbras, que parece ter resolvido todos os desentendimentos políticos, ganha sentido fatídico. Mas essa intriga tem um profundo sentido político, é parte indispensável da fábula da tragédia: transparece em todos os acontecimentos do drama. O rei procura acertar as relações com a Noruega e dar permissão para a passagem de Fórtinbras; a multidão proclama Laertes rei; tudo parece efetivamente abalado no reino, a tragédia familiar se transforma em tragédia do Estado, ganha foro popular, e no drama "doméstico" e íntimo introduzem-se negociações internacionais, embaixadas, insurreições populares, sublevações, guerras, grandes exércitos. O sentido dessa parte da fábula, como está imediatamente relacionado ao enredo e ao desenlace da tragédia e a perpassa toda, será esclarecido adiante. Por ora, interessa apenas a imagem de Fórtinbras, uma vez que novamente ressalta por contraste a imagem de Hamlet. Ele também está ligado à intriga política: o rei teme puni-lo, uma vez que ele é querido pelo povo; Hamlet diz, se bem que de passagem, que o rei se colocou entre suas esperanças e sua eleição; contudo, o mais importante é que essa relação é incompreensível: ele dá seu voto a Fórtinbras, vaticinando-lhe a eleição, entrega-lhe a Dinamarca, quando pelo nascimento está incompreensivelmente relacionado ao duelo fatídico presente no princípio de toda a intriga.

Hamlet
(...) Há quanto tempo és coveiro?
Primeiro Rústico
Entre todos os dias do ano, comecei neste mister aquele dia em que o nosso finado rei Hamlet bateu Fórtinbras.
Hamlet
E quanto tempo faz isso?
Primeiro Rústico
Não sabeis? Qualquer bobo sabe. Foi no próprio dia em que nasceu o jovem Hamlet, esse que está louco e foi mandado para a Inglaterra.

Fórtinbras também é vingador do pai morto, desconhece as angústias da apatia e é um ambicioso de inspiração divina. Hamlet percebe toda a peculiaridade de Fórtinbras, a diferença que os separa, sente-se tomado de admiração por ele e o compreende assim mesmo (o que já citamos acima), e já lhe vaticina a eleição: o rei e a terra precisam de homens assim, enérgicos, ambiciosos, sem tragédia. A antítese completa de Hamlet, de seu vencedor, que não conhece nenhum divórcio com o "this machine", é esboçada em duas ou três linhas e apenas deste aspecto. Mas também sua vontade, como a de Laertes e a falta de vontade de Hamlet, está subordinada à tragédia, à sua lei.

Horácio é um caso particular. Está à margem da tragédia, não é seu ator, mas seu contemplador e narrador. Sua imagem é mais importante para o estilo e a narração da tragédia do que para sua ação. Seu papel efetivo não é muito significativo (já assinalamos a união de Hamlet com a Sombra), mas em termos "estilísticos" é de suma importância. Simboliza o espectador que vê no silêncio toda a tragédia, sua narração, seu sentido aparente. Hamlet o caracteriza como personagem passiva:

> Selou-se para si... por isso que tens sido
> Igual ao que não sofre, embora sofra tudo,
> Um homem que agradece indiferentemente
> Os golpes da Fortuna, ou suas recompensas;
> E bem-aventurados são aqueles todos
> Nos quais tão bem se aliam as paixões e o tino:
> Para a Fortuna eles não são a charamela
> Que soe conforme o jeito que ela mova os dedos.

Adiante falaremos do papel de Horácio na catástrofe. Narrador da tragédia, a impressão que esta lhe produz é tal que ele quer dar cabo de sua vida e continua a viver apenas por Hamlet, atendendo a pedido seu. Trata-se de um traço profundamente importante do estilo da tragédia. As outras são personagens episódicas, são cortesãos, sacerdotes, oficiais, soldados, embaixadores, coveiros, atores, marinheiros, mensageiros, séquito, etc. É dispensável examinar essas personagens: já comentamos de passagem seus papéis sempre que necessário para ressaltar outras personagens (Hamlet e os soldados, atores e coveiros: como lhe é difícil conversar com os coveiros e fácil conversar com os atores e os soldados que rezam por ele). O papel das personagens episódicas na peça é claro: sem participar do desenvolvimento da ação, são necessárias em algumas passagens; suas imagens ligeiramente esboçadas (coveiros, atores, cortesãos, soldados, etc.) são de grande importância para o estilo da tragédia.

Aqui traçamos nas linhas mais gerais as imagens das outras personagens apenas na medida do necessário para elucidar o desenrolar da ação e sua independência (laços, subordinações ou domínios) em face de outras personagens. Agora nos resta uma análise breve e geral da fábula, do desenrolar da ação em seu conjunto, que conduz inevitavelmente para a catástrofe e conclui toda a peça, e uma elucidação detalhada da própria catástrofe, que constitui o objeto do capítulo seguinte.

IX

Ao longo de toda a peça, percebe-se como se entrelaça ao curso dos acontecimentos o fio místico sobrenatural, que se manifesta de modo imperceptível em toda parte e revela por trás da relação causal comum, que freqüentemente se desfia e deixa fossos obscuros, *outra* relação fatal de acontecimentos que determina o curso da tragédia. Apesar de toda a aparente imprecisão de seus contornos, da nebulosidade e da imperceptibilidade, a tragédia é, por sua essência, sumamente monocêntrica, comedida ao máximo. Nela domina sempre *alguma* lei da atração trágica, que arrasta para a morte de modo inelutável desde o início, desde a primeira palavra. Toda ela, em todo o seu desenrolar, em cada cena, em cada palavra conduz para a morte. O catastrófico, o fatídico, o mortífero estão em um crescendo, aproximam-se cada vez mais, de sorte que a catástrofe não é algo que desencadeia de fora essa tragédia *sem fim* (ou seja, infinda em si mesma) mas o resultado interior, uma necessidade inevitável de sua estrutura interna. *Ela avança sempre no sentido desse instante*, e nela está todo o seu sentido, todo o seu objetivo. E eis que é chegado o instante, a hora, cumpre-se o prazo.

Contudo, antes de passarmos ao exame desse mesmo instante, cabem duas palavras sobre o *contorno geral da fábula* da tragédia, uma vez que o exame anterior a elucidou, para mostrar como a catástrofe está inevitavelmente traçada na ação da tragédia, é dada em seu próprio enredo, cresce a cada cena. Falando com propriedade, toda a ação da tragédia está contida no enredo que antecede o início da peça e no desenlace. Tudo o mais são palavras, inação. O fato de *toda* a ação estar contida na catástrofe, de não ser esta apenas o último acorde, o resultado conclusivo da ação, mostra que toda a catástrofe já está no enredo da tragédia. A estrutura da fábula de nossa peça é estranha e inusitada ao máximo: ramifica-se em dois cursos – a intriga política e a familiar –, um dos quais abrange o outro. O enredo dessas duas intrigas já está tecido no tempo que antecede o início da tragédia: dois acontecimentos a dominam, determinando todo o curso das ocorrências, como a pantomima determina o conteúdo da peça: trata-se da luta fatal entre os reis Hamlet e Fórtinbras e do fratricídio de Cláudio. São os pontos extremos, os pólos de ambas as intrigas, situados à margem da própria peça, *antes* dela, que, enquanto acontecimentos ocorridos antes de seu início, integram a pantomima da tragédia, além de sua ação, e que, enquanto pantomima, predeterminam os papéis nela desempenhados. Outros pontos extremos, pólos das intrigas presentes na catástrofe: a cena extraordinariamente saturada de ação, em que se desencadeia a tempestade que veio se acumulando ao longo da peça, em que o turbilhão de ações cruza os desertos de uma tragédia sem ação, em que tudo se concentra em uma cena, em um instante da tragédia. Toda a tragédia que transcorre entre esses pontos extremos, entre os pólos da ação, é uma tragédia sem ação; na parte da intriga política ela é preenchida pelas conversações, pelas embaixadas, pelas narrações sobre o passado e pelas *passagens* de Fórtinbras pelo palco, passagens silenciosas puramente "pantomímicas". E apesar de tudo, nessa parte, a mais apática, percebe-se a cada instante o significado fatal do papel desempenhado pelo príncipe norueguês; suas "passagens" pelo palco estão iluminadas por uma luz que nos faz sentir todo o tempo como tudo nessa cena caminha para esse instante, que tudo irá decidir. A intriga política transcorre à margem do curso central da ação, abrange-o de fora e, como a linha da intriga familiar que se desdobra, desvia a roda da intriga política. É de suma importância o significado dessa intriga política, e não é apenas o pano de fundo, o cenário da tragédia. Sem nenhuma elaboração, traçada em linhas gerais, esquemáticas, simplificadas, em traços "pantomímicos", toda predeterminada pela "pantomima" do duelo, imotivada, ela desloca os limites da fábula e, inserida de fora na peça, retira a fábula do poder das personagens, da subordinação aos caracteres, às causas, às casualidades, e, ao envolver a história familiar, projeta sobre ela, sobre todo o conjunto da fábula, sobre toda a peça a *pantomima da tragédia*, afirmando o domínio que sobre ela exerce a lei imotivada e única: *assim requer a tragédia.* Logo, em termos *formais*, externos, o objetivo de toda a *fábula* da peça, sua *meta* não era o assassinato do rei e de outros mas a restauração, a vitória de Fórtinbras, objetivo passivo, não explicado, introduzido arbitrariamente na peça, pois é o ponto final, extremo, a "meta" a que ela aspira. O curso da ação da intriga familiar desenvolve-se paralelamente e se funde e coincide com a intriga política no ponto final. Também nesse caso *toda a ação* está concentrada *exclusivamente* no enredo que antecede o início da tragédia e na catástrofe, o que já mostra que toda ela se concentra nesse enredo, que entre esses dois pontos extremos não há ação, não surge nada de novo. Também nesse caso, a pantomima domina toda a ação da tragédia mesmo estando fora dela e antecedendo seu início. O que então preenche toda a tragédia, isto é, situa-se entre esses dois pontos extremos? Em cada cena, em cada palavra, em cada um de seus movimentos, a tragédia caminha sempre inexoravelmente para a catástrofe, para um instante. É como se as forças misteriosas da gravitação trágica projetassem sobre ela o enredo e nela precipitassem os reflexos da morte, arrastando-a para a destruição. Perpassa toda a peça a *inação*, saturada do ritmo místico do movimento interno da tragédia rumo à catástrofe. Aqui tudo são planos fracassados, acasos, conversações, angústias decorrentes da impotência, tormentos da cegueira, e tudo caminha para o mesmo tom, para um instante que tudo decide, que não surge dos planos das personagens nem de suas ações, mas as subordina e domina. O nó atado antes do início da tragédia vai se apertando e apertando e acaba se resolvendo no devido instante. O desenrolar da ação, ou melhor, da inação da peça é, em linhas gerais, o seguinte: desde o início, percebe-se algo desalentadoramente sinistro, ainda existem esperanças de que tudo acabe bem, mas os pressentimentos sombrios se justificam e não existe salvação. Isso, Hamlet o sente, isso, todos o temem de modo vago e cego, mas ainda assim existem esperanças de que tudo venha a arranjar-se e de que tudo acabe correndo bem; aqui ainda existem oscilações no ritmo da morte (toda a tragédia está perpassada por esse ritmo interior e místico da morte: não estará nele o sentido do trágico?): a cena na cena, a mudança radical do curso da ação, o momento de crise, o ponto culminante da inação depois do qual toda a peça caminha irresistivelmente para a morte. Essa cena, que pela fábula revela as tramas, os segredos, tira as máscaras dos adversários, expõe a própria simbologia da cena, o sentido dos papéis, o domínio da pantomima. Primeiro passam diante do espectador as pantomimas da peça – seu esquema, seu esqueleto, suas fábulas, sua ação extraída –, depois o drama em si, em que os atores se limitam a interpretar os *papéis* predeterminados pela pantomima (os juramentos da rainha e as palavras do rei, já citados)[65]*. Trata-se da cena mais central da peça. Nela se percebe a inelutabilidade da "pantomima" da tragédia, que conduz sempre para um ponto. Depois (como, aliás, ocorre antes, só que de forma encoberta, latente), todos os acontecimentos da fábula – o assassinato de Polônio, a morte de Ofélia, a viagem à Inglaterra – são apenas impulsos, golpes externos, batidas desse ritmo da morte, ao passo que o sentir e as vivências das personagens, anteriormente analisadas, e toda a lírica da tragédia não passam de sensações e reflexos desse ritmo que os subordina. Ante o instante final, esse ritmo se torna lento, cai de intensidade, vem no silêncio impregnado de um pressentimento de morte que torna absolutamente compreensível todo o pavor místico com que todos encaram o "divertimento" palaciano, o duelo, sentindo que chegou o momento. O Ato V se divide em duas cenas, quase idênticas pelas personagens e pela "pantomima" das mesmas: a primeira cena ocorre no cemitério, e nela todos observam em volta do túmulo de Ofélia a luta entre Hamlet e Laertes *dentro do túmulo*; a segunda cena é a catástrofe que ocorre no palácio. Aqui é como se houvesse a mesma coisa em duas projeções, *um ato em duas cenas*, mostra-se nitidamente o aspecto sobrenatural, além-tumular da catástrofe, o lado *cemiterial e morto* desse ato. Em termos "pantomímicos", a luta do príncipe com Laertes *no túmulo* prevê seu duelo e não só ressalta seu aspecto além-tumular, *póstumo*, como sugere o caráter efetivamente *póstumo* de sua luta, fato de que trataremos adiante. Fica dessa cena o hálito da morte e do póstumo, o que se sente durante a catástrofe, que não passa de uma morte generalizada. Logo, a diminuição do ritmo da morte é o silêncio da morte que sopra no fim da vida. É esse o fundamento cemiterial da catástrofe. Se a ação desenvolveu-se sempre na extremidade, no limite da vida, agora ela se deslocou para a própria linha de fronteira da morte e, o que é mais pavoroso e místico na peça, *atravessou essa linha da morte*. Se a linha do sobrenatural esteve sempre entrelaçada de modo imperceptível à marcha dos acontecimentos, desvelando-se em Hamlet e refletindo-se no pavor e nos pressentimentos dos demais, aqui essa força sobrenatural e de além-bastidores começa a agir de modo evidente. É por isso que em nenhuma passagem há uma cena tão impressionante quanto essa: o místico, sempre latente, sempre se fazendo sentir de maneira vaga, aqui se revela, desvela-se e manifesta-se *na ação póstuma*. Essa força sobrenatural, que sempre se fez sentir por trás do desenrolar da ação da peça, aqui começa a manifestar-se claramente[66]*. Aqui o destino da tragédia – a *divinity* – já "forma seus finais" – *shapes our ends.*

Depois de matar Polônio, Hamlet diz: o pior virá. E o pior veio: esgotou-se o prazo, chegou a hora, chegou o instante, e à luz desse instante, deflagrada pela chama mística desnudada da tragédia, é insuportável ao olho humano. Até pelo estilo, essa cena é uma acentuada contraposição a toda a peça: nela quase não há palavras, ela é toda ação, está impregnada de ação, é toda condensada, sobre ela projeta-se literalmente o turbilhão da ação, as palavras são entrecortadas, breves como estocadas; toda ela se resume apenas nas notas que explicam a ação. Seria difícil encontrar outra cena em que o hálito da morte se percebesse de modo tão intenso, cujo horror místico fosse tão forte. Hamlet não examina os floretes. Começa a competição. Hamlet dá a primeira estocada. O rei lhe oferece a taça envenenada. Hamlet – isso é muito importante – luta com paixão, inteiramente entregue ao combate que para ele não é mera competição: nega-se a beber, quer primeiro terminar. Hamlet dá a segunda estocada.

Rei
O nosso filho vencerá (V, 2).

Como ele pressentia, ganhou a aposta. A rainha bebe a seu sucesso.

Rei
Não bebais, Gertrudes.
Rainha
Quero beber, senhor. Peço-vos, relevai-me.

(*Bebe e oferece a taça a Hamlet.*)

Rei (*à parte*)
A taça envenenada! Agora é muito tarde!...

(...)
Laertes (*ao rei*)
Feri-lo-ei agora, meu senhor.
Rei
Não creio.
Laertes
Contudo, é quase contra a minha consciência.

O que o faz desempenhar contra sua vontade o papel que lhe foi imposto e, depois de exercê-lo, dirigir-se a Hamlet com palavras de amor e perdão? Hamlet também o estima, mas "o problema não é esse": eles desempenham os papéis que lhes foram destinados pela pantomima da tragédia, matam-se mutuamente. Laertes fere Hamlet. Depois trocam de floretes e Hamlet fere Laertes. *Tudo* está contido nas notas, ocorre sem palavras. O florete está envenenado, e ambos (o florete envenenado está agora nas mãos de Hamlet) estão feridos de morte.

A rainha cai, uma nota substitui a outra.

Hamlet
Como está a rainha?
Rei
Ela vai desmaiar ao ver o sangue deles.
Rainha
Não, não, o vinho, o vinho – meu querido Hamlet,
O vinho, o vinho! Estou envenenada. (*Morre.*)

Já envenenada, já morrendo, já com a morte no sangue, já não mais aqui, já tendo ultrapassado o limite, já *do além*, ela descobre que o vinho estava envenenado. Uma onda obscura se levanta e num instante cobre Hamlet (aqui é importante ressaltar o desenrolar da catástrofe: só depois da morte involuntária da rainha levanta-se essa onda).

Hamlet
Oh, infâmia!

Olá, fechai as portas! Há traição aqui!
É necessário descobrir de onde partiu.

Antes Laertes já o pressentira.

Osrico (*atendendo-o*)
Laertes, como estais?
Laertes
Pareço uma ave estúpida:
Vim a cair, Osrico, no meu próprio laço!
Mata-me, com justiça, a minha deslealdade.

E agora, já do além, já estando morto (*I'm kill'd*), revela tudo.

Laertes
Foi daqui mesmo, Hamlet. Hamlet, tu estás morto,
Remédio algum no mundo pode te salvar;
Meia hora de vida não terás sequer.
Está em tua mão o pérfido instrumento,
Agudo e envenenado. A vil maquinação
Voltou-se contra mim, pois vede, aqui tombei
Para jamais me levantar. A tua mãe
Foi mesmo envenenada – já não posso mais –
O rei, o rei é que possui a culpa disso.

Seria difícil imaginar que num clima de uma tragédia real fosse possível mostrar com uma força tão impressionante a interferência do além. É impossível imaginar uma situação mais real e ao mesmo tempo mais mística: aqui a ação atravessa nitidamente a linha que separa a morte da vida, inclina-se sobre o limite que as separa; *isso é a própria morte*, o último limite que separa a vida do além, e nesse limite transcorre a ação. Aqui temos um momento excepcional: todas essas personagens – a rainha, Laertes – já *não estão aqui*, já estão mortalmente feridas, envenenadas, não têm mais meia hora de vida, estão agindo aqui em um momento dilatado, prolongado, justamente no próprio instante da morte, do falecimento.

A simples aproximação da morte os separa do mundo e transfere a alma para além do limite, enquanto aqui se trata do estado da *própria morte*, do falecimento: no instante da morte, já mortos, cometem sua ação póstuma. Especialmente o próprio Hamlet: por enquanto ele ainda não tem a intenção de matar o rei. Ele *já está morto*[67*], *não tem meia hora de vida* (o golpe foi desferido antes), a morte já começou, ele já está dentro da morte, tem na mão a arma traidora, envenenada e aguda. A Hamlet, Laertes fere já na morte, já estando ferido. Os dois estão na última meia hora de vida – já são cadáveres, estão sob o poder da morte, cometem sua ação *póstuma*, além-tumular, terrível.

Hamlet

Também envenenada a ponta! Opera então,
Veneno! (*Fere o rei.*)

Que o veneno faça *seu trabalho*. E Hamlet faz o rei beber a taça envenenada. Tudo se volta contra ele: o rei morre. A ação está terminada. Laertes desempenhou seu papel e não é mais inimigo de Hamlet.

Laertes

(...) Vamos perdoar-nos mutuamente, nobre Hamlet:
Não caiam sobre ti a minha morte
E a de meu pai, nem caia a tua sobre mim!
(*Morre.*)

Hamlet o segue; agora ele já está no além, aqui ele já fez tudo e já sabe de tudo. Já está morto. ("Estou morrendo", diz ele.)

Hamlet

O céu te dê a absolvição. Eu te acompanho...
Oh, estou morto, Horácio. Adeus, pobre rainha,
Vós que estais brancos e a tremer ante a desgraça,

Simples comparsas ou audiência deste ato,
Tivesse eu tempo – se este duro esbirro, a Morte,
Não fosse estrito ao nos prender – eu vos diria...
Mas seja o que há de ser. Horácio, eu estou morto,
Porém tu viverás: explica a minha causa,
Narra a verdade sobre mim aos que não sabem.

Ele já sabe de tudo, se tivesse tempo contaria às testemunhas pálidas, trêmulas e mudas o que acaba de acontecer, mas *let it be*; está morto – *I am dead* –, e Horácio contará tudo. Mas Horácio, esse espectador mudo da tragédia, de todas as mortes, não quer viver.

Horácio
Não o creiais. Sou antes um romano antigo
Do que um dinamarquês. Ainda existe aqui
Um resto de bebida. (*Pega a taça.*)
Hamlet (*levantando-se*)
Já que tu és um homem,
Entrega-me essa taça. Larga-a! Pelos céus,
Hei de apanhá-la.
(*Atira a taça ao chão e tomba para trás.*)
Ó Deus, se as coisas continuarem
Assim desconhecidas, que ulcerado nome
Há de ficar vivendo, Horácio, atrás de mim!
Se me tiveste alguma vez no coração,
Desiste ainda algum tempo da felicidade,
E neste mundo cruel, penando, arrasta o alento,
Para contar a minha história...
(*Ouve-se o rumor de soldados marchando à distância, e depois uma descarga; Osrico sai.*)
Que tumulto
Marcial é esse?
Osrico (*voltando*)
Vitorioso, o jovem Fórtinbras
Está de volta da Polônia, e homenageia
Com esta salva bélica os embaixadores
Do rei inglês.

Hamlet

Oh, eu estou morrendo, Horácio,
A força do veneno vence a minha vida:
Não ouvirei as novidades da Inglaterra,
Mas profetizo que a eleição cairá em Fórtinbras,
A quem dou o meu sufrágio agonizante.
Repete-lhe isso, e narra-lhe os sucesso graves[68*]
E os menos importantes que me estimularam:
O resto é silêncio.
(*Morre.*)

Horácio continua a viver a pedido de Hamlet; se é um homem, que lhe entregue a taça, é preciso coragem para continuar vivendo neste mundo cruel e não abrir de um só golpe as portas da felicidade. Do além, Hamlet dá seu voto *póstumo*, moribundo, a Fórtinbras, que está de volta (nesse momento) e assim lhe profetiza a eleição. Delega a Horácio contar tudo, toda a tragédia; a morte o impede de contá-la, ele a contaria, mas leva para o túmulo o segredo dessa outra narração: "*O resto é silêncio.*" Hamlet está morto. Sua tragédia chegou ao fim. Concluiu-se em forma de oração.

Horácio

Um nobre coração
Estala agora: boa noite, amado príncipe!
Cantem revoadas de anjos para que repouses.

A tragédia de Hamlet está terminada. *Nesse instante*, chegam os embaixadores da Inglaterra, com a notícia da morte dos dois cortesãos, e o vitorioso Fórtinbras[69*].

Fórtinbras

Os despojos da caça dizem da carnagem.
Ó tu, Morte arrogante, que festim preparas
Em tua cela eterna, que de um golpe só
Tão sanguinário derrubaste tantos príncipes?

Primeiro Embaixador

Calamitoso quadro! (...)

Horácio quer contar tudo.

> E deixai-me dizer ao mundo, que não sabe,
> Como estes fatos sucederam; ouvireis
> De ações carnais, sanguinolentas e incestuosas;
> De acidentes, desgraças e fortuitas mortes;
> De execuções que a manha e a coerção ditaram,
> E, no remate, de intenções mal acostumadas
> Que recaíram sobre as frontes que as tramaram,
> Tudo isso posso relatar-vos fielmente.

Eis o esquema geral de toda a fábula da tragédia, o que Hamlet legou para ser narrado: *o resto é silêncio*. Fórtinbras recebe triste sua felicidade: "Abraço com tristeza a minha sorte." Não é por acaso que ele presta honras militares a Hamlet: este é como um guerreiro vencido e o palácio como um campo de batalha.

As fanfarras triunfais de Fórtinbras passam à marcha fúnebre: é a música da morte, a melodia do falecimento, o canto do túmulo que fecha a tragédia. Esta termina com a morte, com o "falecimento generalizado", é de fato "*banquete da morte*". Nisso está o sentido da tragédia. Morreram todos – o rei, a rainha, Hamlet, Polônio, Laertes, Ofélia, Guildenstern, Rosencrantz; Horácio continua vivo por bravura, é uma façanha. Assim a tragédia chegou *toda*, em cheio, à fronteira da morte, atravessou a linha dessa fronteira; toda ela transbordou na morte. E só aqui em cima, neste mundo, deste lado da fronteira, ainda está levemente estendida a linha da fábula – as honras militares, as salvas de canhão, as narrações, a marcha fúnebre – e toda a tragédia se transferiu para a fronteira, para o último limite. Eis por que *aqui em cima* ficaram apenas a narração e a lembrança da tragédia, as honrarias e a marcha fúnebre: tudo o mais está relacionado com a morte, tudo o que *aqui* resta fala da morte, pois a própria tragédia transbordou toda na morte e no silêncio.

X

Concluímos nosso exame de *Hamlet*, e ao terminá-lo a tragédia ficou sendo para nós um enigma ainda maior do que quando o iniciamos. O objetivo destas linhas não foi decifrar esse enigma nem descobrir o mistério de Hamlet, mas aceitar o mistério como mistério, senti-lo, percebê-lo. E, se o enigmático e o inatingível da obra apenas saíram reforçados nessa sua interpretação, já não se trata de seu enigmático e de sua ininteligibilidade anteriores e iniciais, decorrentes da obscuridade externa da tragédia e que se tornaram obstáculo a sua percepção artística, mas de uma sensação nova, profunda e abissal do mistério decorrente da percepção dessa peça. A meta do crítico se reduz integralmente a sugerir certa orientação para a percepção da tragédia e tornar possível essa orientação precisamente nesse sentido; a conclusão que o leitor tirar como resultado de sua vivência estética com base nessa orientação já é um problema que sai dos limites da percepção limitada e rigorosamente estética da peça. Aqui a percepção "pura" se esgota, aqui a arte termina e começa... O quê? É essa questão com que agora nos defrontamos: *o que* começa agora por trás de nossa "percepção" da tragédia, a que conduziu essa sua "orientação". Sem entrar fundo na essência da questão (limitamos intencionalmente o tema deste estudo ao aspecto artístico da tragédia), ainda assim tentaremos saber, nos traços mais gerais, apenas *a que ponto* chegamos, *o que* começa por trás disso, e, se isso não é arte, então *o que* é? Antes de mais nada, a tragédia é surpreendente por seu tom básico, por sua estrutura central, pela relação recíproca entre a fábula e as personagens. O exame do curso da ação e das imagens das personagens mostra com suficiente clareza que a fábula da peça, a despeito de toda a peculiaridade de sua estrutura (a intriga política, as duas partes da fábula, a "pantomima"-catástrofe antes do início da ação, a total ausência de ação, a catástrofe) não pode ser deduzida dos caracteres das personagens; aqui também não existe essa relação entre personagens e fábula, relação predeterminada, profetizada, que age *contrariando* os caracteres (que faz seres bons e puros cometerem crimes horrendos) e que se denomina destino, fado. Essas duas tragédias – do destino e dos caracteres – apresentam afinidade interna, são unidade pelo fato de nos dois casos a fábula subordinar-se às personagens; no primeiro caso, fazem cegamente o que o destino lhes designou, e no segundo se deixam levar pelos impulsos de seus "caracteres", dados de antemão, de sorte que a tragédia de caracteres é uma espécie de tragédia do destino modificada. *Hamlet*, como mostra tudo o que foi dito anteriormente, não é nem uma tragédia do destino nem uma tragédia de caracteres[70]*. Então o que é? Como defini-la? Incomum e diferente de qualquer outra tragédia, ela não nos revela um choque ativo de vontades nem uma luta com obstáculos internos ou externos. É justo denominá-la "tragédia das tragédias" não só porque cada uma das outras tragédias parte precisamente desse tipo de tragédia mas também porque ela chega a esse tipo de tragédia: *Hamlet* começa onde termina a tragédia convencional. É a base e o ponto culminante, o alfa e o ômega. Está toda estruturada na dor inicial da própria existência da tristeza do ser. Nisso reside o sentido fundamental do trágico. Segundo interpretação universal, o trágico consiste no choque fatal entre a vontade humana e os obstáculos externos ou internos. Entretanto, aqui estão presentes apenas a situação, as condições que acompanham necessariamente o trágico. A luta dramática sugere apenas que o trágico atinge tal ponto de tensão que se faz necessário transbordar na ação. Mas nesse caso estamos falando apenas de condicionamento e não do próprio trágico. O que então revela o herói trágico no processo do conflito dramático? Porque não é o próprio conflito mas o que lhe serve de base que constitui a causa basilar do estado trágico do herói. Ele revela algo de mais profundo que o casual e passageiro, que serve de base a qualquer conflito dramático. Ele revela o universal e o eterno, uma vez que olhamos para a tragédia de baixo para cima: ela está situada sobre nós, é o foco em que se concentrou o primordial, o eterno, o permanente de nossa vida. Em toda a tragédia, por trás do frenético turbilhão de paixões humanas, de impotência, amor e ódio, dos quadros de ardentes aspirações e fracassos, percebemos o eco distante de uma sinfonia mística que nos fala do antigo, do íntimo e do entranhável. Fomos arrancados do círculo como outrora o foi a Terra. A dor está nessa eterna separação, no próprio "eu", no fato de que eu não sou tu, de que nem tudo está a meu redor, em que tudo – o homem, as pedras, os planetas – está só no imenso silêncio da noite eterna. E por mais que qualifiquemos, de forma direta e imediata, como destino ou caráter do herói a causa do estado trágico, chegaremos de qualquer modo às fontes desse estado: ao isolamento infinito e eterno do "eu", à constatação de que cada um de nós está infinitamente só.

Hamlet se baseia nessa dor primordial da existência. Toda a tragédia parece ocorrer no limite, no limiar entre dois mundos; através da *tragédia* de Hamlet parece realizar-se a ligação desses dois mundos (Hamlet através de Hamlet, Fórtinbras de Fórtinbras, a identidade entre os nomes é profundamente simbólica), restaura-se a unidade sustada, supera-se o isolamento e assim a tragédia passa a oração, converte-se em oração. Porque onde há oração (fusão) não existe o trágico, termina a tragédia. O sentido da tragédia está justamente nessa restauração, como se fosse *seu segundo sentido*, de que fala o

Hamlet morto, o sentido do mistério deste mundo, do mistério da vida à luz trágica.

> Vós que estais brancos e a tremer ante a desgraça,
> Simples comparsas ou audiência deste ato,
> Tivesse eu tempo – se este duro esbirro, a Morte,
> Não fosse estrito ao nos prender – eu vos diria...
> Mas seja o que há de ser, Horácio, eu estou morto,
> Porém tu viverás...
> (...)
> Repete-lhe isso, e narra-lhe os sucessos graves
> E os menos importantes que me estimularam:
> O resto é silêncio (V, 2).

É como se esse "O resto é silêncio" se fundisse com o mistério do além de que fala o pai de Hamlet:

> Não me fosse proibido revelar segredos
> De onde estou preso, eu te faria algum relato
> Cujo mais leve termo havia de rasgar-te
> A alma e enregelar esse teu jovem sangue:
> Teus olhos, como estrelas, saltariam da órbita;
> Os teus cabelos entreunidos e intrincados
> Soltar-se-iam, a eriçar seus próprios fios,
> Tais como as cerdas de irritado porco-espinho.
> Mas é defeso apregoar o arcano eterno
> Para ouvidos de carne e sangue (I, 5).

São a mesma coisa o mistério do além, que inicia a peça, e o mistério deste mundo, o sentido da tragédia que a conclui; o primeiro – que é inefável, inatingível, vedado a "ouvidos de carne e sangue", e o segundo – "O resto é silêncio" – se fundem, isto é, o sentido da tragédia está no além, é místico, vedado a "ouvidos de carne e sangue".

Eis por que toda a tragédia está estruturada na morte e no silêncio. Trata-se da *tragédia mais mística*[71], na qual o fio do além se entrelaça com este mundo, na qual o tempo criou um fosso na eternidade, ou é um *mistério trágico*, uma obra ímpar no mundo. Aqui estão indicados em linhas gerais os traços desse trágico que servem de base a Hamlet – o isolamento e a duplicidade de mundos –, mas sobre ele nada é dito de forma direta. Que tragédia é essa de Hamlet? A ordem de exame da peça, particularmente em alguns casos, quase se perde na reprodução da fábula. Afora nosso empenho de abranger com nossa interpretação *toda* a tragédia, inclusive seus mínimos detalhes, isso se deve à própria idéia que serviu de base a esse estudo, à concepção da própria tragédia; nela é necessário antes de tudo revelar o domínio da fábula da tragédia, do desenrolar da ação, da própria pantomima, e é mais fácil reproduzi-la que explicá-la; ao analisá-la não podemos abstrair a fábula, abstrair as imagens das personagens. Já nos detivemos nesse aspecto da peça: no domínio nela exercido pela "pantomima", em sua lei-causa última, única e imotivada: *assim requer a tragédia*. Em que consiste o sentido dessa "pantomima", desse "*assim requer a tragédia*"?

O exame minucioso e a avaliação desse *segundo sentido* da tragédia (porque essa lei é o segundo sentido da tragédia – "O resto é silêncio" –, pois o primeiro está na fábula, na narração de Horácio) vai além dos limites da interpretação estética, é um tema especial. Aqui é preciso estabelecer apenas a que conclusão nós chegamos, em que categoria esse tema se enquadra. O sentido da tragédia está em certa filosofia sua, ou melhor, na *religiosidade da tragédia*[72], não no sentido de certa confissão, mas no sentido de certa percepção do mundo e da vida. A tragédia é uma determinada religião da vida, religião da vida *sub specie mortis**, ou melhor, uma religião da morte; por isso toda a tragédia desemboca na morte; por isso seu sentido se funde ao mistério do além. Hamlet lega a Horácio narrar sua tragédia. Sabemos o que Horácio vai narrar: a fábula

* "Do ponto de vista da morte" (lat.), perífrase de *sub specie aeternitatis* – "do ponto de vista da eternidade" (lat.).

da tragédia. Já à beira da morte, o próprio Hamlet poderia contar para nós, testemunhas pálidas, trêmulas e mudas, uma outra coisa, um segundo sentido da tragédia, mas ele o levou *para o além*, ele silencia com o mistério do além. Dele não se diz *diretamente* nenhuma palavra no estudo, embora todo ele seja dedicado a esse segundo sentido. Repitamos aqui: pode-se, claro, falar diretamente desse segundo sentido, mas já se trata de um tema especial, que requer um enfoque especial, de um tema, por assim dizer, místico, sobrenatural (como o próprio "sentido"), metafísico, que só admite para si um enfoque religioso que vá além dos limites da percepção estética da tragédia. Aqui o "segundo sentido" só nos preocupa nos limites restritos da tragédia, no círculo fechado de suas "palavras". Esse é o objetivo de todo o ensaio: sondar esse "segundo sentido", esse "resto" que "é silêncio" na *leitura* da tragédia, em suas palavras. Concluindo a análise, chegamos bem perto de algo que gostaríamos de definir neste capítulo, a morte e o silêncio em que se refugiou a tragédia, a sua narração (leitura) e "segundo sentido".

Aqui termina a arte e começa a religião. O sentido da "*pantomima*" *da tragédia*, do "*assim requer a tragédia*", é definidamente religioso: trata-se de certa percepção da vida humana pelo prisma da tragédia. Hamlet fala da divindade que dirige nossos destinos, do ritmo fatídico do tempo – não hoje, será depois; depois não é hoje –, da vontade da Providência sem cuja vontade especial nenhum pardal morre. Tudo isso é a religião da tragédia, que só tem um rito – a morte, uma virtude – a prontidão, uma oração – a dor.

Que deus é esse da tragédia a quem Hamlet reza com sua dor – isso já é um tema especial.

Costuma-se falar de uma sensação de "serenidade" que experimentamos depois de assistirmos ou lermos uma tragédia, a despeito de todo o horror do trágico. É uma questão de sensação pessoal: em nossa leitura da tragédia, que propomos no presente ensaio, não falamos de impressão serenada mas obnubilada: a tragédia contagia com sua dor desesperada a alma do leitor ou espectador, e nisso consiste seu sentido, o sentido da percepção do trágico. Em linhas gerais, não seria mal refletirmos sobre a fórmula estética do "prazer estético": vez por outra, não seria esse "prazer", particularmente ao assistirmos a uma tragédia, um sentimento profundo, uma obnubilação do espírito, sua iniciação ao trágico? Ao assistirmos a uma tragédia, todos nós experimentamos o que experimentou o rei ao assistir à peça *A morte de Gonzaga*: nós todos, nascidos e cúmplices da tragédia, ao contemplá-la vemos reproduzida em cena *nossa culpa*[73*], a culpa de havermos nascido, a culpa de existirmos, e nos familiarizamos com a dor da tragédia. Como a Cláudio, a tragédia nos apanha nas redes de sua própria consciência, acende o fogo trágico de nosso "eu", e por isso seu vivenciamento se nos torna profunda angústia, em vez do "prazer" estético aguardado. Eis por que, como Cláudio, *interrompemos* a percepção da tragédia por não suportarmos sua luz até o fim; eis por que toda a tragédia, como a representação dramática em *Hamlet*, cessa antes do término, fica no silêncio, e por isso é uma tragédia interrompida, inacabada. A tragédia precisa ser concluída, precisamos completá-la em nós mesmos, em nosso vivenciamento. Essa outra percepção da tragédia nos apavoraria, como é *apavorante* o mistério de além do Espírito para ouvidos de carne e sangue, e talvez nossa mão também se estendesse para a taça envenenada como a de Horácio. O mesmo ocorre com Hamlet. Suspende-se a tragédia. Toda ela se refugia na morte e no silêncio (veja-se a suspensão da representação teatral em *Hamlet*), e aqui, em nosso mundo, resta para o *acabamento artístico* a narração da tragédia, o fio da fábula ainda levemente desenrolado, estendido, que se enrola em novelo, fecha o circuito da tragédia, voltando na narração a seu início, a nova leitura, restringindo a sua percepção à percepção e leitura *estética* e sustando-a na morte e no silêncio, que são sua essência. Mas a percepção estética é uma percepção "*assustada*", *interrompida*, inacabada; leva inevitavelmente a outro ponto: a complementar as palavras da tragédia com o silêncio. A narração dos acontecimentos "sobrenaturais", das mortes e destruições, destaca, delimita, a percepção estética da tragédia, *sua leitura*; fecha o círculo voltando ao início e repetindo a tragédia, suas "palavras, palavras, palavras", pois toda a "narração", tudo o que existe em sua leitura, tudo o que está sujeito a sua percepção estética são "palavras, palavras, palavras". O resto é silêncio[74].

Notas

A Tragédia de Hamlet, Príncipe da Dinamarca, de W. Shakespeare

A monografia* de L. S. Vigotski sobre *Hamlet* é de grande interesse em vários sentidos. Antes de mais nada, esse trabalho permite compreender plenamente todo o material (particularmente a análise minuciosa das personagens da tragédia) em que se baseia a exposição sumária do problema de *Hamlet* no capítulo VIII de *Psicologia da arte*. Por outro lado, o referido capítulo do livro não é mera exposição sumária dos resultados do estudo anteriormente realizado. Nos nove anos que separam os dois ensaios sobre *Hamlet*, modifica-se substancialmente a interpretação da tragédia por Vigotski. A monografia de seu período inicial sobre *Hamlet* foi fortemente influenciada pelas concepções da peça de Shakespeare então dominantes. Tais concepções se refletiram também na montagem de *Hamlet* levada a cabo pelo Teatro de Arte de Moscou, e Vigotski ressalta nas notas à monografia a repercussão dessa montagem em seu estudo. A profundidade com que Vigotski penetra na interpretação estética de *Hamlet* – afinada com a montagem de Gordon Craig (que contou com a participação de Stanislavski) – é comprovada por muitas coincidências quase textuais entre a primeira monografia de Vigotski e aquelas passagens do livro *Minha vida na arte***, de Stanislavski, que descrevem o plano de montagem de *Hamlet*. Personificação, na crítica, da con-

* A palavra "monografia" é amplamente empregada nestas notas (sem asterisco) de Vyatcheslav Ivánov e sempre se refere ao livro *A tragédia de Hamlet, príncipe da Dinamarca*. (N. do T.)

** Publicado no Brasil, com tradução nossa, pela Ed. Civilização Brasileira, Rio de Janeiro, 1989. (N. do T.)

cepção de *Hamlet* que, em termos de teatro, refletiu-se nessa montagem, a monografia de Vigotski traz a marca dessa época e acentuada atenção voltada para as possibilidades da interpretação simbolista da tragédia (sobre a montagem do Teatro de Arte, cf. *Shakespeare e a cultura russa*, sob a redação de M. P. Aleksiêiev, M-L., 1965, pp. 778-82). Justamente esse aspecto da concepção de Vigotski, determinado pelo espírito da época, foi integralmente suprimido quando ele escreveu o capítulo sobre *Hamlet* no livro *Psicologia da arte*. Entretanto, cabe assinalar que, embora as partes da monografia relacionadas a essa concepção mais antiga tenham saído prejudicadas em conteúdo e estilo pelo nítido envolvimento do autor com os artigos simbolistas arrolados em seus comentários, o talento do jovem autor já se manifestou nesse ponto, uma vez que vários temas apenas esboçados na crítica russa de *Hamlet* no início do século foram por ele desenvolvidos com minúcia e precisão. Nesse caso, às vezes ele supera seus contemporâneos, ao prever o futuro das reflexões sobre *Hamlet*. São de particular interesse as observações (arroladas por Vigotski nas notas a essa monografia) sobre *Hamlet* e Dostoiévski (tema que os estudos literários ocidentais enfocarão mais tarde). Chamam igualmente atenção as surpreendentes analogias entre as concepções desenvolvidas na monografia e as opiniões sobre a tragédia externadas mais tarde em artigos e poemas de B. L. Pasternak (cf. adiante). Por isso, podemos considerar que, a despeito de todo o subjetivismo simbolista da interpretação estética de Hamlet – que o próprio Vigotski superou mais tarde –, sua monografia (quer em seu texto-base, quer, principalmente, nos comentários sumamente interessantes que o autor faz dele) representa uma contribuição substancial não só para o estudo de *Hamlet* como também do problema "Hamlet e a Rússia" (o próprio Vigotski escreve muito nos referidos comentários sobre a importância desse problema).

Por outro lado, nesse trabalho Vigotski faz a primeira tentativa de interpretar a peça como tal, fora de todas as hipóteses histórico-literárias e biográficas (exteriores à peça) até então acumuladas. Foi precisamente esse aspecto do trabalho que ele desenvolveu no capítulo VII de *Psicologia da arte*, no qual evitou ainda algumas premissas filosóficas lançadas *a priori*, exteriores à própria tragédia, e ao mesmo tempo levou em conta a experiência do desenvolvimento quer dos estudos de Shakespeare (a crítica do texto shakespeariano no contexto histórico-literário), quer dos estudos formalistas (das concepções de B. Tomachevski e B. Eikhenbaum sobre *Hamlet*, com as quais ele polemiza nesse capítulo). A análise do texto da peça como tal com vistas a uma interpretação ("de leitor"), no primeiro trabalho, e ao seu estudo objetivo, no segundo, superou a teoria da literatura contemporânea de Vigotski. Só atualmente é que se vem exigindo, com crescente insistência, que se enfoque *Hamlet* sem pontos de vista preconcebidos, impostos pela história da questão. Cf., por exemplo, K. Muir, *Shakespeare: Hamlet*. Londres, 1863 (especialmente seu sintomático prefácio); W. Empson, *Hamlet When New*, Col. *Discussions of Hamlet*, ed. J. V. Levenson, Boston, 1960; C. S. Lewin, *Hamlet. The Prince or the Poem?*, Col. *Hamlet Enter Critic*, ed. C. Sacks e E. Whan, Nova York, 1960, pp. 185-6 (sobre a necessidade de uma crítica específica, que concentre a atenção na história da peça e no caráter de Hamlet).

Considerando que, pelo seu próprio plano, a construção da monografia de Vigotski abstrai toda a bibliografia específica sobre *Hamlet*, doravante será dispensável citar a vasta bibliografia mais moderna. Nos comentários que se seguem, mencionamos apenas aqueles ensaios que, de uma forma ou de outra, estão diretamente relacionados a algumas partes da monografia de Vigotski.

Pode-se ter uma noção do estado atual dos estudos sobre *Hamlet* consultando os seguintes livros: A. Anikst, *Tvórtchestvo Shekspira* (A obra de Shakespeare), M., 1963, pp. 373-402; I. E. Vertsman, Gamlet *Shekspira* (O *Hamlet* de Shakespeare), M., 1964; A. Kettle, "*Ot* Gamleta *k* Liru" (De *Hamlet* a *Lear*). Col. *Shekspir v menyáiuschemsya mire* (Shakespeare num mundo em mudança), M., 1964, pp. 341-6; N. Zúbova, *Dva varianta* Gamleta (Duas variantes de *Hamlet*). *Sheksp'rovski sbórnik* (Col. sobre Shakespeare), M., 1958; N. I. Conrad. "Shekspir i ievó epókha", em *Západ i Vostok* (O Ocidente e o Oriente), M., 1966; M. V. e D. M. Urnov, *Shekspir, Ievó gueróí i ievó vrêmya* (Shakespeare. Seus heróis e seu tempo), M., 1964.

Um apanhado geral da bibliografia sobre Hamlet pode ser encontrado no livro de M. Weitz, *Hamlet and the Philosophy of Literary Criticism*, Londres, 1964; cf., ainda, uma crestomatia dos melhores ensaios sobre Hamlet: *Discussions of Hamlet*, ed. J. C. Levenson, Boston, 1960; *Hamlet enter critic*, ed. C. Sacks e E. Whan, Nova York, 1960; col. de artigos *Hamlet. – Stratford-Upon-Avon Studies*, 5, Londres, 1963. Ainda, livros mais recentes: F. W. Schulze, *Hamlet. Geschichts-*

substanzen zwischen Rohstoff und Endform des Gedichts, Halle (Saale), 1956; R. Walker, *The time is out of joint*, Londres, 1948; H. Levin, *The question of Hamlet*, Nova York, 1959; L. C. Knights, *An approach to* Hamlet, Stanford, 1961; B. Grebanier, *The heart of Hamlet. The play Shakespeare wrote*, Nova York, 1960.

1. "... *Variedade de interpretações...*" – Pode-se explicar esse pensamento de Vigotski comparando-o à língua em que o ouvinte pode dispor de várias soluções alternativas (homonímia, polissemia), ao passo que no falante (autor da enunciação) pode-se supor (*grosso modo*) a existência de uma idéia a ser expressa em dada enunciação.

2. "... As noites russas *de V. F. Odoievski...*" – Esta obra, citada por Vigotski, é um dos notáveis protótipos do pensamento estético do século passado, de muita consonância com a arte e a ciência de nosso século.

3. "... *prende-o o texto do autor da obra...*" – A idéia de que a interpretação deve estar presa ao texto do autor coaduna-se com a concepção mais geral – adotada na atual ciência da linguagem – segundo a qual deve-se fazer a análise (por exemplo, de um texto da língua) do modo como se fez a síntese do texto.

4. "... *O mistério e o ininteligível...*" – As partes da monografia sobre *Hamlet* em que o autor analisa o problema do "ininteligível" e do "absurdo" na tragédia preparam o estudo do absurdo cênico no capítulo VIII, de *Psicologia da arte*, dedicado a *Hamlet*. Essas passagens das duas monografias de Vigotski são, atualmente, de especial importância à luz da comparação do teatro shakespeariano com o teatro do absurdo do século XX. Tal comparação não foi apenas feita recentemente em ensaios de Jan Kott sobre Shakespeare e em artigos de seus seguidores, como ainda exerceu grande influência sobre as modernas encenações de Shakespeare, particularmente sobre a montagem de *Rei Lear* levada a cabo por Peter Brook (veja-se a respeito o artigo de A. West: "Alguns aspectos do emprego atual do termo 'shakespeariano'". Col. *Shakespeare num mundo em mudança*, M., 1966; para traçar comparações com Shakespeare, o referido artigo cita a peça *Esperando Godot*, de Beckett).

5. "*Tudo isso subordinado ao fundamental...*" – Ultimamente, a crítica sobre *Hamlet* vem sugerindo que os críticos ficaram tempo demais falando do caráter de Hamlet e por isso deram pouquíssima

atenção à estrutura da peça (J. K. Wanton, "The structure of *Hamlet*", em *Hamlet*, Stratford-Upon-Avon Studies, Londres, 1963).

6. "*intradutibilidade*" – Cf., ainda, a caracterização feita por T. S. Eliot, o maior poeta inglês de início do século: "Hamlet (é um homem) sob o poder de um sentimento intraduzível." Col. *Hamlet enter critic*, ed. C. Sacks e E. Whan, Nova York, 1960, p. 57. (O tom crítico a todo o conjunto da peça, que vem de Eliot e do poeta francês Laforgue, seu discípulo em poesia, tem repercussão nos juízos críticos do início do século sobre *Hamlet*, examinados por Vigotski).

7*. Essa hora, que separa a noite do dia, quando a manhã está imersa na noite, não se pode confundir com o limite que separa o dia da noite. A hora do crepúsculo – após o pôr-do-sol – é *meia-luz, penumbra*, isto é, *nem* luz, *nem* escuridão, mas uma mistura das duas, também instável, não assustadora e sim *decisiva*, ainda que angustiante (hora da resignação lírica, como em *A hora crepuscular*, de Tiúttchev) – "um entardecer claro: nem dia, nem noite, nem trevas, nem luz" (Liérmontov). Essa hora *não é dia nem noite*, enquanto o crepúsculo matutino é precisamente *dia e noite*. Naquela hora o sol poente ilumina com seus raios oblíquos e refratados as trevas que ainda se adensam, os raios esmaecem, as trevas vão irrompendo: forma-se um intervalo de penumbra, aquele momento em que o tempo se congela. Inteiramente diverso é o crepúsculo matutino. A manhã chega antes da partida da noite. Não conhecemos uma obra de arte literária que ressalte esse momento; talvez por ser ele breve e escapadiço. Só Isaías, o profeta de inspiração divina, conseguiu ressaltar o fenômeno em um trecho breve mas de lirismo magnificente, onde, numa resposta plangente e impressionante do guarda, transmite com uma força incrível o inefável da beleza angustiante e inusitada e o mistério dessa hora. Esse trecho é uma espécie de epígrafe a toda a tragédia, a sua noite e a seu dia. Citemo-lo na tradução latina: *Onus Duma. Ad me clamat ex Seir– Custos, quid de nocte? Custos, quid de nocte?– Dixit custos: Venit mane, et nox; si quaeritis, quaerite; convertimini venite* (Isaías, XXI, 11-2)*.

---

* "11. Sentença contra Dumá. Gritam-me de Seir: guarda, a que hora estamos da noite? Guarda, a que horas? 12. Respondeu o guarda: Vem a manhã, e também a noite; se quereis perguntar, perguntai; voltai, vinde" (Extraído da tradução brasileira de *A Bíblia Sagrada*, de João Ferreira de Almeida, Sociedade Bíblica do Brasil, Rio de Janeiro, s/d). (N. do T.)

8. "... *tudo nela é disperso, desdobrado...*" – Imagens aproximadas estavam no plano de Gordon Craig, que encantou Stanislavski: "Foi assim que, entre o brilho funesto do ouro, dos monumentais edifícios arquitetônicos, representou-se a vida palaciana que se tornara um Gólgota para Hamlet. Sua vida espiritual transcorre em outro clima, envolta na mística que impregna todo o primeiro quadro desde a subida do pano. Cantos misteriosos, passagens, vãos, sombras densas, réstias de luar, postos da guarda do palácio... O jogo de luz com sombras claras e escuras, que transmitem metaforicamente as vacilacões de Hamlet entre a vida e a morte, foi magnificamente transmitido pelo esboço que eu, como diretor de cena, não consegui levar à cena" (K. S. Stanislavski, *Minha vida na arte*, p. 461. – Extraído da tradução brasileira, Civilização Brasileira, Rio de Janeiro, 1989 – N. do T.). Aproxima-se ainda mais das imagens de Vigotski o clima que J.-L. Barrault vê em *Hamlet*: "Já não há nem dia, nem noite, nem sol, nem lua, nem alegria, nem ódio, nem tarde, nem manhã. Vem o lusco-fusco, e a própria natureza parece congelada na indecisão – 'Ser ou não ser?', enfeitiçada por uma penumbra triste, mensageira da noite. Como hoje, quando surge a dúvida triunfa a ambigüidade" (J.-L Barrault, *Reflexões sobre o teatro* (ed. em russo)., M., 1963, pp. 154-5).

9*. O sentido da definição de "tragédia das tragédias" por analogia com a interpretação que V. V. Rozánov faz de "o cantar dos cantares" (prefácio à tradução russa de Efros).

10*. Irving usou a cor negra em *Hamlet*", diz Oscar Wilde (Oscar Wilde, "A verdade das máscaras". *Obra completa* [ed. em russo], 1912, t. 3).

11*. A despeito de toda a diferença de opiniões, a crítica vem ressaltando quase em uníssono a obscuridade, a imperceptibilidade e a ininteligibilidade da peça. Gessner diz que *Hamlet* "é uma tragédia de máscaras". "Estamos perante Hamlet e sua tragédia – diz K. Fischer (o *Hamlet* de Shakespeare) – como se estivéssemos perante uma cortina, atrás da qual sempre imaginamos haver uma imagem qualquer, mas no final ficamos convencidos de que essa imagem não é outra coisa senão a própria cortina." A opinião de Börne sobre o "véu" está no prefácio, onde ele ressalta admiravelmente o tom geral da peça. Ao falar do espírito de Shakespeare, no qual "o dia é apenas uma noite insone", ele observa: "...da ist alles mystisch. Da ist die Nachtseite, die weibliche Natur des ebens, das Empfangende, Gebärende, da hören wir die Wehen der Schopfung"*. Segundo ele, "Hamlet é algo incongruente, pior que a morte, algo ainda não nascido". Citei a opinião de Goethe sobre o "problema sombrio" e a de Schlegel sobre as "equações irracionais". Baumhardt fala da complexidade da fábula de *Hamlet*, na qual há "uma longa série de acontecimentos vários e inesperados" (*apud* K. Fischer). "A tragédia *Hamlet* parece efetivamente um labirinto", diz K. Fischer. "Aqui em *Hamlet* não há qualquer sentido geral", diz G. Brandes. "A clareza não era o ideal que pairava diante do horizonte mental de Shakespeare. Aqui encontramos uma profusão de enigmas e contradições, mas o aspecto atraente da peça se baseia consideravelmente em sua obscuridade." Quando fala de livros "sombrios", Brandes situa *Hamlet* entre eles: "*Hamlet* é um desses livros... Vez por outra revela-se no drama uma espécie de abisno entre o envoltório de ação e seu núcleo." "*Hamlet* continua um mistério", diz Ten-Brink, "mas um mistério de uma atração irresistível por termos consciência de não ser artificialmente inventado mas originar-se da natureza das coisas." "Mas Shakespeare criou um mistério", diz Dowden, "que permaneceu para o pensamento um elemento que o excita definitivamente mas que por ele nunca é plenamente elucidado. Por isso, não se deve supor que alguma idéia ou frase mágica possa resolver as dificuldades representadas pelo drama ou de repente elucidar tudo o que ele tem de obscuro. A falta de clareza é própria da obra de arte, que não tem em vista uma tarefa qualquer mas a vida; e nessa vida, nessa história da alma, transcorrida na fronteira penumbrenta entre as trevas da noite e a luz do dia, há... muito daquilo que escapa a qualquer pesquisa e a desnorteia." Podíamos continuar citando quase infinitamente (quase todos os críticos aí se detêm). Os "detratores" de Hamlet – Tolstói e Voltaire – dizem a mesma coisa. "O desenrolar dos acontecimentos em *Hamlet* é a maior confusão" (Voltaire, "Prefácio à tragédia de Semíramis"). Rümelin diz: "A peça é ininteligível no conjunto." Mas toda essa crítica vê nessa obscuridade um invólucro, um apêndice, o que representa dificuldade, e não a toma por base de toda a tragédia como é feito

* "... ali tudo é místico... Ali estão o lado noturno, a natureza feminina da vida, que percebe e dá à luz, ali ouvimos o sopro da criação."

no presente estudo. Aliás, não se compreende por que, se o *Hamlet* de Shakespeare é efetivamente o que diz a crítica, ele está cercado de tanto mistério: esse véu é dispensável ao Hamlet de Dowden, de Brandes, de Börne, de Goethe, etc. Para eles, a obscuridade de Hamlet é uma falha; se o sentido não está nela (a "noite da tragédia"), então ela é uma confusão de Voltaire e Tolstói.

12*. No magnífico artigo "Shakespeare e Cervantes" (*Utro Rossii*, 1916, 22 de abril), Vyatcheslav Ivánov compara o tempo-época de Shakespeare e Cervantes com a hora do alvorecer: "E ambos viram, cada um a seu modo, como as últimas sombras da noite espantada nas savanas das trevas deslizavam e se espalhavam pelas baixadas e desfiladeiros, fugindo do sol... No amanhecer do racionalismo eles fixaram o irracional na vida, perceberam o mistério com a luz do dia que rasga todos os véus do misterioso, e esse reflexo profundo de essências arcanas fez suas obras profundas como a própria vida." As admiráveis palavras sobre a tragédia levam inevitavelmente Vyatcheslav Ivánov a reconhecer que as "palavras do enigmático príncipe" ("as coisas andam fora dos eixos") "são centrais em sua obra" (L. Chestov), constituindo até "um testemunho sumamente importante e mesmo abrangente de Shakespeare sobre si mesmo". "No círculo de sua obra, Shakespeare resolve um problema universal e proclama seu postulado religioso em termos genuinamente trágicos: através da saída para a loucura e do reconhecimento do princípio irracional ou supra-racional numa aparente ordem universal, nunca explicada inteiramente, pois "nela há bem mais coisa do que sonhou jamais nossa filosofia", como observa Hamlet a Horácio. Ao representar a loucura, Shakespeare nos transmite suas realizações mais profundas...

Por conseguinte, a trágica visão de mundo de Shakespeare decorria do ato de perceber, à luz clara do dia em irrupção, a fusão ambígua do realizável e do irrealizável. Partindo de um espaço iluminado pelo sol, ele acompanhou os caminhos das sombras noturnas, que estavam escondidas em desfiladeiros e cavernas, e dali enviavam aos homens seus rebentos fantasmas nos instantes últimos e decisivos em que a razão vacila e a "ligação viva entre as épocas" se dissipa em elos mortos (V). Infelizmente, Vyatcheslav Ivánov, que sentiu de modo tão admirável o trágico ("Pelas estrelas"), que ressaltou que "o silêncio é o limite matemático dessa tendência para o pólo interior do trágico" (*Pressentimentos e prenúncios*), que conheceu o êxtase dos abismos e *horror fati** e situou com tanta perspicácia Shakespeare e Dostoiévski entre os "artistas-obnubiladores", "servidores das revelações supremas", em oposição aos "artistas denunciadores" (Cervantes, L. Tolstói), não se deteve no enigma de Hamlet. Em 1905 publicou "A crise do individualismo", em que segue a tradição de Turguêniev, complexificando-lhe os termos e conceitos: Hamlet é um egoísta-individualista, *Dom Quixote* é o altruísmo e o bem comum. "A tragédia de Hamlet representa um protesto involuntário do indivíduo de espírito independente contra um imperativo externo, ainda que voluntariamente reconhecido... Hamlet é vítima do seu próprio 'eu'." Nesse aspecto, a interpretação de Hamlet é profundamente interessante, mas ainda assim ficamos sem entender como V. Ivánov não percebeu o enigma trágico de Hamlet em meio ao véu rasgado dos tempos. Não percebeu que toda a tragédia "está presa por cadeias invisíveis a margens que não são deste mundo" (V. L. Solovióv). "Hamlet é o herói de novas reproduções do remoto Oresteu, cuja culpa lhe recai sobre o nascimento e cuja luta é a luta com as sombras do reino dos mortos." "Se Hamlet fosse simplesmente um homem fraco, a tragédia de Shakespeare não pareceria tão inesgotavelmente profunda. O mais provável é que nem existisse como tragédia. Mas Hamlet é um certo caráter, e o enigma da causa primeira, que lhe destrói a ação, orienta nosso pensamento para as leis primárias e gerais do espírito" (*Bórozdi i miéji*). A diferença que V. Ivánov, seguindo Kant e Schopenhauer, estabelece (ao comentar os heróis e as tragédias de Dostoiévski) entre o caráter empírico e o apriorístico, entre os três planos da tragédia, precisa ser estabelecida também em Hamlet. Sente-se nitidamente em Hamlet a mão de Deus, para usar expressão bíblica. A impressão produzida não é a catarse purificadora (religiosa-medicinal) da tragédia grega mas o pavor de Deus, sentimento despertado pela tragédia ("Em verdade, Deus está aqui"). Em Hamlet e Ofélia, em meio à falta de vontade empírica transparece uma falta de vontade metafísica. E toda a tragédia se desenvolve sob o signo da falta de vontade e da cruz que atrai sempre e paira sobre ela.

Maeterlinck, o filósofo do Simbolismo moderno, formula bem essa questão ao falar do novo drama: "Aqui já não se trata de certa

* O horror do destino (lat.).

luta definida entre uma essência e outra ou do eterno conflito entre a paixão e o dever." O trágico do cotidiano, o princípio trágico da própria existência do homem foi, sem dúvida, revelado por Maeterlinck de modo admirável. Sua doutrina do "diálogo inaudível", do segundo drama interior, do duplo sentido dos fenômenos no drama simbolista, dos dois mundos em que transcorre a ação desse drama e da aspiração que daí extrai o teatro simbolista para revelar essa dupla essência dos fenômenos, tudo isso constitui uma doutrina profunda e notável. Contudo, suas avaliações literárias do antigo são superficiais: o trágico em *Otelo*, atacado por Maeterlinck, foi revelado de modo bem mais profundo do que em muitos dramas novos. Nesse sentido, *Hamlet* permanece particularmente não só insuperável como um ideal até hoje inatingido no drama moderno. Por exemplo, os dramas de Maeterlinck, apesar de plenamente notáveis, ainda assim sofrem de certa tendenciosidade deliberada "ao inverso", que vez por outra transforma seu simbolismo em esquema morto e alegoria (*Os cegos*, *Interior* e outros estão sujeitos a determinada idéia). *Hamlet* é o ideal da "nova" tragédia simbolista. Tentou-se interpretar até essa tragédia como uma luta externa (Werder) ou interna (Goethe e outros). A esses dois grupos podemos relacionar quase todas as análises críticas de *Hamlet*. Infelizmente, por falta de espaço teremos de abrir mão do exame, inclusive de concepções fundamentais dos críticos (tema específico) e apenas sugerir que, por sua própria idéia, o presente estudo rejeita todas aquelas análises e interpretações. Por isso, a conclusão natural seria, na medida do possível, uma exaustiva "crítica da crítica", da qual teremos de abrir mão. Schopenhauer percebeu com profundidade a precariedade da definição de tragédia. Ao analisar o problema da culpa trágica, ele o reduz ao fundamental, ao trágico. "O verdadeiro sentido da tragédia consiste na concepção mais profunda de que o herói não se redime de seus pecados particulares mas do pecado original, ou seja, da culpa de existir:

> A culpa maior do homem
> É ter nascido,

como diz textualmente Calderón" (A. Schopenhauer, *O mundo como vontade e representação* (ed. em russo), Spb., 1898, p. 263). Se o trágico é o fato fundamental do existir, então a tragédia é a modalidade suprema de arte, modalidade mais sintetizadora, simbólica.

13. "... essa *música da tragédia...*" – Idéias de espírito muito próximo sobre a "música da tragédia" encontramos em um artigo de B. Pasternak: "a música geral do *Hamlet* não se presta a citações. Não pode ser citada como exemplo particular de ritmo. Apesar dessa incorporeidade, sua presença como algo funesto e material se converte em tecido geral do drama, daí sermos involuntariamente motivados a denominá-la visionária e escandinava em consonância com seu enredo. Essa música se constitui de uma alternância regular de solenidade e inquietação. Condensa ao extremo da corporeidade o clima da obra e permite a seu espírito central manifestar-se com mais plenitude" (B. Pasternak, "Observações sobre as traduções das tragédias de Shakespeare", M., *Literatúrnaya Moskvá,* 1956, p. 797).

14. "... *tudo deve ser reproduzido diretamente...*" – O fato de Hamlet não se revelar na ação mas em monólogos e sentenças é ressaltado também por muitos estudiosos atuais da literatura. Cf. L. E. Pinski, *Realizm epókhi Vozrojdiêniya* (O Realismo da época do Renascimento), M., 1961, pp. 267-8 e 286-7).

15*. "A tragédia deve ser considerada o apogeu da poesia..." – diz Shakespeare. "Não deis atenção à mediação sobrenatural de um morto" – diz Bielinski – "o problema não é esse; ocorre que Hamlet se inteira da morte do pai, mas não precisais saber de que modo. Em vez disso, desenvolvei o drama e vos admireis de como o poeta soube valer-se inclusive desse 'maravilhoso' para desdobrar com todo o brilhantismo seu gênio dramático: sua sombra é viva, em suas palavras ecoa a dor de um corpo que sofre e uma alma que sofre... Oh, que drama elevado, que verdade de situação!" (*Hamlet, um drama de Shakespeare*). Aqui se ressalta com admirável clareza *aquele outro* tratamento, quase universal, dispensado à Sombra: nesta "não se presta atenção", ela é mero recurso dramático para fazer Hamlet conhecer a verdade, e esse sobrenatural é interpretado como um mal necessário, procura-se justificativa para ele ("em vez disso..."). Mas sem esse "maravilhoso" desapareceria toda a tragédia. A sentença de Bielisnki vem a ser perfeitamente compreensível em função de sua concepção geral de "fantástico" em arte, exposta por outro motivo (por motivo de *O duplo,* de Dostoiévski): "O fantástico em nossa época só pode ter lugar em casas de loucos e não na literatura, é da competência dos médicos e não dos poetas." Isso diz tudo: daí já decorre seu enfoque do "fantástico" na arte dos séculos anteriores, particularmente da Sombra em *Hamlet*. Essa concepção de Bielinski está ligada a uma segunda exposta no texto: para ele, a Sombra é viva, vale dizer, pelo sentido não introduz o sobrenatural na peça, é uma forma lógica necessária, etc. Por outro lado, ela é viva por viver outra vida, é real por viver outra realidade. Em linhas gerais, quase nenhum crítico se detém nesse ponto nem ressalta o papel que nós atribuímos à Sombra. Yu. Aikhenvald diz de passagem: "e assim se restabelece a antiga ligação rompida entre os dois mundos", mas nem de longe toma essa afirmação como fundamento de sua interpretação. Chestov ("Shakespeare e seu crítico Brandes". L. Chestov, *Pôlnoie sobrânie sotchiniênii*, t. I, Spb., 1911) diz, interpretando Brandes: "A propósito, Brandes se detém na importantíssima questão da sombra do pai de Hamlet na tragédia. Entre a personagem central e as circunstâncias surgiu uma contradição. O príncipe, por perspicácia igual ao próprio Shakespeare, vê o Espírito e fala com ele. Mas essa contradição é de natureza puramente externa. O papel do espírito tem, por assim dizer, significado simbólico. Nos limites de um drama era impossível a Shakespeare esclarecer de que modo Hamlet, nunca rápido na tomada de decisões, protelador e retardatário, soube da morte do pai e ao mesmo tempo sentiu a necessidade de punir Cláudio. Motivar o surgimento dessa decisão em Hamlet implicaria escrever mais uma peça. Tudo isso foi modificado com a aparição do Espírito, que comunica a Hamlet o segredo da morte do pai e ordena vingar-se do criminoso. Shakespeare nem poderia pensar nada melhor. Graças à interferência da Sombra, recuar se torna impossível para Hamlet: é necessário matar Cláudio a qualquer custo. Hamlet, que duvida de tudo, não se pergunta uma única vez: 'Será mesmo que preciso punir o tio?' Essa clareza da missão é magistralmente motivada pela aparição do Espírito. É claro que na vida real é diferente, e o comum é chegar-se à consciência da necessidade de certa atitude passando por vivências complexas. Mas Shakespeare, para evitar digressões, talvez interessantes por si mesmas mas situadas fora de sua meta, põe em cena a sombra do pai. Esta tem na tragédia um sentido muito limitado e aparece exclusivamente para contar ao príncipe o que aconteceu e o que é preciso fazer. Depois é como se essa sombra nem tivesse aparecido... Fica patente que, após receber a notícia e a ordem do espírito, é como se o príncipe as tivesse recebido de si mesmo, é como se tivesse sabido por si mesmo que o crime havia sido cometido e era necessário vingá-lo. Não se pode sequer dizer: 'Ele vê o espírito e conversa com ele.' A sombra do pai não introduz o elemento do sobrenatural no drama. Aparecesse, em vez do espírito, uma pessoa viva, que tivesse testemunhado o crime de Cláudio e gozasse de suficiente autoridade diante do príncipe, e o curso da tragédia não teria mudado. Hamlet nem se lembra do espírito, como se não o tivesse visto. Lembra-se apenas de que lhe mataram o pai e é necessário castigar o assassino." Isso é efetivamente falso: Hamlet torna a ver o pai e se lembra dele (a cena do espetáculo). No geral, a concepção da Sombra como ficção, encarnação, "personificação" da idéia do dever interior de Hamlet é bastante característica do Hamlet "racionalizado". Nesse caso, para que serve a "obscuridade" da peça? (Para Chestov ela não existe; na peça tudo está claro como o dia.) Com isso, nega-se toda a peça, baseada naquilo que não sonhou a nossa filosofia: porque ela é toda sobrenatural. Tudo isso só seria assim se no restante a peça não fosse sobrenatural. Esse equívoco básico na interpretação do papel da Sombra reflete-se fatalmente em toda a compreensão da peça. Em outra passagem (prefácio a *Júlio César*, ed. Brokhaus y Efron), L. Chestov diz: "Porque o 'espírito' em Hamlet não é fruto de uma imaginação perturbada... Nenhum crítico jamais acusou Shakespeare de se ter permitido introduzir numa tragédia realista uma idéia absurda como a aparição do espírito." E antes: "Hamlet deparou com um espírito vindo de outros mundos." Entretanto, ele não elucida de modo nenhum essa concepção.

16*. É mais ou menos a mesma a idéia do grande historiador Mommsen sobre os grandes acontecimentos na história.

17*. K. Fischer analisa minuciosamente o desencadeamento dos acontecimentos em vida, mas não diz absolutamente nada do papel da Sombra.

18*. Pelas observações fragmentárias, espalhadas pela peça, pode-se imaginar a imagem do pai de Hamlet em vida, mas a caracterização da Sombra é absurda: Bielinski a julga aceitável porque para ele o fantasmagórico da sombra é apenas a *forma* a que não se deve prestar atenção – *o problema não é esse* (*é justamente esse todo o problema!* – é esta a tese deste capítulo), para ele ela *é viva*. Carece igualmente de sentido a caracterização de Börne, que, a despeito de todo o humor, parece-nos estéril, nada elucida, antes obscurece o sentido de seu papel. Isso está naturalmente em contigüidade com a caracterização cômica (Carl Rohrbach, *Shakespeare's Hamlet erläutert*, Berlim, 1959), em que se afirma que o Espírito está aflito porque não o consideram um fantasma de verdade mas disfarçado, etc. A tentativa de decifrar a Sombra leva inevitavelmente a isso, uma vez que a crítica forçosamente considera a Sombra viva, uma vez que no drama não pode haver personagem "morta".

19*. Gildon (*Remarks*, 1709) diz: "Como me asseguraram, Shakespeare escreveu esta cena num necrotério ou num jazigo no meio da noite. O cantar do galo no Evangelho anuncia o rompimento da ligação."

20*. Dr. Onimus (segundo K. R.) vê nessas palavras a definição mais breve e mais verdadeira da alucinação. Achamos que o fato de Shakespeare não ter se limitado à alucinação, mais tarde confirmada pelo espetáculo, mas ter "lambuzado" (elaborado) a aparição da Sombra, mostrando-a ao espectador e fazendo Hamlet vê-la não só com os "olhos da alma", é uma refutação suficiente da concepção da Sombra como alucinação de Hamlet (cf. a brochura de An. Krêmliev: "A sombra do pai de Hamlet na tragédia de Shakespeare"). Em Hamlet há qualquer coisa de sonambúlico.

21* Ten-Brink fala desse procedimento artístico de Shakespeare: "Todos esses e outros procedimentos afins impedem que tenhamos dúvida da realidade do que vemos e ouvimos. Se citarmos a conversa sobre um acontecimento que nós mesmos não presenciamos e em cuja veracidade é difícil acreditarmos, ainda que o tenhamos testemunhado, o autor nunca perderá a oportunidade de nos persuadir da realidade de tal acontecimento, lançando mão de diversos detalhes insignificantes, lembrados pelos narradores, ou freqüentemente do fato de que os narradores se contradizem uns aos outros em tais detalhes." Cita-se a cena em que Hamlet indaga sobre a aparição da Sombra.

22*. Muitos críticos frisam freqüentemente esse pressentimento da tragédia. A senhora James fala dos pressentimentos de Laertes e Polônio (fala com propriedade da inefabilidade do amor de Ofélia: "O amor de Ofélia, que ela não externa uma única vez, como se fosse um mistério, que ela esconde de si mesma e deve morrer como mistério nos nossos corações como no próprio coração dela"): "Quando o seu pai e o seu irmão acham necessário proteger-lhe a ingenuidade, dar-lhe aula de sabedoria do viver... já sentimos que todas essas prevenções e asseverações vieram tarde demais; porque, desde o momento em que ela aparece em meio ao choque sombrio de crime, vingança e horrores sobrenaturais, já pressentimos qual deve ser o seu destino."

23*. V. Bielinski qualifica esse monólogo de "excessivamente longo para a situação dele (Hamlet) e um tanto retórico". Bielinski justifica Shakespeare: "mas isso não é culpa de Shakespeare nem de Hamlet: é uma doença do século XVI, cujo caráter, como diz Guizot, *vinha do orgulho suscitado pela multiplicidade de conhecimentos recém-adquiridos, pela prodigalidade de reflexões e o excesso de raciocínios*" (grifo de L. V.). Bielinski encontra tudo isso nesse monólogo. Resta dizer que, embora nessa súplica fervorosa e delirante não se note "nem um vestígio sequer da multiplicidade de conhecimentos" (nesse monólogo penetrado de tamanho tédio do desconhecimento!), "de prodigalidade de reflexões" ("reflexões" aqui?), "de excesso de raciocínios" (?), não é isso que refuta as reflexões de Bielinski. É incorreto dizer que o monólogo é longo porque não se trata de um monólogo acabado mas de uma série de questões intermitentes e delirantes da loucura em constante crescendo, do desespero e do horror, porque a Sombra não fala, suscitando a paixão delirante, o crescendo de questões, o prolongamento, a demora, a protelação da angústia. Chamando-o de "retórico", Bielinski mostra que não percebeu a beleza poética dessa passagem. A esse "retórico" equivale uma censura: "não-poético". Onde há retórica não há poesia. Nesse ponto não pode haver discussão. Mas, afora dizer que Bielinski não percebeu essa passagem, há outra coisa a considerar: para Bielinski, retórico significava não-poético, inútil, acessório. Em face de sua interpretação geral de *Hamlet*, ele, como quase todos os críticos (isso é profundamente importante, mas o fato é que quase ninguém aceita *Hamlet integralmente*, seja em cena, seja na crítica – isso não estaria sugerindo que a interpretação desses críticos não abrange *todo o Hamlet*, que esse drama não cabe *inteiro* na interpretação deles e por isso são forçados a seccioná-lo e corrigi-lo?), é levado a excluir algo de *Hamlet* como retórico. É justamente essa passagem que Bielinski acha *inútil*. K. Fischer diz: "A questão contém tamanho horror diante do sombrio enigma universal que Schopenhauer cita com gosto especial essas palavras." Mas K. Fischer a interpreta de modo excessivamente genérico (horror, enigma universal, etc.), sem inseri-la na própria tragédia: para esta, para seus limites "estreitos" (na interpretação daqueles críticos), ela é apenas um adorno filosófico e não um adorno retórico.

24. "*... na chama trágica da dor envolve Hamlet por inteiro*" – A proximidade que Vigotski ressalta entre sua interpretação de *Hamlet* e a concepção da montagem do Teatro de Arte de Moscou pode ser observada na exposição que Stanislavski faz dessa concepção: "Craig ampliou consideravelmente o conteúdo interior de Hamlet. Para ele, esse é o melhor dos homens, que passa pela terra como uma vítima expiatória. Hamlet não é um neurastênico, e muito menos um louco; tornou-se, porém, diferente dos outros homens porque por um instante olhou para o lado oposto da vida, para o mundo do Além, no qual penava seu pai, e a partir desse momento real a realidade passou a ser outra para ele. Pôs-se a escrutá-la, tentando decifrar o mistério e o sentido da existência; o amor, o ódio e todos os convencionalismos da vida cortês adquiriram para ele um sentido novo, enquanto o problema, superior às forças de um simples mortal, depositado sobre seus ombros pelo pai atormentado, levava-o à perplexidade e ao desespero" (K. S. Stanislavski, *Minha vida na arte*, pp. 457-8, Rio de Janeiro, Civilização Brasileira, 1989).

25*. Ali não se indica quem empregou primeiro o termo tomado de empréstimo a James ("A diversidade da experiência religiosa"). "Segundo nascimento" são palavras magníficas, que mostram toda a força da mudança, do renascimento do homem. A Sombra diz que o mistério de além-túmulo "não é para ouvidos de carne e sangue": é preciso mudar fisicamente para suportá-lo. A simples aproximação dele suscita "outro nascimento", mudança. Esse sentimento impressionante que experimenta o homem quando está na fronteira, no último limite do terrestre, foi transmitido magnificamente por Dostoiévski (eis por que tudo se revelou a Hamlet quando ele *já* estava na sepultura): Kirílov (*Os demônios*) fala dos minutos em que o tempo parece não mais existir: "Não é uma coisa da terra; não estou dizendo que seja do céu, mas que o homem, em seu aspecto terrestre, não pode suportá-lo. É preciso mudar fisicamente (cf. as palavras da Sombra) ou morrer (Hamlet compreende tudo no instante da morte)... Mais cinco segundos, e a alma não irá suportar e deverá desaparecer. Para suportar dez segundos é preciso mudar fisicamente. Acho que o homem deve deixar de procriar"... Cf. o mesmo sentimento (Hamlet a Ofélia: por que razão quererias conceber; não mais teremos casamentos, etc.) que em Hamlet é suscitado pelo contato com o além. É interessante observar ainda como qualquer contato com o outro mundo, o não-terrestre, levado às últimas profundezas, suscita a sensação de desmoronamento do tempo. Cf. Hamlet: "as coisas andam fora dos eixos". "No *Apocalipse*, o anjo jura que o tempo não existirá mais", diz Stavróguin[75] (*Os demônios*). Kiríllov o confirma: cf. "não é uma coisa da terra". O príncipe Míchkin (*O idiota*) fala dos acessos de epilepsia: "Nesses instantes parece que eu entendo essa palavra singular que diz que não vai mais existir tempo." Tudo isso são sensações de uma harmonia não terrestre, que suscita a sensação de ausência do tempo, mas em Hamlet o contato com o outro mundo é *pavoroso* (palavra da Sombra), "o tempo anda fora dos trilhos", e isso é sua tragédia. Mas a sensação de desmoronamento do tempo suscita igualmente tudo o que não é terrestre, como se seu tempo fosse um véu externo que aqui sempre se rasga. A exclamação *The time is!*... como que rasga o tecido do tempo sobre a ação, e toda a tragédia subseqüente é observada e percebida nessa ruptura escancarada e através dela.

26*. A impossibilidade fundamental dos fantasmas (o "elemento sobrenatural" na tragédia): em princípio, tudo o que teoricamente sabemos sobre as pessoas, sobre os objetos do mundo exterior – seu aspecto externo, o que vimos e ouvimos sobre eles – não passa de um conjunto de impressões auditivas e visuais, que existem para nós na medida em que existem os órgãos que os percebem. Assim, o que em termos visuais e auditivos denominamos pessoa, por exemplo, é certa combinação de ondas de luz e som, que, desintegrada do próprio objeto e após certo intervalo de tempo (que seja ínfimo mas que exista forçosamente – a velocidade das ondas de luz e som), acaba chegando a nós: percebemos a luz de algumas estrelas à distância de 400 anos, logo, o céu que vemos é transparente, há muito tempo não existe: em princípio não faz diferença se deixou de existir há 400 anos ou há 1/100 000... de segundos; o importante é que o intervalo de tempo passa, enxergamos através do tempo, no sentido do passado; no instante em que vemos a pessoa ela *já* não existe: tudo o que vemos e ouvimos é transparente. Importa ressaltar que o fantasma aparece na forma em que existiu na terra, na imagem que, desprendida dele sob o aspecto de um conjunto de raios luminosos, perpetuou-se no universo. Sobre a tragédia do tempo em *Hamlet* (realidade do passado; o poder desse passado), veja-se um interessante artigo de Askóldov, "O tempo e seu sentido religioso", *Voprósi filosófii e psikhológuii*, 1913. Desse ponto de vista pode-se enfocar a tragédia *Hamlet*. Citemos a propósito as palavras de Dostoiévski. Svidrigáilov (*Crime e castigo*) fala dos fantasmas que lhe povoam os sonhos (a propósito, cf. os detalhes externos, realistas, do diabo de Iván Karamázov e da Sombra de Hamlet), e à sugestão de Roskólnikov, "Procure um médico", responde: "Eu já estava entendendo que não estou bem de saúde, só que não sei de quê; acho que sou cinco vezes mais sadio que você. Não foi isso que lhe perguntei: você acredita ou não que existem fantasmas?... Como é que as pessoas costumam dizer? Dizem: você está doente, logo, o que você imagina não passa de um delírio inexistente. Ora, nisso não existe uma lógica rigorosa. Concordo que os fantasmas só aparecem a doentes; acontece que isso vem apenas demonstrar que os fantasmas não podem aparecer senão a doentes e não que em si mesmos não existem... Não? É assim que você pensa?... Bem, e se raciocinarmos assim: ... *os fantasmas são, por assim dizer, pedacinhos e fragmentos de outros mundos, seu princípio* (grifo de L. V.). É claro que uma pessoa sadia não tem por que ver fantasmas, pois a pessoa sadia é o homem mais terrestre, logo, *deve viver apenas a vida daqui por uma questão de plenitude e ordem*. Contudo, mal adoece, mal se perturba a ordem normal e terrestre no organismo, imediatamente começa a manifestar-se a possibilidade de outro mundo, e quanto mais doente ela fica maiores são seus contatos com o outro mundo, de sorte que, quando a pessoa morre mesmo, passa imediatamente ao outro mundo" (IV, cap. I). Aqui nos importa ressaltar tudo: os fantasmas como fragmentos do outro mundo; a vida não terrestre por questão de plenitude e ordem, enquanto tragédia, conseqüentemente, é sempre uma doença, algo não terrestre, que estabelece contato com o outro mundo; o contato gradual com o mundo para onde o homem se transfere depois da morte, logo, a simples aproximação e o contato com a morte suscitam o contato com o outro mundo. Lessing (*Hamburgische Dramaturgie*) diz: "Em cada um de nós existe a semente do acreditar em fantasmas. Da arte do poeta depende fazer essa semente lançar brotos. Devemos acreditar no teatro do modo como o quer o poeta." Ele insiste justamente na *realidade do fantas-*

ma na peça, ao analisar a montagem. E diz, formulando tudo em um ponto: "O fantasma de Shakespeare realmente se levanta do além", "O fantasma age sobre nós mais através de Hamlet do que por si mesmo." Para concluir essa questão, citemos a observação de K. R., feita entre parênteses sobre as já referidas palavras de Bielinski ("não precisais saber", etc.): "Não é magnífica essa resposta às reflexões inúteis segundo as quais esse fantasma seria uma alucinação ou um fantasma real? Não, é magnífica apenas na medida em que afasta a própria pergunta, mas é profundamente falsa na essência; é preciso definir como o crítico interpreta o papel da Sombra." D. S. Meriejkovski (*Pôlnoie sobrânie sotchiniênii*, Rússkoie Slovo, M., 1911, t. 10, Tolstói i Dostoiévski, p. II. Tvórtchestvo Tolstovo i Dostoievskovo, c. VI) diz: "A Sombra do pai aparece a Hamlet num clima *solenemente romântico* (?) (grifo de L. V.) *ao som do trovão e do terremoto* (sic!)... A Sombra do pai fala a Hamlet sobre os segredos de além-túmulo, Deus (?), vingança e sangue." De onde Meriejkovski teria tirado isso senão de algum libreto de ópera sobre Hamlet? V. Rozânov ("A lenda do Grande Inquisidor") opõe à "Lenda" de Dostoiévski a religiosidade de Hamlet. "As palavras jocosas e ambíguas com que Fausto se livra das perguntas de Margarida sobre Deus, a *obscuridade da consciência religiosa em Hamlet*, tudo isso é apenas um murmúrio pobre...", etc. A verdade dessas palavras está na "obscuridade da consciência religiosa em Hamlet", que é inferior *à consciência* das personagens de Dostoiévski, mas sua inverdade está na profunda superioridade da mística do papel, dos atos, dos sentimentos e do destino de Hamlet – e daí a original religiosidade da tragédia – sobre a "Lenda" de Dostoiévski.

27*. Aikhenvald: "Sua religiosidade é um momento de suma importância e explica muito, especialmente nesse caso; mas é justamente ela... que tira do príncipe da Dinamarca o acabamento e o último estilo de sua feição psicológica." Será Hamlet religioso? Fatalista ou determinista? Cristão ou pagão, pessoa que acredita na vingança do sangue? Um cético, um materialista ou um idealista? Comparam-se suas "sentenças", descobrem-se contradições. Ele *nada sabe*, como todos nós; quer rezar (superar a tragédia). Isso é tudo. O que ele descobre na hora da morte não pode ser chamado palavra da terra. Aquilo não é palavra; é antes a luz da tragédia, seu tom, o nexo das palavras: no nexo das palavras está a religiosidade da tragédia. Essa religiosidade é imanente à tragédia em suas palavras, mas a religiosidade da tragédia transcende a própria tragédia.

28*. Os críticos parecem sentir-se atrelados ao juramento do silêncio: omitir a "*verdadeira causa*" do estado e comportamento de Hamlet. Contudo, que clareza ela assume se nos atemos à tragédia: à sua comunicação com o outro mundo. Tudo vem daí. G. H. Lews (segundo K. R.): "Desde o momento em que desaparece o fantasma Hamlet é outra pessoa." Mas ele, depois de ressaltar esse renascimento, também se desencaminha.

29. "*... dois mundos internos...*" – Cf. sobre o próprio Hamlet, como "pessoa com a mente na fronteira entre dois mundos", o artigo de C. S. Lewin: "Hamlet. The prince or the poem?" Col. *Hamlet enter critic,* ed. C. Sacks e E. Whan, Nova York, 1960, p. 179 (cf. no mesmo artigo, p. 184, a concepção – afim à de Vigotski – de Hamlet como "pessoa a quem o fantasma destinou uma missão").

30. "*Disposition*" – Aqui e doravante Vigotski usa o termo inglês *disposition* – disposição do espírito – como palavra-chave que permite explicar muita coisa no comportamento de Hamlet. Interpretação semelhante dessa palavra encontramos no estudo de J. Dover Wilson: *What happens in Hamlet,* Cambridge, 1956, pp. 88-9 ss.

31*. Resolve-se de diferentes modos o problema da loucura fingida ou autêntica de Hamlet. Segundo E. Ferri (*Tipos criminosos*), "Hamlet é um criminoso-louco", etc. (há nele a tentativa de relacionar a catástrofe, os atos de Hamlet e o "automatismo"). Briete de Boismont (segundo K. R.) diz sobre Hamlet: "Hamlet não é um demente, mas nele já estão todos os elementos da demência... ele já está no primeiro degrau que leva ao abismo da loucura. Todas as falas e atos de Hamlet, que tendem para o cumprimento do juramento que ele fez, mostram que ele está no gozo da razão plena. *Está em um estado intermediário entre o bom senso e a loucura*" (grifo de L. V.). Acho que podemos formular (se não científica, ao menos artisticamente, pois a literatura nos preparou para isso) a questão assim: Hamlet não é nada louco, mas seu estado pode ser qualificado de loucura. Parafraseando V. Cousin – a "loucura é o lado divino da razão", podemos dizer que são loucos assim todos os heróis trágicos, pois sua loucura é o "lado trágico da razão".

32*. Muitos críticos de *Hamlet* (Goethe e outros) viram nesse dístico a chave para a compreensão de toda a tragédia, mas ninguém, parece, ou quase ninguém, elucidou a própria imagem: *the time*, etc., interpretando-a simplesmente como imagem da grande desgraça, ou da missão difícil, ou do horror do mundo. E entretanto nessas palavras está realmente tudo.

33*. Essa imagem é inspirada na admirável representação do ator Katchálov (Teatro de Arte de Moscou). A interessantíssima montagem de *Hamlet* levada a cabo por esse teatro em muito mas nem de longe em tudo – temos de excluir sobretudo os cortes e a representação de alguns papéis – se aproxima das concepções aqui desenvolvidas, embora a crítica (as resenhas) não tenha ressaltado *esse* caráter da montagem. (Só V. Gippius, em *Ótkliki* (Respostas), n. 116, 1914, suplemento do jornal *Dien*, n. 111, no artigo "Shakespeare e a Rússia" – falaremos adiante desse artigo magistral –, escreve: "Nesse sentido, o teatro de Stanislavski interpretou *Hamlet*; sejam quais forem as objeções levantadas contra a montagem, sejam quais forem as tolerâncias ideológicas ali cometidas, a idéia foi correta por fundamento. Hamlet é um místico...") Em particular, Katchálov teve uma interpretação (toda centrada na nota única da dor irremediável) notável, mas não foi a plena encenação de Hamlet e nem de longe se manteve estável. Aqui não cabem divagações. I. A. Gontcharov (citado no prefácio) diz que no geral é impossível uma plena encarnação cênica de Hamlet: trata-se de uma concepção profunda. É possível representar Otelo, Lear, etc. "Um ator dotado de potencialidade pode adequar-se a uma tonalidade de sentimentos e situações que em Lear e Otelo seguem um ritmo regular, integral e imperturbável... Não é o que acontece em Hamlet: não se pode interpretar Hamlet, ou se deve vivê-lo exatamente tal qual Shakespeare o criou. Mas é possível fazer lembrar algo dele com maior ou menor intensidade." Gontcharov faz observações admiráveis sobre Hamlet: "Hamlet não é um papel típico... A característica de Hamlet são os fenômenos inatingíveis no estado comum e normal da alma... Ele é atraído por uma força fatal, caminha porque deve caminhar, embora, como ele mesmo diz, fosse melhor morrer. Todo o seu drama reside em ser ele um homem e não máquina..." Aqui já está claro que Hamlet é um homem, está ressaltada a universalidade extraordinária dessa imagem (não típica, precisamente). (Bielinski também o observa: "Hamlet! Entendeis o significado dessa palavra? É elevado e profundo: Hamlet é vida humana, sou eu, é vós, é cada um de nós", etc.) A essas profundíssimas observações de Gontcharov acrescento suas palavras do romance *Obriv*: "Hamlet e Ofélia! – de repente veio à cabeça dele (de Raiski, por motivo do encontro com Koslova)... Ele não riu de sua comparação com Hamlet: 'Para ele, às vezes cada um era Hamlet.' A chamada 'vontade' brinca com todos! – No homem não há vontade – dizia ele –, mas há uma paralisia da vontade; isso está ao alcance de todos! E o que se chama vontade, essa força fictícia, não está à disposição do senhor, do 'rei da natureza', mas está sujeito a certas leis estranhas e age segundo elas sem lhes pedir permissão. Como a consciência, ela apenas se faz lembrar quando o homem já fez o que não devia..." (III, cap. XIII, p. 117). Relacione-se isso com: "seu drama é ser um homem e não máquina", e ficará claro o enfoque profundo da trágica falta de vontade, do "automatismo" do príncipe da Dinamarca. Voltando ao problema da interpretação de Hamlet, digamos ainda: não terá sido essa mesma concepção de Gontcharov que Dostoiévski teve em vista na frase que deixou escapar de passagem: "Vi um Rossi em *Hamlet* e concluí que em vez de Hamlet vi o senhor Rossi" (*Dnievnik pissátielya* [Diário de um escritor], cap. III, 1877, março). (Ivánov, R. M., "O espetáculo de Emílio Rossi". "Ele (Rossi) fez do Hamlet de Shakespeare um italiano... A tragédia de pensamento transformou-se em tragédia de sentimento...") Nas fervorosas estrofes de Bielinski sobre Motchálov, pode-se perceber que este atingiu em Hamlet uma força verdadeiramente admirável. É especialmente admirável sua capacidade, que sugere uma inusitada inspiração para interpretar, que *varia* inteiramente durante espetáculos diferentes (cf. após a cena do espetáculo). Mas não se pode deixar de ressaltar que sua interpretação, até mesmo na explanação de Bielinski, supera consideravelmente e – o principal – desvia-se da exegese desse crítico. Em sua interpretação havia, sem dúvida, o profundo e o pavoroso, omitidos na exegese de Bielinski. Não foi por acaso que Bielinski o censurou pela interpretação da passagem "*The time...*" (na versão de Polievói: *O crime...*), na qual ele, com Goethe, vê tudo e que, segundo ele, em Motchálov sempre se perdia: "com um olhar errante", como "um fantasma funesto", "ele sempre exalava uma força oculta, invisível porém sentida como a pressão de um pesadelo, fazendo o sangue congelar nas veias dos espectadores...". Só essas palavras já mostram tudo: a impressão deixada pelo Hamlet de Bielinski não pode comparar-se a um pesadelo; aqui não há razão para "o sangue congelar...". A. Grigóriev (*ibid.*): "Porque o Hamlet com que ele (Motchálov) nos brindou diferia radicalmente, por exemplo, ao menos da interpretação de Hamlet por Goethe. O desânimo funesto, que existe em Hamlet, sobrepuja nitidamente todos os outros aspectos do caráter, e em outros impulsos prejudicou inclusive a idéia da impotência da vontade que nos habituamos a associar à imagem de Hamlet."

34. "... *seu coração... pulsa no limiar de uma dupla existência...*". – Aqui e doravante parafraseia-se um poema de Tiúttchev, cujo primeiro verso ("Oh, minh'alma profética!") encontra perfeita correspondência nas palavras de Hamlet – *O, my prophetic soul* (Ato I, Cena 6). Vigotski não enfatiza essa correspondência (que escapou à atenção dos estudiosos da literatura), mas provavelmente a teve em vista. Citou no texto do ensaio os dois primeiros quartetos do poema de Tiúttchev.

35*. Poderíamos tomar como epígrafe à nossa interpretação de *Hamlet* (a este capítulo) poemas de Tiúttchev dirigidos a si mesmo, mas que em *cada palavra* dizem respeito a Hamlet com uma impressionante precisão. Trata-se do mais impressionante reflexo de Hamlet na lírica. Além disso, esses poemas apresentam Hamlet inteiro, e precisamente na "epígrafe".

Oh, minh'alma profética!
Oh, coração, só desassossego!
Oh, esse bater no limiar
Como de dupla existência!

És, pois, inquilino de dois mundos,
Teu dia – doentio e apaixonado,
Teu sonho – profético e vago,
Qual revelação de espíritos...

Aqui *cada palavra* foi escrita de modo necessário e preciso justamente sobre *esse tema*. Baratinski fala do reflexo desse estado (estado de Hamlet):

Há uma existência, mas que nome
Dar-lhe! – Não é sonho, nem vigília:
Está entre os dois; e *por ela, no homem,*
Razão e loucura se limitam.

É a outra existência de Hamlet: "Há duas vidas em nós até à sepultura" (Liérmontov). Brandes: "A Hamlet a vida se afigura meio realidade, meio sonho. De tempos em tempos ele é uma espécie de lunático." Mas essas observações de Brandes submergem no mar de outras absolutamente opostas e excludentes; além de não as tomar como base de tudo, ele nem se detém nelas. Como "visões inconcebíveis", desligam do mundo: cf. a balada de Púchkin sobre o cavaleiro pobre, cuja imagem tem qualquer coisa de Hamlet ("Cena dos tempos da cavalaria"):

Ele tinha uma visão,
Inconcebível à mente,
E fundo uma impressão,
No peito se lhe gravou.

Doravante, d'alma consumida,
Mulheres não mais olhou,
Com nenhuma, até o fim da vida
Palavra alguma trocou.

....

De volta ao castelo afastado,
Nos rigores do claustro viveu;
Sempre triste, sempre calado,
E como louco morreu.

Para Hamlet, isso é profundamente interessante, pelo menos, recordar. Não é por acaso que Dostoiévski introduziu a bela imagem desse "cavaleiro pobre" no romance *O idiota* (adiante faremos uma aproximação do príncipe Míchkin com Hamlet).

36*. No extraordinário artigo que já citamos e continuaremos citando, V. Gippius diz: "Hamlet é um místico. E por isso todo o seu destino é determinado por uma voz oriunda do abismo (a Sombra do pai), voz de cuja realidade ele não duvida. Por isso, ele sofre a violência do pensamento sobre a vontade, e é por isso ainda que sua tragédia não consiste nesse poder do pensamento sobre a vontade, mas em que ele, mergulhado no dia-a-dia, contempla a vida de cima e ao mesmo tempo não pára de ouvir das profundezas a voz do abismo. Isso já sem falar da fatalidade dos acontecimentos que se desenrolam..." Aqui muita coisa já se ressalta em profundidade, mas ainda se perde na "violência do pensamento"... Hamlet é um místico; mas onde está a tragédia, se ele contempla a vida de cima? Em todo o caso, essa profunda observação permite passar à idéia central de todo o artigo: ela muda a concepção sobre Shakespeare na Rússia. Segundo o autor, a época de Bielinski transcorreu sem relações imediatas com Shakespeare, como aconteceu nos anos 40. ("Em Bielinski, a relação com Shakespeare foi mais entusiasmo diante de sua personalidade do que penetração em sua poesia.") Mas o principal é que era profundamente falsa a habitual ligação de Turguêniev com Shakespeare; sua interpretação às vezes caricatural de Hamlet no artigo "Hamlet e Dom Quixote" ("ora o sangue ferve") aponta para a profunda ausência de afinidade com esse tipo. E suas personagens (Rúdin, o Hamlet do distrito de Schigri, etc.) não se afinam com o Hamlet de Shakespeare mas com um seu duplo deformado e aviltado em interpretações. Seja qual for nossa visão de Hamlet, se o imaginarmos à altura do Hamlet shakespeariano toda a afinidade desaparecerá. Principalmente se aceitarmos a concepção aqui proposta. "O cavaleiro sonhador da bela dama... Turguêniev podia coincidir com Shakespeare apenas nos raros ardores de sua musa feminil, naturalmente não no Hamlet do distrito de Schigri nem no Rúdin, mas onde se manifestou a chama trágica: a sensação de fatalidade..." Para Gippius, há coincidência de Turguêniev e Shakespeare em *Ninho de nobres* e *O primeiro amor*. Não será um *Fausto*? "Como isso aconteceu, como interpretar essa incompreensível interferência de um morto nos assuntos dos vivos é coisa que não sei nem saberei nunca... Eu não sou mais aquele que você conheceu: hoje eu acredito em muita coisa a que antes não dava fé... Passei esse tempo todo pensando no jogo secreto do destino que nós, cegos, chamamos de acaso cego. Quem sabe quantos dos que vivem na terra deixam sementes destinadas a germinar somente após sua morte? Quem dirá que cadeia misteriosa liga o destino do homem ao destino de seus filhos, de seus descendentes, como neles se refletem as aspirações dele, como cobrar dos filhos os erros do pai? Nós todos devemos nos reconciliar e baixar a cabeça diante do Desconhecido..." Toda a obra foi centrada no espectro da mãe. "E de fato, ela a temia (a vida), temia as forças secretas de que se constrói a vida e que vêm à tona rara mas inesperadamente. Azar daquele sobre quem elas se desencadeiam!" Toda a obra está centrada nessas "forças secretas" (no trágico), e se falarmos do espírito de Shakespeare, do espírito do trágico, veremos que o espírito dele e não o de Fausto penetra essa obra. E não é por acaso que pelo *não dito*, por mera insinuação indireta, indica-se a proximidade com Hamlet: em cartas a personagem fala do pressentimento de um amor mortal, de "fenecimento e morte": "Ainda assim, amigo Horácio, apesar de toda a minha experiência de vida, acho que no mundo ainda existe algo que não experimentei, e esse 'algo' quase chega a ser o mais importante." Em linhas gerais, Turguêniev não entendia Hamlet conscientemente (a fala sobre Hamlet e Dom Quixote), mas inconscientemente, e nos ardores da criação artística coincidia com ele... O trágico, o espírito de Shakespeare, o espírito de Hamlet em ressonância lírica de Turguêniev (cf. em "Basta" as reflexões sobre Macbeth e "o resto é silêncio" como final da peça). "A compreensão de Shakespeare começa onde existe a 'consciência trágica', e naquela época ela não existia na Rússia. Ela começa com Tolstói e Dostoiévski, esses dois escritores que entre nós foram verdadeiramente os primeiros do elemento shakespeariano, ou seja, efetivamente trágico", principalmente Dostoiévski, porque Tolstói "foi um trágico apenas parcialmente" e sua posição é um aspecto profundamente interessante do problema Shakespeare e a Rússia). "Eles (Dostoiévski e Shakespeare) são fenômenos os mais afins: em ambos está presente o espírito da Bíblia. Ao ler-se Shakespeare experimenta-se uma voragem trágica não na consciência mas na sensação, na sensação artística como evaporações do solo intangíveis ao pensamento ou, mais, como sua composição da qual ainda não tomamos consciência. Numa assimilação em que se descobre o subsolo inconsciente da sabedoria criadora, Shakespeare pôde aparecer entre nós, já depois de Nietzsche, depois da decadência." E falando das paixões "fatais" ou trágicas, geradas pelo "antigo caos inato", V. Gippius continua: "Não é o homem que as domina mas são elas que o dominam, e o conduzem, e o põem a perder, e o elevam; torcem e sacodem a vontade do homem. Assim são Hamlet, Macbeth e Lear. Assim são Raskólnikov, Rogójin, Stavróguin, Míchkin, e os Karamázov." Aqui Hamlet ainda não foi destacado do círculo de Macbeth e do rei Lear. Mas a sugestão de sua proximidade com as personagens de Dostoiévski é profundamente verdadeira. Esse é tema de um estudo especial, que seduz pelas coincidências mais profundas e inesperadas. Aqui (e adiante) apresentamos alguns traços. Hamlet pode ser aproximado não de Rúdin mas do Idiota com quem o familiarizam a "outra existência", o limite entre a loucura e a razão, o profundo lado místico da alma, a paralisia da vontade. E o principal é que no *estado de ânimo* dessas personagens, em seu mundo existe alguma coisa próxima; de Svidrigáilov (abaixo), que se denomina místico e vê fantasmas; de Stavróguin (diz Bulgákov, S. N.: "Stavróguin é um místico... um *medium*... (grifo de L. Vigotski) um possesso." Especialmente a sua falta de vontade e o fato de o seu drama ter sido convertido em político (O príncipe Ivan); a mãe diz dele: "*mais do que com o príncipe Harry ele se parece com o príncipe Hamlet*"); dos Karamázov, em quem alguns traços particulares hamletianos estão disseminados por todo o romance; em seu tema – a paternidade –, em seu princípio místico – tragédia de Hamlet ao inverso (no desenrolar dos acontecimentos de *O idiota*); em parte de Raskólnikov. Adiante veremos alguns traços particulares. Em linhas gerais, esse é um problema sumamente profundo, que requer um estudo especial.

37*. No necrólogo de Yu., N. Govorukha-Otrok (*Literatúrnie ótcherki,* Spb., 1899), V. V. Rozânov diz: "Entretanto os seus temas caros ficaram sem execução... sempre... adiando de ano para ano a realização de um plano tanto tempo acalentado: escrever uma análise ampla e completa de *Hamlet*, a obra de que mais gostava na literatura européia... Esse... homem era o próprio Hamlet... Estava quase sempre mergulhado numa melancólica semi-reflexão; e, por menos tempo que passasse com ele, a pessoa sentia que entre o objeto da conversa e a aspiração principal de seu pensamento havia uma linha intransponível; que essa linha existia entre os objetos de todas as suas visíveis preocupações e o fundo de sua alma. Ele era um realista... e era um místico... e em seu campo de visão tudo era iluminado por uma luz profunda, vaga um tanto *opaca*... dispersão... certa sensação de eternidade... *individualismo* – tudo isso ainda são traços de Hamlet... Freqüentemente estava voltando a *Hamlet*; lembro-me de que ele gostava de citar esta passagem: 'Morrer, dormir', etc. Eis um impressionante entrelaçamento do terrestre com o celeste; eis uma visão voltada para cá, para a terra, lançada sob o ângulo de mistérios celestes não revelados porém sentidos." É muito importante ressaltar que, ao caracterizar Govorukha-Otrok, Rozânov acabou dizendo palavras muito profundas sobre Hamlet (embora ele dissesse que Govorukha-Otrok estava próximo da transformação do tipo de Hamlet em Turguêniev, o que destrói quase todo o sentido que ali foi dito: porque Rúdin não é um místico, nele o terrestre e o celeste não se entrelaçam...). Essas palavras, como as de Govorukha-Otrok (ele deixou artigos em jornais que, se não permitem restaurar todo o seu pensamento sobre Hamlet, permitem percebê-lo, ou ao menos insinuá-lo), são profundamente importantes para o problema Shakespeare e a Rússia. (Esse será basicamente o tema da nossa análise: Tolstói, Turguêniev, Dostoiévski, Gontcharov, Meriejkovski, V. Rozânov, etc.) Conhecemos dois artigos seus (sob o pseudônimo de Yu. Nikoláiev) no *Moskóvskie viédomosti*.

O primeiro artigo – "A opinião de Brandes sobre *Hamlet*" –, em que ele faz uma crítica severa e plenamente merecida à concepção de Brandes (ressalta "a aflição infinda, como que já concentrada em si mesma... sem sombra de consolação e esperança"). Ao contrário de Brandes, aqui Govorukha-Otrok traça magistralmente as relações de Hamlet com Ofélia: "Ele não a deixou de amar um só instante, e o sentido de seu comportamento diante de Ofélia é perfeitamente claro. Depois da aparição do fantasma, ele já sabe que está 'condenado', que já não pode nem ousa ligar o destino de ninguém ao seu, menos ainda o destino da jovem amada... E eis que logo após a aparição do fantasma ocorre a cena reproduzida tão magnificamente e com tanta força e poesia no monólogo de Ofélia (II, 1). A famosa cena do terceiro ato, após o monólogo sobre o suicídio, é continuação direta dessa cena descrita por Ofélia. Tudo o que ali exprimiu uma concepcão iluminada 'por alguma luz triste', por todo um aspecto pavoroso e trágico, por aquela despedida muda e para sempre, descrita tão maravilhosamente no final do monólogo, o mesmo se repete na famosa 'cena com Ofélia', só que com palavras já desconexas mas plenas de sentido profundo e trágico. O sentido dessa cena é perfeitamente compreensível. É a cena de uma despedida desesperada. É como se Hamlet, através de palavras insanas e atos extravagantes, quisesse fundir sua alma à de Ofélia. Toda essa visão de mundo, sombria e trágica, é aqui expressa com uma força e profundidade incomuns, e aquela expressão conclusiva 'entra para um convento!' soa como dobres a finados. Sem mais acreditar na vida e nos homens, ele não quer deixar a jovem amada nessa vida e entre essas pessoas...

E quer colocar entre a vida e ela... as paredes sagradas do convento, atrás das quais ela se esconderá com seu coração despedaçado – ele o sabe –, e se esconderá do 'vento da vida', daquele vento de que ele mesmo gostaria de esconder-se na sepultura..." Sobre o monólogo "Ser ou não ser", Govorukha-Otrok diz nessa passagem: "Não há monólogo mais pesado em toda a tragédia..."

Em outro artigo – "Alguma coisa sobre bruxas e fantasmas" –, ele traça aproximadamente sua concepção geral de tragédia, e suas palavras, mesmo sendo profundamente notáveis em si mesmas, desviam-na até certo ponto da tragédia e de suas "palavras"; elas apresentam uma espécie de fórmula filosófica, deixando de lado (e ele o diz francamente) a própria tragédia. Ao que tudo indica, a análise minuciosa e completa de *Hamlet*, a que Rozânov se refere e cujo segredo "esse mesmo Hamlet" levou para a sepultura (palavras de Rozânov), tinha em vista outra coisa. "Em *Hamlet*, com mais profundidade e plenitude do que em qualquer outra obra de Shakespeare, foram colocados problemas eternos que sempre inquietam a todos, sejam filósofos, sejam homens simples: as questões sobre a vida e a morte, o sentido do mundo e o sentido da existência humana. Eis o que a todos arrasta de modo avassalador para essa tragédia, eis o que, voluntária ou involuntariamente, leva a reconhecê-la como sendo da competência ou não do eterno e a maior das tragédias, na qual se refletiram, com uma intensidade e uma profundidade inauditas, a luta sempiterna da alma humana, suas eternas dúvidas, sua eterna aspiração a resolver o enigma do mundo e da vida... De fato, quem, ao menos uma vez na vida, não se inquietou com as 'perguntas de Hamlet', quem, ao menos uma vez na vida, não refletiu 'sobre aquele país de onde nunca voltou ninguém', quem, ao menos uma vez na vida, não foi tocado pelo espetáculo dessa aflição eterna?... Quem, ao menos uma vez, não experimentou 'o fardo da vida', aquele cansaço de viver que experimenta o príncipe Hamlet? A quem não ocorreram as mesmas perguntas angustiantes que o atormentam?... É por isso que ele é efetivamente um *filósofo* em toda a acepção dessa palavra: o '*rei dos filósofos*'. Ele não filosofa apenas com a razão, mas com todo o seu ser, e o sentido do mundo é para ele questão de vida e morte. A luta entre um ceticismo profundo e *sofredor* e a fé – eis no que consiste o sentido da grande tragédia, eis no que consiste sua idéia. (Por acaso isso não é uma fórmula? – L. V.). Hamlet é um grande cético... Nisso está a essência da tragédia. Já a história da família real dinamarquesa é apenas o pano de fundo artístico dessa questão central. (Ora, essa 'história' é *toda* tragédia! – L. V.). Nesse sombrio pano de fundo, em que o horror dos crimes sangrentos parece empanado por outro horror – o horror místico, por essa aparição misteriosa de uma 'sombra sofredora' que clama por vingança, pois bem, é nesse pano de fundo que se desenvolve aos nossos olhos a história da alma lutadora e dorida do grande cético Hamlet, que paga a fé na providência, sem cuja vontade 'não cai um fio de cabelo da cabeça', ao preço de uma vida destruída, de desejos irrealizados e esperanças frustradas. Nesse pano de fundo de crimes sombrios e horror místico, desvela-se a nossos olhos a grande alma do príncipe da Dinamarca em toda a inaudita beleza do sofrimento trágico. Nessa *tragédia, nosso mundo daqui parece contactar com outros mundos, nela sentimos o respirar misterioso desses outros mundos* (grifo de L. V.). Nela há tudo o que impressiona... Mas sobre tudo isso dominam e a tudo isso dão sentido as eternas 'perguntas de Hamlet'... Assim é essa tragédia."

Govorukha-Otrok aproxima Hamlet de Ivan Karamázov (cita-lhe inclusive as palavras sobre o mundo e Deus).

I. No artigo "Alguma coisa sobre bruxas e fantasmas", de Yu. Nikoláiev" (*Moskóvskie viédomosti*, 29 de julho; a respeito do artigo "O princípio básico da beleza", de N. Ivantsov – *Voprósi filosófii i psikhológuii*, livro 3, maio-junho), lemos: "Apareceram exegetas enfocando Shakespeare da ótica do empirismo puro e do utilitarismo puro... Shakespeare foi censurado principalmente pelo emprego de bruxas e fantasmas... uns 'desculparam' Shakespeare alegando os preconceitos de seu século... Um deles (um ator) me disse ter a intenção de interpretar Hamlet 'sem o fantasma' e precisamente porque 'estamos na época das ciências naturais e não dos fantasmas...' Segundo ele, 'para as pessoas ilustradas está claro que Hamlet sofria de alucinações e que o fantasma, introduzido por Shakespeare em sua tragédia, é um tributo aos preconceitos de seu século'", etc.

II. (O ponto de vista de Ivantsov sobre Shakespeare: o caráter e o meio. "Nada de sobrenatural influencia o destino do homem.") "Assim, acha Ivantsov que a visão de mundo de Shakespeare era puramente racionalista... Mas até o próprio autor prevê que lhe poderão fazer objeções muito convincentes... Acha que lhe poderão apontar justamente as aparições sobrenaturais nas tragédias de Shakespeare, principalmente os fantasmas em *Hamlet* e as bruxas em *Macbeth*. (Ivantsov reduz *tudo* em *Hamlet* à aparição da Sombra, como se esta fosse a causa básica de toda a fábula, mas isso apenas parece ser assim porque, em primeiro lugar, a história é explicada pela crônica e, sem segundo, 'é um procedimento literário para evitar cenas desnecessárias e o alongamento da ação')" (– NB. Yu. Nikoláiev compara a filosofia de Schopenhauer à tragédia de Shakespeare, comparando a "vontade" com o destino da tragédia antiga; contesta de modo profundamente notável o ponto de vista segundo o qual Macbeth e o rei Lear são caracteres trágicos. Palavras de Ivantsov: "Em Shakespeare, a vida e a ação de todo homem são a resultante de duas e só duas causas: da natureza interior ou do caráter de determinado homem e do meio que o cerca... Dado caráter em dadas condições só pode agir desta e não daquela maneira: é esse o sentido geral das tragédias de Shakespeare." Yu. Nikoláiev demonstra que a fábula da tragédia é o resultado *não só dessas duas* causas, e diz que isso "significa impor a Shakespeare uma visão mecânica".)

III. (Citado em K. R. – Ivantsov: "Hamlet é uma grande tragédia vital de *não resistência ao mal pela violência*".) Yu. Nikoláiev: "Com semelhante interpretação, suprime-se inteiramente em *Hamlet* todo o 'sobrenatural', todo o 'misticismo', toda sorte de 'fantasmas' que contrariam as ciências naturais, e a grande tragédia se adapta plenamente às exigências da atualidade."

IV. "O senhor Ivantsov quer a qualquer custo interpretar Hamlet de modo a tornar o fantasma inteiramente desnecessário nessa tragédia." (Ivantsov: "O trágico de Hamlet nada tem a ver com a fraqueza de sua vontade, e sim com seu modo de relação com o meio em que ele foi colocado.") Yu. Nikoláiev: "O meio 'devorou' Hamlet. Não é o pavor mas outra coisa que o retém. Que outra coisa é essa? O senhor Ivantsov acha que são os 'sentimentos humanos'. O que retém Hamlet em sua vingança? Não é fraqueza de vontade nem sentimentos humanos... O que é então?.. O que o retém é a ausência de plena certeza da culpa do rei, e aqui se manifesta diante de nós todo o sentido do fantasma na tragédia. (NB. Isso retém Hamlet até este se convencer da culpa do rei, até o espetáculo, até o Ato III, mas o que o retém depois? – L. V.) E se é assim, se o fantasma só foi introduzido na tragédia porque sobre ele há relato na novela, e ainda como 'procedimento literário', como certa alegoria, e se com esse adendo grosseiro ainda por cima viola-se todo o caráter de Hamlet, isso significa que aqui Shakespeare cometeu aquele erro profundo que só comete autor de melodramas medíocres, preocupado com os efeitos externos e não com o sentido interno de suas obras. Acontece que Shakespeare não cometeu tal erro e em sua tragédia o fantasma é personagem indispensável e real. A tragédia começa precisamente com a aparição do fantasma. Deixemos de lado a pergunta: acreditava ou não Shakespeare na existência de fantasmas? O que importa é que na tragédia Hamlet e Horácio *vêem* o fantasma e não duvidam de sua existência real. Hamlet duvida não da existência do fantasma, não do fato de lhe ter aparecido o fantasma; duvida de que esse fantasma seja realmente o *espírito de seu pai*. É imediatamente tomado dessa dúvida... Essa dúvida – e não a dúvida da existência de fantasmas e do fato de realmente tê-lo visto –, essa dúvida evolui em crescendo nele com o desenvolvimento da ação; essa dúvida o leva a dar o passo resoluto para inteirar-se da verdade, a decidir a experimentar a consciência do rei através do espetáculo teatral... Hamlet realmente se atiraria 'com asas rápidas... à vingança' se tivesse acreditado de modo imediato e irrevogável em que o fantasma era mesmo o espírito de seu pai e não de satã travestido numa 'imagem sedutora'. Quando, após o espetáculo, a Hamlet não restam mais dúvidas de que o rei é o assassino de seu pai, ele age de forma rápida e decidida (?) sem pensar em quaisquer razões práticas, mata Polônio supondo que fosse o rei e não ele escondido atrás da cortina." (NB. Yu. Nikoláiev fala da "sinceridade" do monólogo de Hamlet perante o rei que orava, e o que aponta como prova é a morte de Polônio. "Vou agir, / E para o céu mandá-lo", diz Hamlet.) E cumpre essas palavras, e só um acaso salva o rei. É evidente que a interpretação que Yu. Nikoláiev faz do que se segue ao espetáculo não resiste a uma crítica: não lhe caberia interpretar esse "acaso" como Ivantsov interpreta a aparição da Sombra como erro de Shakespeare, que viola o caráter de Hamlet? E a história da viagem à Inglaterra, o monólogo sobre Fórtinbras (que corresponde exatamente ao monólogo sobre os atores antes do espetáculo, a inação dos Atos III, IV e V, e ausência de um plano perante a catástrofe e o caráter "casual" desta)? "A causa das vacilações de Hamlet consiste numa coisa: *na sua consciência sensível*. Se não tivesse sido o fantasma, que ele considera ora 'espírito agitado', ora 'fantasma maldito', 'satã travestido numa imagem sedutora', a lhe informar do assassinato mas, suponhamos, testemunhas eventuais do crime, vacilaria e certamente teria confirmado suas palavras: ter-se-ia atirado 'com asas rápidas... à vingança'. Agora está claro o sentido do fantasma na tragédia. *Nele está o nó da tragédia, sua trama.* Em seu verdadeiro sentido, devemos chamar de trama da tragédia o acontecimento que tem como conseqüência o livre desenvolvimento de toda a ação e a plena revelação do caráter do herói." (NB. Não é isso uma retomada da doutrina sobre o caráter da tragédia? No final, Yu. Nikoláiev malogra e não mantém o tom elevado de sua interpretação, resvalando para *outra* concepção, que ainda assim é a concepção do caráter de Hamlet como algo que Shakespeare pensou *a priori* e que se revela na tragédia.) "Esse acontecimento em Hamlet é a aparição do fantasma. Logo, nessa tragédia o fantasma é algo inevitável e indispensável, sem o que não existiria nem a própria tragédia. E, para falar a verdade, não se entende por que é precisamente o fantasma que revolta tantos críticos de Hamlet. *Ora, a crença no misterioso, na existência de outros mundos estranhos ao nosso penetra toda a cosmovisão de Hamlet. 'Na terra e no céu', diz-lhe Horácio. Todo o seu famoso monólogo sobre o suicídio está imbuído da fé na existência de uma vida misteriosa, de outro mundo; por último, o extrato do monólogo do Ato II mostra que Hamlet acredita na existência de forças misteriosas, estranhas a nós e malévolas. Por que ele não iria acreditar na manifestação dessas forças, boas ou malévolas, por que não iria acreditar em fantasmas?* Ivantsov parece pensar que Hamlet é 'ilustrado' demais para acreditar em fantasmas. Hamlet não é assim. É um filósofo no sentido verdadeiro e profundo dessa palavra; o enigma da existência para ele não é uma questão teórica... mas um problema de vida e morte. Daí seu ceticismo (?), mas daí também sua fé profunda que acaba vencendo. A essência do seu drama interior é constituída pela luta entre esse ceticismo e a fé e não pelos acontecimentos comuns que o cercam e apenas fazem esse drama interior manifestar-se com nitidez e força incomuns." Aqui o próprio Yu. Nikoláiev reconhece que reuniu e formulou tudo o que escreveu sobre Hamlet por diferentes motivos e de passagem. O profundo interesse por suas concepções não pode empanar todos os seus defeitos (falta de elucidação da fábula, desigualdade, protelação): ele não percebeu a última profundidade mística em Hamlet, reduziu-o à tragédia de Ivan Karamázov, tragédia de um cético, embora as palavras sublinhadas insinuem um místico. A falha principal da concepção consiste em não poder inferir do Hamlet cético a fábula de sua tragédia, de seus atos. O interessante é que, mesmo sob uma compreensão correta do papel da Sombra, de modo algum a tragédia se submete obrigatoriamente à nossa interpretação.

38*. Meriejkovski diz: "Os grandes poetas dos séculos passados, quando representavam as paixões do coração, deixavam sem atenção as paixões da mente, como se as considerassem objeto impossível para a representação artística. Se Fausto e Hamlet nos são mais íntimos que todos os heróis, porque pensam mais que todos, ainda assim sentem menos, agem menos justamente porque pensam mais. E mesmo assim a tragédia de Hamlet e Fausto consiste na contradição – insolúvel *para eles* – entre o coração apaixonado e o pensamento sereno; não seria possível uma tragédia de paixão intelectual e pensamento apaixonado? Não será justamente a essa tragédia que pertence o futuro?" Segundo Meriejkovski, Dostoiévski foi o primeiro a se aproximar dela. Quanto a Fausto, até certo ponto essas palavras são justas: é um herói (e uma tragédia) do pensamento. A. Gornfeld diz de passagem que Fausto "é pleno de elementos racionais e como se tivesse sido escrito *à thèse*". Mas a Hamlet essas palavras não se aplicam (Meriejkovski e muitos críticos vêem nele um herói do pensamento; esse ponto de vista inviabiliza-se por si mesmo em face da concepção aqui desenvolvida sobre Hamlet). Hamlet efetivamente "pensa *com paixão*". Isso o assemelha aos heróis de Dostoiévski. Já dissemos que a aproximação de Hamlet aos heróis de Turguiêniev pode ter sido motivada pela concepção de sua tragédia como tragédia da falta de vontade, suscitada pela indecisão e a reflexão; outra compreensão, aqui desenvolvida, oblitera essa aproximação e suscita outra inteiramente diversa com Dostoiévski. Aproximam os dois (Shakespeare e Dostoiévski) o elemento trágico comum, a admirável fusão do real e do místico. A afinidade entre eles (e entre Hamlet e os heróis de Dostoiévski) é um tema profundo e absolutamente específico. Cf. como o pensamento apenas reflete uma sensação que está por trás dele. Em Dostoiévski (*Os irmãos Karamázov*), Ivan expõe as "idéias" a Aliócha e diz, como se estivesse apenas raciocinando, pensando: "Eu tenho uma espécie de dor de cabeça e sinto tristeza" (p. 282). Aliás, aqui (na aparência)

Ivan lembra Hamlet, que diz que Polônio é "loquaz e avoado". Em relação ao pensamento-sensação, diz A. Smírnov ("Tvoriets duch", *Lietopís*, 1916, abril): "Em Shakespeare, até os pensamentos mais abstratos se plasmam em forma de sensações, como em *Hamlet*, por exemplo." Schopenhauer fala da sensação de morte em Hamlet: "Ninguém tem uma convicção real e viva da inevitabilidade de sua morte, pois do contrário não haveria grande diferença entre seu ânimo e o ânimo de um homem condenado à morte. Ao contrário, mesmo que cada um tenha consciência abstrata e teórica dessa necessidade, deixa-a de lado como outras verdades teóricas porém inexeqüíveis na prática, sem incorporá-las nem o mínimo sequer a sua consciência viva." Hamlet não é assim, ele aplicou na prática essa verdade. Diz L. Tolstói (no "Prefácio ao diário de Amiel"): "Todos nós estamos condenados à morte, e nossa sentença foi apenas adiada." Eis o que está encoberto na "lenda do grande inquisidor". A cena no cemitério – compare-se ao episódio de Dmitri Karamázov – é um estado de tristeza "vazia". O procurador (Ipolít Kirílovitch) fala de seus contemporâneos jovens que "se suicidam sem as mínimas perguntas *à la* Hamlet: 'O que haverá *lá*?'", etc. (p. 283). Dizendo ainda que Dmitri Karamázov procurou encobrir tudo com o suicídio, afirma: "Não sei se naquele instante Karamázov pensou *no que haveria lá*, nem se um Karamázov pode pensar *à la* Hamlet no que haverá lá. Não... Eles têm seus Hamlets, e por enquanto nós ainda temos os nossos Karamázovs" (pp. 850-1). Uma simples demonstração mostrará *que, exatamente no mesmo instante a que se refere o procurador, Dmitri Karamázov estava recordando* Hamlet, pensando *à la* Hamlet, se bem que não refletisse acerca do que haveria por lá, mas experimentava no coração aquela "tristeza do limite", aquele estado d'alma de Hamlet tão magnificamente captado por Dostoiévski. Preparando-se para morrer, ele diz: "Estou triste, triste... Estás lembrado de Hamlet: 'Como estou triste, como estou triste, Horácio... Ah, pobre Yorick'*, vai ver que eu sou mesmo um Yorick. Neste exato

* A diferença entre a tradução de Borís Pasternak para o russo e a brasileira é tão grande em algumas passagens que parece tratar-se de dois textos diferentes. A citação acima é tradução da tradução russa. Veja-se a mesma passagem na tradução brasileira: "Que lástima, pobre Yorick! Eu o conheci, Horácio" (*Hamlet*, V, 2). (N. do T.)

instante sou um Yorick; a caveira deixe-se para depois" (p. 485). A coincidência é impressionante: Karamázov *sente à la* Hamlet, e a frase do procurador ganha sentido não de contraposição mas de comparação.

39. *Sub specie mortis* (do ponto de vista da morte). – Cf. a tese "O tema de *Hamlet* é a morte", desenvolvida por Wilson Knight em seu livro *Discussions of Hamlet* – "The Embassy of Death" –, ed. J. C. Levenson, Boston, 1960, p. 58, etc. Sobre o método de Knight, cf. A. A. Anikst, *A atual crítica das artes no exterior* (ed. em russo), M., 1964. Sobre a imagem da morte (*das Bild des Todes*) na tragédia, cf., ainda: R. Eppelsheimer. *Tragic und Metamorphose*, Munique, 1958, S. 122.

40*. K. R. cita (t. 3) de *Iújnii krai* (1882) uma resenha sobre a interpretação de Salvini, que deixa transparecer que tal interpretação foi marcada pela morte do início ao fim da tragédia: "Naquele rosto, naqueles olhos, naqueles lábios comprimidos, naquela fronte altiva e perturbada lia-se com clareza uma palavra que tudo decide: morte... É a impressão primeira e inapagável, por assim dizer, o motivo básico que vai arrebatando mais e mais o espectador à medida que a peça evolui... Desde que ele aparece até o final do espetáculo o espectador vê diante de si um condenado à morte", "... *um homem* chorava baixo e loucamente com a expressão da morte na fronte..." Um Hamlet profundo, ele conduziu a cena com o Fantasma de tal modo que levou "o espectador a acreditar em fantasmas, a experimentar, como ele próprio, o mesmo pavor místico deste mundo...". Não foi por acaso que o pintor escolheu esse momento para fixar no retrato a imagem de Hamlet, de Hamlet e sua tragédia. Escreve Apolón Grigóriev (*Otiétchestvennie zapíski*, 1850): "Lembrei-me da estampa de um quadro de Paul Delaroche: o céu do norte ao anoitecer, um cemitério deserto, e Hamlet sentado em um túmulo com um olhar imóvel e perdido, um sorriso doentio; parece sentado ali para sempre; está... inebriado com a idéia da morte, está neste mundo em seu elemento, é todo deste mundo, em suma, é todo o lado melancólico de sua natureza: um sonhador estéril, que brinca com a morte e com a destruição." Não é por acaso que atores e pintores se apropriam daquele olhar perdido de Hamlet: em Matchálov é "um olhar vagante", imóvel, "fixo em algum ponto"; em Salvini "é um olhar perturbado, apagado, fixo *em lugar nenhum*". Compare-se este ao olhar de Ofélia. Os críticos, que vêem nessa cena as *reflexões* de Hamlet e assim as consideram – a teoria dos átomos de Giordano Bruno (Tschischwiz), etc. –, não foram muito além da afirmação nitidamente cômica de A. Kremliov, que a ela se refere nos seguintes termos: "*Ele volta aos antigos hábitos*, mergulha no mundo de um pensamento filosófico inspirado, torna a viver entre hipóteses e pesquisas científicas (!). No cemitério *ele descobre a lei da indestrutibilidade da matéria* (!), de tão grande importância na ciência" (*apud* K. R., t. III). É verdade que se trata de mera conclusão natural e de um pequeno exagero do pensamento de Tschischwiz e outros.

41*. Diz E. Montegue: "É a inação que constitui a ação nos três primeiros atos." Börne: "Shakespeare é um rei que não se sujeita à regra. Fosse ele como um outro qualquer, poder-se-ia dizer: Hamlet é um caráter lírico, contrário a qualquer tratamento dramático." G. Brandes: "Não se deve esquecer que se trata de um milagre dramático: até certo ponto, o herói apático foi exigência da própria técnica do drama. Se Hamlet matasse o rei tão logo recebesse da Sombra as provas do assassinato de seu pai, a peça terminaria no fim de um único ato. Por isso, foi absolutamente necessário criar meios de retardamento da ação." Dessa afirmação ao *assim requer a tragédia* do presente estudo há apenas um passo, mas, em termos de constituição interna, há essencialmente todo um abismo, uma diametral oposição de concepções. Segundo essa concepção, a inação de Hamlet, exigida pela técnica do drama, precisa ser interpretada como convenção externa necessária do drama, de sua técnica, como algo sem relação com o sentido profundo da tragédia; achamos que nisso está o centro de tal concepção. Henry Becque se aproxima mais dessa concepção (mas também pelo lado histórico-literário, como Brandes pelo teórico-literário): "Alguém, não sei quem, disse: 'Hamlet é o Eclesiastes em ação'; nesse caso, ele não tem o que fazer na terra: cruza os braços." Ele atribui tudo à *contradição* da fábula da peça e ao caráter do herói: a fábula e o desenrolar da ação pertencem à crônica, da qual Shakespeare extraiu o enredo, e o caráter de Hamlet pertence a Shakespeare; entre ambos há uma contradição inconciliável. Isso se aproxima muito de nossa concepção (também pelo sentido inverso, pelo diametralmente oposto da concepção): Becque vê nessa *contradição* (nós também a estabelecemos) um erro de Shakespeare explicável em termos de história e literatura; vemos nisso a mais profunda personificação da própria idéia da tragédia, de seu poder sobre o homem, o *assim requer a tragédia* e não a crônica. "Shakespeare não era o senhor absoluto de sua peça e não dispunha com plena liberdade de suas partes isoladas: a crônica o manietava. Aqui reside toda a questão, e isso é tão simples e verdadeiro que não precisamos sair à procura de explicações." É absolutamente certo: só resta isso (se não a concepção de nosso estudo) que tem continuidade na concepção de Tolstói: Shakespeare "estragou" a crônica. Acontece, porém, que não é a crônica mas a tragédia e sua lei que dominam na peça shakespeariana. Mas isso deve ser procurado no texto de S. Makhálov (*Fantasia com a tragédia Hamlet*): "Na tragédia não se decifra o comportamento de Hamlet." V. A. Jukovski (*apud* K. R.): "Hamlet, *chef-d'œuvre* de Shakespeare, parece-me um monstro, e acho que não entendo seu sentido... Aqueles que descobrem muita coisa em Hamlet demonstram mais uma bagagem própria de idéias e imaginação que superioridade de Hamlet. Não posso acreditar que, ao compor sua tragédia, Shakespeare tenha pensado o mesmo que pensaram Tieck e Schlegel quando a leram: eles vêem nela e em suas surpreendentes estranhezas toda a vida humana com seus enigmas ininteligíveis... Pedi-lhe que me lesse *Hamlet* e depois me comunicasse suas idéias sobre essa *deformidade maravilhosa*..." O ponto de vista de Jukovski sobre a crítica coincide com o que desenvolvemos aqui, mas a conclusão é inversa: é claro que, ao compor a tragédia, Shakespeare não pensou tudo o que Tieck e Schlegel pensaram ao lerem-na; ainda assim, mesmo que Shakespeare não tenha criado tudo isso, em Hamlet existe tudo isso e muito mais: é essa a natureza da criação artística; ao dizerem isso, eles demonstraram não só a profundidade de sua própria percepção da tragédia como também a superioridade de Hamlet. Em linhas gerais, a concepção de Jukovski sobre Hamlet como "monstro", como "deformidade maravilhosa" é, pelas antíteses que encerra, profundamente importante para nosso estudo; é a mesma coisa, embora sentida, avaliada e percebida de modo diferente; o olho não enxerga mais que monstruosidade, absurdo, confusão, contradição, etc. Eis no que consiste o sentido profundo que têm para o presente estudo as chamadas concepções "negativas" de Tolstói, Rümelin, Becque, Jukovski, Voltaire, Nietzsche, etc.

42*. James enumera os fantasmas dos estados místicos: "*I. Inefabilidade.* O melhor critério de identificação dos estados místicos da consciência: impossibilidade de quem os vivencia para encontrar palavras para descrevê-los, ou melhor, ausência de palavras capazes de exprimir plenamente a essência dessa modalidade de emoções; para conhecê-las, é necessário experimentá-las na experiência pessoal e imediata, já que é impossível vivenciá-las com base em informações de estranhos. Daí se percebe que os estados místicos pertencem mais ao campo emocional que ao intelectual. É impossível explicar a qualidade ou o valor de qualquer sensação a quem nunca a experimentou. É necessário um ouvido musical para avaliar uma sinfonia. É preciso ter sido apaixonado para entender o estado do apaixonado. Se não temos coração, veremos o músico e o apaixonado como débeis mentais ou loucos, e os místicos acharão que é assim mesmo que muitos de nós freqüentemente lhes julgamos as emoções. *II. Intuitividade.* Embora os estados místicos estejam ligados ao campo dos sentimentos, mesmo assim são uma forma específica de conhecimento para quem os vivencia. Através deles o homem penetra naquelas profundezas da verdade inacessíveis ao senso prático. São revelações, momentos de lucidez interior, de imensurável importância para quem os vivenciou e sobre cuja vida seu poder permanece inabalável até o fim. *III. Brevidade.* Os estados místicos são de curta duração. *IV. Inatividade da vontade.* O místico começa a sentir sua vontade como que paralisada ou mesmo dominada por alguma força superior." V. Ivánov (*Pelas estrelas*): "A verdadeira vontade só se irradia através do meio transparente da falta de vontade pessoal. Nietzsche (*A origem da tragédia*) fala da proximidade entre Hamlet e o estado do homem dionisíaco, isto é, do homem dominado por algo, como se estivesse fora de si (ou o tivesse assimilado), imerso em letargia, vale dizer, próximo da definição de Hamlet como místico; na mesma obra, veja-se a afirmação de as palavras da tragédia (particularmente as de Hamlet) estarem abaixo da linguagem de suas próprias cenas e ação; a música da ação trágica (o próprio desenrolar da ação, o ritmo, a cadência, a disposição das cenas) rende mais que as palavras da tragédia. Nietzsche sentia que o enigma de Hamlet estava na ação da tragédia. Essa última particularidade assemelha os estados místicos àquela subordinação à vontade estranha que vemos em um indivíduo em processo de desdobramento da personalidade, bem como aos estados proféticos, automáticos (na produção da escrita automática) e ao transe mediúnico. Contudo, ao se manifestarem em forma aguda, esses estados não deixam de si nenhuma lembrança (veja-se a leveza de Hamlet após as execuções de Guildenstern e Rosencrantz! – L. V.), e talvez até nenhuma marca na vida interior do homem, sendo para ela, em alguns casos, apenas um empecilho. Já os estados místicos, em sentido restrito, sempre deixam lembranças de sua essência e uma sensação profunda de sua importância. E sua influência se estende a todos os lapsos de tempo que medeiam seu surgimento. Entretanto, é difícil traçar uma nítida linha fronteiriça entre os estados místicos e os automáticos; aqui esbarramos em toda uma série de passagens graduais de uma forma a outra e em suas mais diversas combinações". Nesse caso, surpreende em especial a aproximação dos estados místicos com o automatismo (esse termo psicológico, empregado por Myers para designar os atos humanos *desprovidos* de vontade em face do estado místico da alma, ganha um sentido especial; aproveitamos esse termo científico porque, como nos pareceu, transmite com bastante proximidade nosso pensamento). "Em Raskólnikov descobriu-se um paralelo com Hamlet, e é claro que esse paralelo tem fundamento em muitos sentidos", diz F. D. Bátiuchkov (*História da literatura russa do século XIX*, M., ed. Mir, t. 4, cap. 9). O crítico vê o aspecto comum às duas personagens no fato de ambas "não serem gente de ação". Mas omite o aspecto místico do automatismo trágico que as assemelha. Para elucidar esse pensamento, permito-me citar alguns traços do *Crime e castigo* de Dostoiévski (em linhas gerais, há traços que impressionam pela semelhança interna: a sensação da catástrofe decisória está em todo o Dostoiévski)... Raskólnikov, que comete o assassinato movido por uma idéia (observem isso!), também está sujeito a esse automatismo trágico: "Ele entrou em seu quarto como *um condenado à morte.* Não raciocinava sobre nada e estava sem nenhuma condição de raciocinar; *e subitamente sentiu com todo o seu ser que não tinha mais nem liberdade de raciocinar nem vontade, e que num instante tudo se resolvera de modo definitivo*", "... já não encontrava em si mesmo objeções conscientes. E nesse último caso simplesmente não acreditava em si mesmo e, obstinado e servil, procurava objeções por todos os lados e às apalpadelas, *como se alguém o coagisse e o arrastasse para aquilo. O último dia, que chegara tão inadvertidamente e tudo resolvera de uma vez, agira sobre ele de modo quase inteiramente mecânico: era como se de repente alguém o tivesse agarrado pela mão e conduzido sem objeções, de modo irresistível, cego, com uma força antinatural. Parecia que uma nesga de sua roupa tinha caído sob a roda de uma máquina e esta começava a tragá-lo*" (cf. Hamlet: catástrofe!). "*Ele tirou o machado inteiro, levantou-o com ambas as mãos, quase sem se sentir, e o deixou cair, quase sem fazer esforço, quase mecanicamente... Naquele instante parecia não ter força.*" Há traços comuns impressionantes, dos quais me limitarei a uns dois ou três. Depois do crime ele vai ao encontro das pessoas: "Em total desespero, foi direto ao encontro das pessoas: *seja lá o que for*" (cf. Hamlet: "assim seja"). "Terei delirado?" – pergunta a um amigo. – "Pudera. Não era dono de meus próprios atos" (cf. Hamlet: "Hamlet em si mesmo não está"). Surpreende especialmente esta passagem: "Estou um pouco tonto, só que o problema não é esse; *é que estou tão triste, tão triste! Como se fosse mulher... palavra!*" Acontece que essas palavras lembram muito de perto as palavras de Hamlet a Horácio diante da catástrofe na tradução de Polievói, pela qual Dostoiévski conhecia e citava Hamlet. As palavras sublinhadas (citadas por Dmitri Karamázov com apoio em Hamlet) coincidem plenamente. É surpreendente a semelhança do estado de ânimo e das palavras. Raskólnikov, que em linhas gerais não distingue a realidade do sonho e do delírio e confunde o místico com o real, em muitos aspectos aproxima-se de Hamlet. Alguma coisa "de fora deste mundo" está no que ocorre, uma luz especial "de fora deste mundo" satura todo o romance como satura *Hamlet*. "*Agora é como se tudo acontecesse no outro mundo...* e faz muito tempo. *E tudo ao redor é como se não acontecesse aqui*" Cf. em *O idiota*: "Isso é contranatural, mas aqui é tudo contranatural" (p. III). Compare-se a admirável observação de Aikhenvald sobre a traição de Hamlet à natureza; se a continuamos e a transferimos da personalidade do herói para a própria tragédia, acontecerá o que estamos falando aqui. Não é por acaso que V. Gippius diz o seguinte sobre Dostoiévski e Shakespeare: "em ambos existe o espírito da *Bíblia*, nas obras de ambos há algo que não é deste mundo".

43. "*no automatismo trágico*" – O pensamento de Vigotski sobre o mecanismo da tragédia, que é descuidado no início e depois se desenvolve quase continuamente, coincide textualmente com a concepção do teatro shakespeariano exposta no livro *Shakespeare, nosso contemporâneo*, do atual famoso crítico polonês Jan Kott (sobre

as concepções de J. Kott em russo, pode-se ler o artigo de A. West "Shakespeare num mundo em mudança".) Comparando o teatro shakespeariano ao teatro do grotesco de Beckett, Jan Kott ressalta o papel do mecanismo que opera cegamente nesse teatro. À diferença de Vigotski, ele considera, não obstante, que esse mecanismo foi criado pelo próprio homem: "O teatro do grotesco recorre com muita freqüência à imagem de um certo mecanismo que, uma vez acionado, já não pode parar. O lugar que a tragédia antiga destinava ao deus, à natureza ou à história é hoje ocupado por toda sorte de mecanismos cegos e hostis ao homem. Essa concepção sobre o mecanismo do absurdo é a última idéia metafísica, que apesar de tudo se conserva no teatro do absurdo. Mas nem de longe esse mecanismo é transcendente em relação ao homem, já sem falar de seu gênero que no conjunto é humano. Não, ele é uma armadilha que o homem construiu para si mesmo e na qual acabou caindo" (Cf. A. West, *op. cit.*, pp. 366-7).

44*. Essa cena é omitida com excessiva freqüência, porque os teatros não conseguem dar conta dela: ela não se presta a nenhuma interpretação, frustra-as todas. O Teatro de Arte de Moscou também a omite por isso, e entretanto ela é profundamente necessária à tragédia.

45*. O professor W. Crezenach (segundo K. R.) examina a ininteligibilidade, o imotivado dessa questão: "Hamlet diz à mãe para não se mexer do lugar e ouvi-lo, e só com base nessa exigência ela começa a desconfiar de que ele quer matá-la. Em todo caso, as palavras do poeta não mostram com suficiente clareza a dependência entre uma coisa e outra. O ator tem de completar com seu tom de voz e seus movimentos o que essa cena não diz." Tieck (e K. R.) querem completar *esse imotivado*, considerando-o simples erro, uma omissão da rubrica, e entretanto é nele que está o sentido profundo. Veja-se o texto desse estudo.

46. "... *pai-mãe-filho*..." – 441. – A relação recíproca entre Hamlet, o pai e a mãe serviu de objeto de uma análise detalhada em novos ensaios psicanalíticos, cujas conclusões, não obstante, sofrem de considerável artificialismo (o que observam muitos estudiosos ocidentais de Shakespeare. Cf. E. Jones, *Hamlet and Oedipus*, Nova York, 1949; A. Wormhoudt, *Hamlet's Mouse Trap*, Nova York, 1956).

47*. Essa cena lembra de perto a cena da varanda entre o príncipe Míchkin e Aglaia (ele a olha de tal modo que ela tem a impressão de que ele quer apalpar-lhe o rosto) no romance *O idiota*.

48*. Este é um estribilho composto de palavras sem sentido definido.

49*. Aqui há qualquer coisa de Svidrigáilov, dos Karamázov, ou melhor, de Stavróguin, algo lancinantemente cínico, chegando ao sofrimento (ou vindo do sofrimento). Compare-se: Hamlet *não está* em cena (cf. o texto). S. Bulgákov (*Rússkaya traguédiya – Rússkaya misl*, livro IV, 1914) sobre Stavróguin e o místico de sua imagem: "Stavróguin... é o herói dessa tragédia... e ao mesmo tempo está ausente, de modo terrível, sinistro, infernal... Stavróguin está ausente e, no fundo, ela (a Coxa) também não existe como personagem, como individualidade..." Essas quedas místicas no além são refletidas no romance por um hiato, por um terrível *não*. É assim que Hamlet também não existe. Cf. em seguida. É admirável a fórmula de V. Ivánov: "*fio ergo non sum*"; Hamlet é sempre *fio* e *não existe*. Vejam-se ali mesmo as reflexões sobre a essência da tragédia e suas metas: revelar "certo destino divino, que executa suas sentenças com uma força inelutável. Essa lei divina é o autêntico herói da tragédia, revela-se com sentido de providência na vida humana, faz na terra seu julgamento terrível e dá cumprimento a suas sentenças. Por isso, o conteúdo da tragédia é a lei interna da vida dos homens, lei essa que se põe em prática e se revela com evidência quando se tenta violá-la ou desviar-se de sua órbita. Daí o caráter enaltecedor mas igualmente aterrador da tragédia, daí também uma espécie de condenação suprema de seus heróis e a verdade dessa condenação", etc. S. Bulgákov revela a "lei trágica", o "aspecto de mistério" da tragédia, sua "lei sobre-humana", e define sua essência religiosa e estética mais de perto do que Vyatch. Ivánov (*Bórozdi i miéji*) a reduz à revelação de díades e proclama a arte trágica como arte predominantemente humana. A "mão de Deus" que tocou Jó... determina esse "destino divino". Daí a impressão da tragédia, não uma catarse pagã, religioso-medicinal, mas o "pavor da tragédia", o "pavor de Deus".

Hamlet censura-se em sua conversa com Ofélia. Compare-se a fala de Stavróguin em *Os demônios*: "Sei que preciso matar-me, varrer-me da face da terra como um inseto vil..." Dmitri Karamázov: "De todos eu sou o canalha mais vil." A "outra existência" de Hamlet: compare-se a Ivan Karamázov: "parece que eu estou dormindo de olhos abertos... ando, falo e vejo, mas estou dormindo". D. Karamázov falando da morte de Grigóri (compare-se a Hamlet na cena da morte de Polônio): "*Te deste mal, velho; já que não há o que fazer continua deitado.*" Segundo K. Fischer, quase todos os críticos consideram de comum acordo essa cena da morte de Polônio como uma demonstração da imagem inútil, irrefletida e não planejada de Hamlet. De fato, ela mostra como os motivos da fábula foram transferidos para fora do palco, estão nos bastidores, como a ação se movimenta a partir daí. Porque a morte de Polônio é o momento decisivo da tragédia. Compare-se a ligação "seminal" com o outro mundo com as palavras de Zóssima: "Muito do que há na terra está oculto de nós, mas em troca nos foi dada a sensação misteriosa e recôndita de nossa ligação viva com o outro mundo... aliás, as raízes de nossos pensamentos e sentimentos não estão aqui mas em outros mundos... Deus pegou as *sementes* de outros mundos e as semeou aqui na terra e cultivou seu *jardim*, e brotou tudo o que podia brotar, mas o cultivado vive apenas pela sensação do contato com outros mundos misteriosos." O tema de *Os irmãos Karamázov* é o da ligação mística com o pai. O defensor público, ao provar a inocência de Dmitri Karamázov, diz que este não é um *par*ricida porque Fiódor Pávlovitch não era um pai: "Oh, é claro que existe outro significado, outra interpretação da palavra 'pai', a exigir que meu pai, mesmo sendo um monstro, mesmo sendo um malfeitor para seus filhos, ainda assim continue sendo meu pai apenas porque me deu vida. Mas esse significado já é, por assim dizer, místico." Foi justamente com base nesse segundo significado, nesse significado *outro*, místico, da palavra pai, que Dostoiévski construiu todo o romance.

50*. Compare-se a Brandes: o dr. Fr. Rubinstein "vê o vaticínio das mortes de Hamlet e Laertes no fato de ambos pularem para dentro de uma sepultura na véspera de suas mortes" (K. R., t. III).

51*. K. R. "Shakespeare não nos explica de onde Hamlet soube que seria enviado à Inglaterra." Miles e Dehring "corrigem" e "explicam" que ele o soube por uma conversa que escutou e por omissão de versos, etc.

52*. Coleridge: "Esta é quase a única peça de Shakespeare em que o simples acaso é parte essencial do enredo." Diz que ela "foi adaptada ao caráter de Hamlet", mas Miles o nega abertamente ao afirmar que foi o próprio Hamlet que preparou antecipadamente sua captura pelos piratas, e isso nada tem de casual. Seu sentido não foi decifrado.

53*. Dostoiévski em *O idiota*: o príncipe Míchkin sugere a Aglaia o tema para um quadro: "pintar o rosto de um condenado um minuto antes do golpe da guilhotina, quando ele ainda está em pé no cadafalso, antes de deitar-se... como expressar isso? Gostaria terrivelmente, terrivelmente que você ou outra pessoa o pintasse". A narração mostra que o prende a situação inusitada em que o homem *está aqui e lá*: "E imagine que até hoje ainda se discute que talvez a cabeça, depois de rolar, durante um segundo talvez ainda saiba que rolou... Que idéia! E se fosse durante cinco segundos?... é só o último degrau: o réu põe o pé nele: a cabeça, o rosto pálido como papel, o padre lhe estende a cruz, ele estica com avidez os lábios roxos e fita – *está a par de tudo*." É o *último degrau, a cabeça já rolou* – é o *estar aqui e lá*: é Hamlet durante a catástrofe: "*Let be!*" "Acho – diz ele [Míchkin] – que se, por exemplo, a morte é inevitável, a casa está desabando em cima da gente e de repente dá uma terrível vontade de sentar-se, fechar os olhos e esperar: *seja lá o que for*." Cf. Raskólnikov, já citado. Nos acessos de epilepsia, "parece que outro está gritando dentro dessa pessoa" – cf. Hamlet. Pressentimentos inusitados em *O idiota* assemelham Míchkin a Hamlet (a mesma relação com a fábula; mas aqui a total falta de vontade mata o *outro*; em linhas gerais, na própria estrutura desse romance existe algo trágico, próximo de Hamlet), de sorte que ele pressente de imediato a catástrofe: "Rogójin irá esfaqueá-la." Surpreendem demais as coincidências da tragédia com o Evangelho. Para um homem que percebe a arte em termos místicos e o místico em termos estéticos, *trata-se de livros*, diria eu, *do mesmo estado de espírito*, a despeito de toda a enorme diferença e dos diversos planos em que se encontram. Apesar de toda a diferença, há entre eles pontos comuns, até um aspecto comum que é justamente o *estado de espírito* que transparece em ambos: as categorias místico-estéticas. Do aspecto pelo qual enfocamos Hamlet, percebe-se sua proximidade com o Evangelho e a Bíblia. A percepção estética do "outro mundo" (que, evidentemente, existe na Bíblia ao lado da percepção filosófica, moral e religiosa) assemelha ambos os livros: é como se fios imperceptíveis se estendessem *do além* através desses livros. Se compararmos Hamlet à Alemanha (Gervinus, Freiligrath), teremos de mudar – como fizemos aqui com a mudança radical dos reflexos de Hamlet na literatura – também essa imagem, apesar de todo o risco que acarreta semelhante especulação com palavras: a comparação de Hamlet com a Alemanha reflete certa concepção antes de tudo sobre Hamlet; nossa concepção de Hamlet encontrará *o mesmo* reflexo preciso na comparação de Hamlet com o judaísmo, esse herói da tragédia divina: a Bíblia. Não é por acaso que em E. Montegue a morte de Hamlet suscita uma surpreendente comparação: "como morriam os judeus, quando aos seus ouvidos chegava o som do misterioso nome Adonai". V. Gippius diz: "Shakespeare é como a Bíblia. Em relação a ele sempre se manifestou qualquer coisa de religioso, mesmo naqueles que não procuram nele uma sabedoria patente... Shakespeare é precisamente como a Bíblia; é o caos da consciência religiosa que se torna cosmo... Ele continua como a Bíblia. Como um fenômeno artístico e um fenômeno religioso interior juntos. Adão e Eva, Caim e Abel, Noé, Abraão, José, Moisés, todas essas personagens não são apenas religião mas também figuras estéticas de concisão e força impressionantes. O mesmo ocorre com Shakespeare: Romeu e Julieta, Hamlet, Macbeth, rei Lear, Otelo, Ofélia, Cordélia, Desdêmona não são apenas figuras artísticas, de excepcional relevo e precisão, mas também, interiormente, fenômenos da vida religiosa em sua essência... Ele ouviu a voz do abismo como poucos a ouviram e por isso é como a Bíblia... Shakespeare é precisamente um religioso, caso se dêem ouvidos à linguagem de suas imagens. Não o é em termos de uma cosmovisão precisa ou de uma certa crença, mas espontaneamente religioso. Digamos que é um místico." Trata-se de um tema especial, inesgotável de tão profundo: ele deve mostrar, entre outras coisas, qual é a religião de Shakespeare, que *religião* da tragédia é essa, e elucidar que entre a Bíblia e Shakespeare existe uma contradição absoluta. São religiões inteiramente diversas: Shakespeare *não é* como a Bíblia. Entretanto, há entre eles o aspecto comum aqui bem observado. Sem entrar no tema propriamente dito, vamos nos limitar a algumas sugestões, a coincidências sobretudo surpreendentes. Sobre a preparação e o desconhecimento da hora: "Mas a respeito daquele dia ou da hora ninguém sabe; nem os anjos no céu, nem o Filho, senão somente o Pai. Estai de sobreaviso, vigiai [e orai]; porque não sabeis quando será o tempo... Vigiai, pois, porque não sabeis quando virá o dono da casa; se à tarde, se à meia-noite, se ao cantar do galo, se pela manhã. Para que, vindo ele inesperadamente, não vos ache dormindo. O que, porém, vos digo, digo a todos: Vigiai!" (Marcos, 13, 32-7)*; Lucas, 12, 40: "Ficai também vós apercebidos." Compare-se a luta de Hamlet (e se eu respondo não, depois vai concordar) com Mateus, 26, 37-47, conhecimento antecipado do que vai acontecer; "Se possível, passe de mim este cálice"; e a tristeza mortal: "A minha alma está profundamente triste até à morte"; "se não é possível passar de mim este cálice sem que eu o beba, faça-se a tua vontade." Do mesmo modo que Hamlet dirige a Laertes uma saudação amigável, Cristo diz a Judas: "Amigo, para que vieste?" (Mateus, 26, 50). "Não se vendem cinco pardais por dois asses? Entretanto nenhum deles está em esquecimento diante de Deus. Até os cabelos da vossa cabeça todos estão contados. Não temais! Bem mais valeis do que muitos pardais" (Lucas, 12, 6-7). O mais importante, *a relação com o mundo*; João, 17, 11: "Já não estou no mundo, mas eles continuam no mundo." Isso é Hamlet na íntegra. Cf.: "Quando eu estava com eles no mundo..." Esse surpreendente *no mundo e fora do mundo* é tudo em Hamlet. Ganham sentido especialmente místico as palavras (14): "eles não são do mundo, como também eu não sou". "O meu reino não é deste mundo... agora o meu reino não é daqui" (18, 36). Os dois livros falam do máximo que o homem pode abarcar ("não pode abarcar tudo..."). "Eu vos diria... o resto é silêncio", e ambos mergulham no não dito, no silêncio. Mas esse é um tema profundo, universal, terrível como um abismo, inesgotável, razão pela qual não podemos abordá-lo aqui.

54*. Esse impressionante aspecto místico e inexplicável de Hamlet – o pressentimento – é examinado por Kuno Fischer e Coleridge, mas nenhum dos dois o relaciona interiormente à concepção que desenvolvem sobre Hamlet. Fischer diz que sem a Sibila congênita Hamlet é inconcebível. E tudo se resume a esses pressentimentos.

55. "*preparação*" – No conjunto, a concepção da personalidade em Hamlet, exposta nesse trabalho inicial de Vigotski (mas não repetida em *Psicologia da arte*), está muito próxima da fórmula de Pasternak: "Desde que aparece o fantasma, Hamlet renuncia a si mesmo

* *A Bíblia Sagrada*. Tradução de João Ferreira de Almeida. Sociedade Bíblica do Brasil, Rio de Janeiro, s/d.

para "cumprir a vontade de quem o enviou" (B. L. Pasternak, "Notas sobre as traduções das tragédias de Shakespeare", *Literatúrnaya Moskvá*, 1956, p. 797). Idéias análogas Pasternak desenvolve também em poesia:

HAMLET

Cessa o ruído. Saio ao palco.
Apoiado no umbral da porta,
Em ecos distantes capto
O que ocorrerá na minha época.

Para mim se volta a penumbra da noite
Em milhares de binóculos sobre eixo.
Meu pai, se puderes,
Afasta esse cálice de mim.

Gosto dessa teimosa trama
E aceito fazer o papel.
Mas agora passa outro drama,
E afasta-me também desta vez.

Mas a ordem dos atos foi planejada,
E irreversível é o fim do caminho.
Estou só, tudo afunda em farisaísmo,
Viver não é atravessar um campo.

56*. "O tema central baseado em três imagens." – K. Fischer: os filhos são os vingadores dos pais: Hamlet, Laertes e Fórtinbras. Nós acrescentamos Ofélia, porque o problema não está na vingança mas no princípio da tragédia do nascimento, da ligação com o pai.

57*. Levaice (Louis Levaice, *Jênskie típi Shekspira* [Os tipos femininos em Shakespeare], Spb., 1898, p. 98) escreve: "Ela fala pouco, e parece que suas poucas palavras mais ocultam que revelam suas disposições afetivas." Esse sentir misterioso de Ofélia, esse ocultar-se de sua imagem e seu *silêncio* são profundamente significativos: é como se toda ela houvesse sido narrada, não tivesse sido esboçada, ainda não existisse. No breve conto *Ofélia*, Apolon Grigóriev, ainda que interprete essa imagem em termos próximos a Goethe como de uma moça simples, ingênua e medíocre, fala também de outra coisa: percebe todo o aspecto inacabado dessa figura, como se ela não se movesse em cena mas estivesse imune à lei da gravitação universal, carecendo de densidade cênica; em sua passividade pura e metafísica, em sua falta de vontade existe qualquer coisa da Sombra, porque pode ser tomada por marionete. É uma espécie de vontade nada terrestre, um ser outro. Daí, se a interpretarmos em termos realistas, teremos uma moça dócil, ingênua, sensualmente bela mas um tanto medíocre (Goethe). No fundo, trata-se da única imagem absolutamente irrealizada na literatura, como se houvesse sido urdida de raios não materiais, como se fosse um sopro magnético da alma. Essa suprema falta de vontade, essa docilidade de Ofélia realiza-se na sua docilidade inferior e real com uma força impressionante; ela não existe como personagem, como individualidade, como objeto de caracterização poética; *ela está ausente na peça*; é a imagem de uma genuína música trágica.

58*. Goethe (*Wilhelm Meister*) – (obras em 10 tomos, t. 6, Spb., 1879, p. 262). "Nessas estranhezas e nessa aparente incongruência reside um sentido profundo." Entretanto, depois da "decomposição" da loucura de Ofélia, feita por Goethe, não se verifica nenhuma profundidade nessa imagem: "criatura bondosa... irritação sensual...", etc. Mas ocorre que na loucura de Ofélia reside efetivamente a última profundidade da tragédia.

59*. K. R. "Em toda a tragédia, no aspecto que ora ela assumiu, não se elucidou se a rainha foi ou não cúmplice do crime de Cláudio" (t. II).

60*. Cf. Börne sobre Hamlet: "Como um cavalo cego, ele conduz a roda do destino e acaba caindo debaixo dela." Apolon Grigóriev diz: "Na natureza mórbida e sonhadora dele (Hamlet) existe a consciência melancólica da esterilidade da luta, a submissão à eterna vontade do destino que está contida nele mesmo, em sua fraqueza... (NB. Aqui há uma nova concepção da fraqueza de Hamlet)... impotente, mórbido, que reconhece a vontade do destino...", "mas a ele já não cabe a dúvida... cabe-lhe agir, ele desata numa gargalhada infernal, numa maldição infernal, e torna a cair sob o fardo da impotência, e torna a adiar a execução... Tem na alma um assassinato, e um assassinato estéril; mas não o confessa, vê a vontade do destino sobre os outros e sobre si mesmo, vê a vontade do destino sobre todos a quem ama, sobre a mãe a quem persuade a não se perverter no contato com o tio, e à pergunta 'Que farei?', responde 'Nada' com uma terrível tristeza (NB. Hamlet está inteiro nessa passagem!), sem a menor crença na possibilidade de que ela venha a remir-se. Submisso ao destino, ele parte para a Inglaterra... Hamlet retorna com a submissão muda ao destino e com a fé inquebrantável em que, 'se não é este o momento, há de vir todavia'. Hamlet caminha sereno, tranqüilo e majestoso para a morte e a vingança, e 'a morte celebra uma vitória terrível'; mas Hamlet tomba após cumprir sua missão, cai no momento em que tinha de cair, porque nem ele nem Ofélia podiam viver: sobre ambos pairava a vontade do destino..." Nas passagens aqui citadas há uma interpretação profunda do destino da tragédia e da falta de vontade de Hamlet.

61*. Cf. em Kuno Fischer: Osrico é Polônio jovem; a relação de Hamlet com ambos; a cena da "nuvem-baleia", etc. entre ele e Polônio, a "cena do chapéu" entre Hamlet e Osrico.

62*. Cf. Goethe (*Wilhelm Meister*): "O que esses dois homens representam, o que fazem não pode ser representado por um homem", etc. Wilde: "Do ponto de vista artístico, desconheço na literatura dramática universal um procedimento mais incomparável, mais surpreendente do que o empregado por Shakespeare para delinear as imagens de Guildenstern e Rosencrantz." A morte dos dois cortesãos "choca" os críticos. K. R. a atribui "à brutalidade dos costumes da época" (fraude, assassinato: Hamlet). Stevens fala do desdém da justiça poética de Shakespeare: "em face da verdade imparcial", os críticos condenam o ato de Hamlet sem levar em conta seu sentido profundo na tragédia.

63*. É profundamente importante ressaltar que o rei fala (ou melhor, começa a falar) com Laertes sobre a morte de Hamlet ainda antes de receber a carta dele, isto é, prepara um novo plano ainda sem saber do fracasso do primeiro (da morte de Hamlet na Inglaterra); mais uma vez podemos relacionar esse episódio às "incongruências", às contradições da peça, mas a questão aqui apresenta uma profunda diferença.

64*. Segundo Dietrich, Hamlet não deve punir o assassino, mas reconduzir Fórtinbras aos domínios usurpados pelo pai, o velho rei Hamlet.

65*. Na peça representada (a cena na cena), não se explica por que a rainha, que faz juras e promessas de não se casar pela segunda vez, acaba por quebrá-las mais tarde, coisa cuja fatalidade pressente o rei. A peça não chega a esse ponto porque é interrompida antes; isso nos chega ao conhecimento através da pantomima *que determina todos os papéis*. Sobre a "simbólica da cena": letreiro do teatro Globus (1598) de Shakespeare: "O mundo todo é um teatro." Erasmo de Rotterdam: "Em essência, o que é a vida humana senão mera representação em que todos andam de máscaras, cada um em seu papel, enquanto o diretor não a retira de cena?" Cf. Shakespeare, O. Wilde, N. Ievrêinov: "O 'teatro para si' é o problema do teatro na vida, isto é, a vida como teatro: 'cada minuto é teatro', é a 'encenação da vida'", etc.

66*. NB. Sokolovski escreve: "A última cena baseia-se em um choque de acasos que se misturaram tão súbita e inesperadamente que os críticos de formação antiga chegaram a acusar seriamente Shakespeare de fracasso no final do drama... Era necessário criar justamente a interferência de alguma força estranha... *Esse golpe foi mero acaso e lembrou, nas mãos de Hamlet, uma arma afiada que às vezes colocamos nas mãos das crianças mas ao mesmo tempo as manuseamos através de uma manga*" (grifo de L. V.) Está aí todo o sentido do golpe *através de* Hamlet. Este mata o rei, e esse ato não só vinga o pai e a mãe mas também a si mesmo (Börne). A catástrofe não se limita a esse simples golpe, não é o que exigia a Sombra, não representa o final do plano de Hamlet, mas todo o curso da peça. Werder vê na última cena *também a interferência de outra força* (da Justiça Suprema), Malone "*não compreende o drama*" (citado por Sokolovski). Johnson censura Shakespeare por ter o assassinato do rei seguido não um plano arquitetado, mas ter sido um acaso surpreendente (Sokolovski). D'Alfonso (*La personalità di Amleto*, citado por E. Ferri) diz: "já que o rei não foi morto como conseqüência de uma intenção bem pensada de Hamlet (se dependesse deste, talvez aquele nunca fosse morto), mas graças a acontecimentos independentes da vontade de Hamlet".

NB. Há equívocos em E. Ferri: 1) "Em carta a Ofélia, Hamlet fala de seu estado doentio." – *Ubi?* 2) "O plano do espetáculo habilmente pensado para resolver o famoso 'Ser ou não ser?'" (*sic*!). Aliás, essa não é a única vez em que se encontra essa interpretação das palavras de Hamlet como *matar ou não matar*.

Acrescentemos a isso os pontos de vista de Tolstói e V. Soloviov. A crítica de Tolstói tem um imenso significado negativo. Leva convincentemente a rever a doutrina do caráter na tragédia de Shakespeare e... a arquivá-la. De fato, não será hora de recusar a concepção simplista das tragédias de Shakespeare como "tragédias de caráter"? Acaso não é evidente que quase nenhuma tragédia se ajusta a esse conceito? Na parte em que se nega a "tragédia de caráter" em Hamlet, essas observações coincidem com a concepção de Tolstói e nela se baseiam. "Mas em nenhuma das personagens de Shakespeare se observa de modo tão surpreendente como em Hamlet – cujos atos e falas não se combinam – não digo a incapacidade mas a absoluta indiferença do autor para revestir de caracteres suas personagens..." V. Soloviov: "tudo o que ocorre no mundo e particularmente na vida do homem depende, além das causas reais e evidentes, de uma outra causalidade mais profunda e abrangente, mas em compensação menos clara. Se os laços de vida que há em todo o existir fossem simples como dois e dois são quatro, todo o fantástico estaria excluído... A concepção da vida como algo simples, sensato e transparente contradiz antes de tudo à realidade, *não é real.* Porque seria um péssimo realismo afirmar, por exemplo, que debaixo da aparente superfície da terra sobre a qual caminhamos e viajamos nada existe além do vazio. Essa espécie de realismo seria destruída por qualquer terremoto (tragédia – L. V.) ou qualquer erupção vulcânica, que comprovam haver forças ativas e, conseqüentemente, reais sob a aparente superfície terrestre... Na vida do homem também existem tais estratos e profundidades... A profundidade mística da vida às vezes se aproxima muito da superfície do viver...", etc. Mas o próprio V. Soloviov não percebeu esse "subterrâneo" em *Hamlet*, peça que considerava tragédia de caráter, sem ver nela aquele "drama sintético" de destino e caráter de que fala, e contudo ainda é ele que observa: "À semelhança de algumas tragédias antigas e igualmente de *Hamlet* de Shakespeare, esse drama não só termina como começa pela catástrofe." Elementos da tragédia antiga – da tragédia do destino em *Hamlet* – foram observados por muitos: cf. a "casualidade, a marcha dos acontecimentos", etc. Esses elementos devem ser notados por todos os críticos que falam do caráter de Hamlet (por exemplo, o destino das outras personagens e de Cláudio já decorre do *destino*, da marcha dos acontecimentos; alguém protege Hamlet, os planos de Cláudio desmoronam, mas seu caráter é decidido e ousado) que reconhecem a fatalidade dos acontecimentos, a catástrofe e o "acaso", cujo sentido destrói toda a filosofia da tragédia de caráter (e considere-se que o "acaso" não foi suprimido nas tragédias de Shakespeare!). Para nós, isso também é válido apenas em termos negativos, como a concepção de Tolstói. A. Mezières fala do "involuntário" da catástrofe: "Hamlet se vinga como pode, sem chegar a uma ação decidida. Ele gostaria que os acontecimentos chegassem por si mesmos ao desfecho, sem sua participação, e é o que ocorre. Ele se entrega aos caprichos do destino, deixa com o destino a solução do problema e o destino o resolve. De fato, na última cena tudo desperta nossa surpresa, tudo é inesperado do princípio ao fim..."

67*. K. Fischer diz: "Já mortalmente ferido ele realiza a causa da vingança." Essa circunstância surpreendente não foi suficientemente ressaltada.

68*. *Occurents*, segundo explicação de Stevens: sucessos, acontecimentos, ocorrências. Lettsom interpreta: "'Repete-lhe isso (voz moribunda), e narra-lhe os sucessos graves e os menos importantes que me estimularam.' *Solicited* decorre do verbo latino mover, *mover de lá* (grifo de L. V.), estimular" (K. R. se nega a definir o sentido com precisão). Significado profundamente notável das palavras.

69*. Goethe distinguia dois aspectos na peça: a "relação interna entre personagens e acontecimentos" e a "relação externa entre personagens, seus deslocamentos... o nexo entre toda sorte de acasos". A segunda parte da fábula (*quase* coincide com nossa divisão em duas intrigas) e seu significado não foram entendidos por Goethe: ele a modificou, deformando o sentido da peça: "Tudo isso são circunstâncias e acasos que talvez sejam muito convenientes ao romance mas que prejudicam fortemente a integridade de toda a peça, em que o herói já age sem qualquer plano definido, e por isso podem ser incluídos entre suas falhas."

70*. V. Soloviov ("Jízniennaya drama Platona". *Sobrânnnie sotchinienii*. Spb., ed. Prosvieschênie, 1897, t. 9), ao comparar *Hamlet* a *Orestéia* – a tragédia de caráter à tragédia do destino – fala de drama *sintético*, de necessidade exterior e individualidade profunda, que ele desconhece na poesia mas percebe no drama vital de Platão. Ora, é em *Hamlet* que existe esse "drama sintético". K. Fischer a considera "a mais modelar tragédia de caráter. Toda a fábula foi modificada e trabalhada de modo a que o curso de seus acontecimentos se desenvolva em imagens, atos e falas genuinamente característicos". Tolstói (sobre Shakespeare e o drama) captou de forma bem mais simples, direta e esteticamente mais verdadeira a ausência de caráter em Hamlet. Seu ponto de vista é profundamente verdadeiro nessa parte e muito importante para o estudo através das antíteses: admitamos que dois pólos sejam opostos, eles se determinam mutuamente, estão no mesmo eixo. Referindo-se à falta de caráter de Hamlet, ele explica que Shakespeare transformou o herói da lenda em seu "fonógrafo", levando-o a externar as suas idéias (os sonetos): "Na lenda, a personalidade de Hamlet é perfeitamente compreensível... *Mas Shakespeare... destrói tudo o que constitui o caráter* de Hamlet e da lenda. *Durante todo o drama, Hamlet não faz o que poderia gostar de fazer mas o que é necessário ao autor* (não ao autor mas à tragédia, e nisso está toda a diferença: no primeiro caso sem estética, no segundo, com suprema estética). Não há possibilidade de encontrar nenhuma explicação para os atos e os discursos de Hamlet e, por isso, *nenhuma possibilidade de atribuir-lhe qualquer espécie de caráter* (grifo de L. V.). Shakespeare não soube, e não quis (isso é o principal! – L. V.) dar nenhum caráter a Hamlet." Goethe: "Embora na peça nada se desvie do plano prescrito, o herói não segue nenhum plano determinado... A peça tem um plano, e nunca os poetas tiveram em mente um plano mais grandioso." Nessa fórmula admirável – sobre o plano da peça e não do herói – resume-se tudo. V. Soloviov fala do místico em arte: "aparições nítidas, táteis e, por assim dizer, *bem articuladas* do sobrenatural... não existem. Aqui tudo está coberto por uma névoa trêmula e um tanto escapadiça, que se faz sentir em tudo mas em nada se isola... Tudo o que vem 'de lá' pode ser comparado a um fio que foi imperceptivelmente urdido em todo o tecido da vida e em toda parte aparece para um olhar atento, capaz de distingui-lo no desenho grosseiro da causalidade externa a que esse fio fino sempre ou quase sempre se funde para um olhar desatento". Daí duas conclusões para a encenação artística do místico: este não deve cair do céu mas integrar o tecido geral da obra; deve ser reproduzido de forma imperceptível e indefinida (t. II, pp. 174-5). *Idem*, t. 9, prefácio a *O vampiro*: sobre a profundidade mística da vida ("o subterrâneo"), uma diferente ligação fatal entre acontecimentos e fenômenos. Isso se ajusta da melhor forma possível a *Hamlet*. Veja-se o entrelaçamento do fio místico em Dostoiévski (*O idiota*, *Os irmãos Karamázov*, etc.) – suspeitas, pressentimentos, desassossego, clarividência, coincidências, sonhos, delírio – o fio místico da fábula. Em *O idiota*, "sentimos que devemos nos limitar a uma simples exposição dos fatos, se possível sem maiores explicações e por uma causa bem simples: porque, em muitos casos, nós mesmos temos dificuldade de explicar o ocorrido".

Kuno Fischer fala do "traço pessimista que ali domina... e como idéia contemplativa se projeta sobre toda a obra como um coro dos antigos" ("segundo sentido?"). Mas em Hamlet esse traço só se manifesta (funde-se) nele, em seu caráter. E ele diz sobre a tragédia: "Tudo indica que aqui domina uma força obscura e enigmática, diante da qual somos tomados do mesmo pavor angustiante que se apodera de Hamlet com a aparição do fantasma." Ele se refere a essa força com as palavras de Hamlet dirigidas à Sombra, vale dizer, reconhece-a como *sobrenatural* (lembremos as palavras de Hamlet: *beyond*, etc.): não estará contradizendo toda a sua interpretação da peça, segundo a qual todas as causas estão *aqui*? De onde vem essa força obscura e enigmática, à qual se dirigem semelhantes palavras na mais modelar das tragédias de caráter? *Hamlet* é uma tragédia mística: é o que todos acabam sentindo como sedimento que não se dissolveu em sua interpretação, como um coágulo, a composição da tragédia.

71. "*tragédia mais mística*" – A interpretação mística de Hamlet procura fundir-se com a teoria dos arquétipos de Ornstein, em um trabalho no qual ao mesmo tempo se reconhece o reflexo da "grande sociedade" na tragédia: R. Ornstein, "The mystery of Hamlet. Notes toward and archetypal solution", *Hamlet enter critic*, ed. C. Sacks e E. Whan, Nova York, 1960, pp. 198-9.

72. "*tragédia religiosa*" – Cf. uma crítica aos trabalhos mais recentes em que se interpreta *Hamlet* como peça religiosa no artigo: A. A. Anikst, "Os estudos atuais sobre Shakespeare no Ocidente". Col. *Sovriemênnoe iskusstvoznânie za rubejom*, M., 1964, pp. 183-4. Além dos ensaios mencionados no referido artigo de Anikst, cf. os livros construídos com base na comparação de *Hamlet* (interpretado como drama religioso) com a tragédia grega: P. Alexander, *Hamlet. Father and son*, Oxford, 1955; H. D. Kittc, *Form and meaning in drama*. Londres, 1960 (a concepção do último livro, em que o desenvolvimento da ação em *Hamlet* é interpretado como realização consciente do mal, tem um seguidor: L. Kirschbaum, *Two lectures on Shakespeare. In defence of Guildenstern and Rosenkranz*. Oxford, 1961.

73*. Cf. a doutrina da culpa em Schopenhauer: o pecado original. Calderón: "A maior culpa do homem / Foi ter nascido." É essa nossa culpa – a culpa da vida, culpa do nascimento – que sentimos em *Hamlet*, como Cláudio sente a sua em *O assassinato de Gonzaga*.

74. "*O resto é silêncio*" – Sobre o papel do "silêncio" em *Hamlet*, cf., em particular: K. Jaspers, *Über das Tragische, von der Warheit*. Munique, 1947, S. 940-9; R. Eppelsheimer, *Tragik und Metamorphose*. Munique, 1958 (o último livro pode oferecer interesse também à luz das idéias desenvolvidas em *Psicologia da arte*, uma vez que aqui o problema de *Hamlet* é desenvolvido do ponto de vista da teoria da catarse.

75. "*diz Stavróguin*" – A comparação de Hamlet com Stavróguin, esboçada por Vigotski, é sugerida no ensaio: G. Wilson Knight, "The Embassy of Death", *Discussions of Hamlet*. Ed. J. C. Levenson, Boston, 1960, p. 61.

Bibliografia

1. K. Marx. Introdução (*Manuscritos econômicos* de 1857-1858). K. Marx e F. Engels. *Obras*, t. 12 (ed. russa).
2. K. Marx. *Crítica à economia política.* "Prefácio". K. Marx e F. Engels. *Obras*, t. 13 (ed. russa).
3. K. Marx. *A ideologia alemã*. K. Marx e F. Engels. *Obras*, t. 13 (ed. russa).
4. F. Engels. "Carta a Mehring, de 14.7.1893". *Obras*, t. 3 (ed. russa).
5. Aikhenvald, Yu. "Pokhvala prázdnosti" (Elogio do ócio). Col. de artigos, Moscou, Kostri, 1922.
6. Aikhenvald, Yu. *Siliuéti rússkikh pissátelei* (Silhueta de escritores russos), Vip. 1, M. Naútchnoe slovo, 1908.
7. Aikhenvald, Yu. *Etiudi o západnikh pissátelyakh* (Estudos de escritores ocidentais). M. Naútchnoe slovo, 1910.
8. Aristóteles. "Poética", *Os pensadores*, v. IV, Abril Cultural, São Paulo, 1973.
9. Askóldov, S. "Forma i soderjânie v iskusstve slova" (Forma e conteúdo na arte da palavra). – *Literatúrnaya misl*, Spb. 3, L., ed. Misl, 1925.
10. Bally, C. *Frantzúskaya stilístika* (A estilística francesa). M., Ed. Inostrânnaya Literatura, 1961.
11. Balmont, K. *Poéziya kak volschebstvó* (A poesia como magia). M., ed. Skorpion, 1915.
12. Bátiuchkov, F. D. *Istóriya rússkoi literaturi XIX veka* (História da Literatura Russa do séc. XIX), t. 4, cap. 9, Ed. Mir.
13. Bielinski, V. G. "Gamlet, drama Shekspira" (*Hamlet*, drama de Shakespeare). *Sobrânie sotchinênii v 3-kh tomákh*, t. 1, M., 1948.

14. Biéli, Andriêi. "Poéziya Bloka" (A poesia de Blok). *Vetv.* Col. do Clube de Escritores Moscovitas. Ed. Sévernie Dni, M., 1917.
15. Biéli, Andriêi. *Simvolizm. Kniga statiêi* (O simbolismo. Livro de artigos). M., ed. Mussaget, 1910.
16. Börne, L. "Gamlet Shekspira" (O *Hamlet* de Shakespeare). *Pôloe sobranie sotchinênii v 3-kh tomákh*, t. 3, P., 1899.
17. Börne, L. "Iz moevo dnevniká. Razgovóri" (Meu diário de conversas). *Pôlnoe sobrânie sotchinênii v 3-kh tomákh*, t. 3., 1899.
18. Biékhtierev, V. M. *Kollektívnaya refleksológuiya* (Reflexologia coletiva). P., Ed. Kolos, 1921.
19. Biékhtierev, V. M. "Lítchnost khudójnika v refleksologuítcheskom izutchênii" (A personalidade do artista estudada pela reflexologia). *Arena. Teatrálni almanakh pod redátsiei Ev. Kuznietsov.* Pg., Vrêmia, 1924.
20. Blonski, P. *Pedagógika.* M., ed. GIZ, 1922.
21. Brandes, G. *Shakespeare. Sua vida e sua obra* (edição russa). T. 2, M., 1901.
22. Briússov, V. "Sintétika poezii" (Síntese da poesia). *Problemi poétiki. Sb. statiêi por red. V. Ya. Briússova.* M.-L., *Zemlyá e fábrika*, 1925.
23. Bühler, K. "Dukhóvnoe razvítie rebeonka" (O desenvolvimento intelectual da criança). M., ed. Nóvaya Moskvá, 1924.
24. Bücher, K. "Rabota i ritm" (O trabalho e o ritmo). M., ed. Nóvaya Moskvá, 1923.
25. Vieressáiev, V. V. *Jivaya jizn. p. I. O Dostoievskom i Lve Tolstom* (A vida viva. Parte I. Sobre Dostoiévski e L. Tolstói). M., ed. Kuchnerev e Co, 1911.
26. Viessielovski, A. "Tri glavi iz istorítcheskoi poétiki" (Três capítulos da poética histórica). *Sobr. sotch.*, T. 1, Spb., 1906.
27. Vodovózov, V. "O pedagogítcheskom znatchenii bassen Krilova" (O sentido pedagógico das fábulas de Krilov). *Jurnal Ministérstva naródnovo prosveschêniya.* 1862, nº 12.
28. Volkenstein, V. *Dramatúrguiya. Métod issliédovaniya dramaturguítcheskikh proizvedênii* (Dramaturgia. Método de estudo das obras de dramaturgia). M., ed. Nóvaya Moskvá, 1923.
29. Wundt, W. *Fundamentos de psicologia fisiológica* (ed. russa). T. 3., Spb.
30. Hamann, R. "Estética". *Problemi estétiki.* M., 1913.

31. Hausenstein, W. *Iskusstvo i óbschestvo* (Arte e sociedade). M., Nóvaya Moskvá, 1923.
32. Hausenstein, H. *Ópit sotsiológuii izobrazítelnovo iskusstva* (Experiência em sociologia das artes figurativas). M., Nóvaya Moskvá, 1924.
33. Hennequin, E. *Experiência de construção de uma crítica científica* (Estopsicologia) (ed. em russo). Sbp., *Rússkoe bogatstvo*, 1892.
34. Gershenzon, M. *Vidênie poeta* (A visão do poeta). M., 1919.
35. Gornfeld, A. *Boevíe ótkliki na mírnie témi* (Ecos bélicos em temas pacíficos). L., ed. Kolos, 1924.
36. Gornfeld, A. *Múki slova. Pámyati Púchkina* (As angústias da palavra. Lembranças de Púchkin). Spb., ed. Svetchok, 1906.
37. Gornfeld, A. *O tolkovânii khudójestvennovo proizvedêniya* (A interpretação da obra de arte). Spb., Rússkoe Bogatstvo, 1912, fevereiro.
38. Gornfeld, A. *Putí tvórtchestva. Statii o khudójestvennom slove.* Pg., Kolos, 1922.
39. Grigóriev, Apollon. *Velikii tráguik. Rasskaz iz knigui: "Odisseya o poslédnom românttike"* (Um grande trágico. História tirada de livro: *Odisséia sobre o último romântico*). M., Universálnaya Biblioteka, 1915.
40. Grigóriev, Apollon. "Ofélia". *Pólnoie sobr. sotch. i píssem v 12-i tomákh*, 1915.
41. Grigóriev, M. S. *Vediênie v poétiku* (Introdução à poética). Parte 1, M., 1924.
42. Gross, K. *Duchévnaya jizn rebeonka* (A vida espiritual da criança). Kíev, 1916.
43. Guyeau, Jean Marie. *Iskusstvo s tótchki zrêniya sotsiólogui* (A arte do ponto de vista da sociologia). Spb., ed. L. F. Pantelêiev, 1891.
44. Darwin, Charles. *O virajênii oschuschênii u tcheloveka i u jivótnikh* (A expressão das sensações no homem e nos animais). Spb., 1896.
45. Dowden, E. *Shakespeare. Estudo crítico do seu pensamento e da sua obra* (ed. em russo). Spb., ed. Slavyanskaya Petchátnya, 1880.
46. James, W. *A diversidade da experiência religiosa* (ed. em russo). M., ed. Rússkaya Misl, 1910.
47. Diderot. "Paradoxo sobre o comediante" (citado pela tradução de *Os pensadores*, Abril Cultural, A. P., 1973).
48. Ievlakhov, A. *Vediênie v filosófiiu khudójestvennovo tvórtchestva. Ópit istóriko-literatúrnoi metodológuii* (Introdução à filosofia da

criação artística. Experiência de metodologia histórico-literária). T. 1, Varsóvia, 1910.

49. Iermakov, Iv Dm. *Ótcherki po análizu tvórtchestva N. V. Gógolya* (Esboços de análise da obra de N. V. Gógol). M-Pg., GIZ, 1923.

50. Iermakov, Iv. Dm. *Etiudi po psikhológuii tvórtchestva A. S. Púchkina. Ópit organítcheskovo ponimâniya "Dómika v Kolomne", "Proroka" e málenkikh traguédii* (Estudos da psicologia da criação de A. S. Púchkin. Experiência de interpretação orgânica de "Dómika Kolomne", "Proroka" e das pequenas tragédias). M-Pg., 1923.

51. Jirmunski, V. *Vediênie v métriku. Teóriya stikhá* (Introdução à métrica. Teoria do verso). L., ed. Academia, 1925.

52. Jirmunski, V. *Vopróssi teórii literaturi* (Questões de teoria da literatura). *Stati* (artigos) de l916-1926, L., ed. Academia, 1928.

53. Jirmunski, V. *Zadátchi poétiki. Zadátchi i métodi izurtchêniya iskusstva* (As tarefas da poética. Tarefas e métodos de estudo da arte). Pg., ed. Academia, 1924.

54. Jukovski, V. A. *Sotchineniya* (Obras). M., ed. Goslitizdat, 1954.

55. Ivánov, Vyatch. *Bórozdi i miéji. Ópiti estetítcheskie i kritítcheskie* (Sulcos e limites. Experiências estéticas e críticas). M., ed. Mussaget, 1916.

56. Ivánov, Vyatch. *Po zviózdam* (Pelas estrelas). Spb., ed. Ori, 1909.

57. Ivanovski, B. *Metodológuiya vvediênie v naúku i filosófiiu* (Metodologia de introdução à ciência e à filosofia), 1923.

58. Izmáilov, A. A. *Statya v pólnom sobranii sotchiniênii A. P. Tchékhova* (Artigo nas *Obras completas* de A. P. Tchékhov). T. 22, Pg., 1918, pp. 264-265.

59. Kallach, V. V. "Liritcheskie stikhotvorêniya i básni Krilova" (Os poemas líricos e as fábulas de Krilov), em I. A. Krilov, *Pólnoie sobrânie sotchiniênii.* T. 4, Spb., ed. Prosvieschênie, 1905.

60. Keniêvitch, V. *Bibliografítcheskie i istorítcheskie primietchâniya k básnyam Krilova* (Notas bibliográficas e históricas às fábulas de Krilov). Spb., 1868.

61. Kirpítchnikov, A. I. *Ótcherki po istórii nóvoi rússkoi literaturi* (Esboço de história da nova literatura russa). Spb., 1896.

62. Croce, B. *Estética como ciência da expressão e como lingüística geral* (ed. em russo). M., 1920.

63. Krutchônikh, A. *Deklarátsiya zaúmnovo yaziká* (Declaração da linguagem do zaúm). Baku, 1921.

64. Külpe, O. *Vvediênie v filosófiiu* (Introdução à filosofia). Spb., 1908.
65. Külpe, O. *Nóvie idei v filosófii* (Novas idéias em filosofia). Col. 16. *Psicologia do pensamento.* Spb., ed. Obrazovânie, 1914.
66. Lazurski, A. F. "O vliyanii razlítchnovo tchtiêniya na khod assotsiatsii" (A influência de leitura vária sobre o processo de associações). *Nievrologuítcheskii víestnik.* T. 8, Vip., 3, 1900.
67. Lazurski A. F. *Psikhológuiya óbschaya i eksperimentálnaya* (Psicologia geral e experimental). L., 1925.
68. Lalo, C. *Vvediênie v estétiku* (Introdução à estética). M., ed. Trud, 1915.
69. Lunatcharski, A. V. *K vopróssu ob iskusstvie. Etiudi* (Em torno da questão da arte. Estudos). Col. de artigos. M-Pg., 1922.
70. Lunatcharski, A. V. *Osnóvi pozitívnoi estétiki* (Fundamentos de estética positiva). M-Pg., 1923.
71. Meumann, E. *Estética.* P. I, 1919 (ed. russa).
72. Meumann, E. *Estética.* P. II. *Sistema estétiki* (O sistema da estética). M. 1920.
73. Mierejkovski, D. S. "Tolstói i Dostoiévski". *Pólnoie sobrânie sotchiniênii.* T. 9, M., ed. Rússkoe Slovo, 1914.
74. Molojavi, S. e Chimkiêvitch E. *Problemi trudovói chkóli v marksístskom osvieschênii* (Os problemas da escola de trabalho num enfoque marxista). M., ed. Rabótnik Pprosvieschêniya, 1924.
75. Müller, V. K. *Drama i teatr epókhi Shekspira* (O drama e o teatro da época de Shakespeare). L. 1925.
76. Neufeld, J. *Dostoiévski. Psikhoanalitítcheskii ótcherk por. red. prof. Z. Freida* (Dostoiévski. Ensaio psicológico sob redação do prof. S. Freud). L.-M., ed. Pietrograd, 1925.
77. Nietzsche, F. *A origem da tragédia* (ed. russa). Spb., Academia de Ciências, 1899.
78. Nietzsche, F. *Assim falou Zaratustra* (ed. russa). Spb., 1899.
79. Ovsiániko-Kulikovski, D. *Sobrânie sotciniênii.* T. 6. "Psikhológuiya misli i tchuvsta. Khudójestvennoie tvórtchestvo. Lírika kak ossóbi vid tvórtchestva. Krizis rússkikh ideológuii" (Psicologia do pensamento e do sentimento. A criação artística. A lírica como modalidade específica de criação. A crise das ideologias russas). Spb., 1914.
80. Ovsiániko-Kulikovski. *Yazik i iskusstvo* (Linguagem e arte). Spb., 1895.
81. Odoiévski, V. F. *Rússkie notchí* (As noites russas). M., ed. Put, 1913.

82. Orchanski, I. *Miekhaniz niérvnikh protsessov* (O mecanismo dos processos nervosos). Spb., 1898.

83. Orchanski, I. *Khudójestvennoie tvórtchestvo* (A criação artística). M., 1907.

84. Pietrajitski, L. I. *Vvediênie v izutchêniiu prava i nrávstviennosti. Osnóvi emotsionálnoi psikhológuii* (Introdução ao estudo do direito e da moral. Fundamentos da psicologia emocional). Spb., 1907.

85. Pietrovski, M. "Morfológuiya púchkinskovo *Vístriela*". *Problemi poétiki* (Morfologia de *O tiro,* de Púchkin. Questões de poética). Col. de artigos sob redação de V. Ya. Briússov.

86. Platão. " Íon". *Pôlnoie sobrânie sotchiniênii v l5-ti tomákh*. T. 9, ed. Academia, 1924.

87. Pliekhánov, G. V. *Sb. statiêi* (Col. de artigos). M., ed. Nóvaya Moskvá, 1922.

88. Pliekhánov, G. V. *Literatura i estétika.* T. 1, M., 1958.

89. Pliekhánov, G. V. *Osnovníe vopsóssi marksizma.* Moskovski Rabótchii, 1922.

90. Pokrovski, V. (org.). "I. A, Krilov. Ievó jizin i sotchiniêniya". *Sb. istóriko-literatúrnikh statiêi* (I. A. Krilov. Vida e obra. Col. de artigos histórico-literários). 3ª ed., M., 1911.

91. Potiebnyá, A. A. *Iz zapíssok po teórii sloviesnosti. Poéziya i proza. Tropi i figuri. Michliênie poetítcheskoie i mifítcheskoie* (Notas sobre teoria da arte verbal. Poesia e prosa. Tropos e figuras. Pensamento poético e pensamento mítico). Khárkov, 1905.

92. Potiebnyá, A. A. *Iz liektsii po teórii sloviésnosti. Básnya. Poslóvitsa, Pogovorka* (Notas sobre teoria da arte verbal. Fábula, Provérbio, Dito). Khárkov, 1894.

93. Potiebnyá, A. A. *Misl i yazik* (Pensamento e língua). 3ª ed., Khárkov, 1913.

94. Priluko-Prilutski N. G (org.). *I. A. Krilov. Jizn i tvórtchestvo* (I. A. Krilov. Vida e obra). Spb.- Varsóvia, ed. Oros, 1901.

95. *Púchkinski sbórnik* (Coletânea sobre Púchkin). 1923.

96. Rieformatski, A. A. *Ópit análiza novellistítcheskoi kompozítsii* (Experiência de análise da composição da novela). M., 1912.

97. Românov, K. *Sotchiniêniya v triokh tomákh* (Obras em três tomos).

98. *Sadók sudiêi.* T. II, Spb., ed. Juravl, 1914.

99. Sologub, F. *Iskusstvo náchikh dniêi* (A arte dos nossos dias). Rússkaya Misl, 1915.

100. Storojenko, N. I. *Ópiti izutcheniya Shekspira* (Experiências de estudo de Shakespeare). M., 1902.
101. *Teatr i stsena epókhi Shekspira* (O teatro e a cena da época de Shakespeare). Spb. ist.-teatr. sektsii, 1918.
102. Ten-Brink, B. *Shekspir. Léktsii* (Shakespeare. Conferências). Spb., 1898.
103. Titchener, E. B. *Utchébnik psikhológuii* (Manual de psicologia). P. I, M., ed. Mir, 1914.
104. Tolstói, L. N. *Krêitzerova sonata* (Sonata a Kreutzer). *Pôlnoie sobrânie sotchiniênii*, T. 35, M., 1950.
105. Tolstói, L. N. "O Shekspire i o dramie" (Sobre Shakespeare e o drama). *Póln. sobr. sotch.* T. 35, M., 1950.
106. Tolstói, L. N. "Pismó N. N. Strakhóvu 23 apriélya 1876" (Carta a N. N. Strakhov de 23 de abril de 1876). *Pôlnoie sobrânie sotchiniênii.* T. 62, M., 1953.
107. Tolstói, L. N. "Priedislóvie k dnievnikú Aimélya" (Prólogo ao diário de Amiel). *Pôlnoie. sobr. sotch.* T. 29, M., 1950.
108. Tolstói, L. N. "Chtó takóie isskusstvo? (O que é arte?). *Põln. sobr. sotch.* T. 30, M. 1951.
109. Tomachevski, B. *Rússkoie stikhoslojênie Métrika* (A versificação russa. A métrica). Pg., Academia, 1923.
110. Tomachevski, B. *Teóriya literaturi (Poétika)* (Teoria da literatura. Poética). L., GIZ, 1925.
111. Tiniánov, Yu. *Problema stikhotvórnovo yaziká* (O problema da linguagem em versos). L., Academia, 1924.
112. Taine, H. *Ob iskusstvie* (Sobre a arte). M., 1922.
113. Wilde, O. "Kist, pieró i otrava" (Pincel, pena e veneno). *Pôlnoie sobrânie sotchiniênii.* T. 3, Spb., 1912.
114. Wilde, O. "Krítik kak khudójnik" (O crítico como artista). *Pôlnoie sobrânie sotchiniênii.* T. 3, Spb., 1912.
115. Úzin, V. S. *O póvieste Biélkina. Iz komentáriev tchitátielya* (A novela de Biélkin. Comentários de um leitor). Pg., Akvilon, 1924.
116. Fischer, K. *Gamlet Shekspira* (O Hamlet de Shakespeare). M., ed. do jornal *Pravda*, 1905.
117. Volkelt, J. *Sovremiênnie voprôssi estétiki* (Questões atuais da estética). Spb., ed. da revista *Obrazovânie*, 1900.
118. Freud, S. *Leonardo da Vinci.* M., Sovremiênnie Problemi, 1912.
119. Freud, S. "Principais teorias psicológicas em psicanálise" (edição em russo). *Seleta de artigos.* M., 1923.

120. Freud, S. *O chiste e e os mecanismos do inconsciente* (p. 98). M., 1925.
121. Freud, S. "Escritores criativos e devaneios". Extraído da tradução brasileira de Freud, *Totem e tabu. "Gradiva" de Jensen*. Imago, Rio de Janeiro, 1974.
122. Freud, S. *Psicologia das massas e análise do "eu" humano*. M., Sovremiênnie Problemi, 1925.
123. Friche, V. M. *Ótcherki sotsiálnoi istórii iskusstva* (Esboços de história social da arte). M., Nóvaya Moskvá, 1923.
124. Christiansen, B. *Filosófiya iskusstva* (Filosofia da arte). Spb., ed. Chipóvnik, 1911.
125. Tchujak, N. F. *Pod znákom jizniestroiêniya. Ópit ossoznâniya iskusstva dnyá* (Sob o signo da construção da vida. Uma experiência de tomada de consciência da arte atual). *Lief.* 1923, nº 1.
126. Tchukovski, K. "Lipie nieliépitsi" (Absurdos absurdos). *Rússkii sovremiênnik*. 1924, nº 1.
127. *Shekspir v pierevode i abyasniênii A. L. Sokolóvskovo* (Shakespeare traduzido e explicado por A. L. Sokolovski). T. 2, Spb., 1903.
128. Schiller, F. *Sobrânie sotchiniênii*. T. 6, M., 1957.
129. Chklovski, V. "Iskusstvo kak priiom" (A arte como procedimento). *Poétika. Sbórniki po teórii poetítcheskovo yaziká* (Poética. Coletâneas sobre teoria da linguagem poética). Vip. 3, Pg., Opoyaz, 1919.
130. Chklovski, V. "O poézii i zaúmnom yazikê" (Sobre poesia e a linguagem do zaúm). *Poétika*... Vip. 3, Opoyaz, 1919.
131. Chklovski, V. "Potiebnyá". *Poétika*... Vip. 3, Opoyaz, 1919.
132. Chklovski, V. "Rozánov". *Sbórnik po teórii poetítcheskovo yazika*. Vip. 4, Pg., Opoyaz, 1921.
133. Chklovski, V. "Svyáz priiômov siujetoslojêniya s óbschimi priiômami stílya" (A relação dos procedimentos da formação do enredo com os procedimentos gerais do estilo). *Poétika*... Vip. 3, Pg., Opoyaz, 1919.
134. Chklovski, V. *"Tristram Shandy" Sterna i teóriya romana* (O *Tristram Shandy* de Sterne e a teoria do romance). *Sbórniki po teórii poetítcheskovo yaziká*. Vip. 4, p. 2, Pg., Opoyaz, 1921.
135. Schopenhauer, A. *O mundo como vontade e representação* (ed. em russo). Tradução de Fet, ed. IV, Spb., 1898.

136. Chpet, G. "Problemi sovremiênnoi estétiki" (Problemas da estética atual). Revista *Iskusstvo*. 1923, nº 1.
137. Eikhenbaum, B. "Vokrug voprossa o "formalistakh" (Em torno da questão dos "formalistas"). *Pietchat i revoliútsiya*. L. 5, 1924.
138. Eikhenbaum, B. *Molodói Tolstói*. Pg.- Berlim, ed. Z. I. Grjébnina, 1922.
139. Eikhenbaum, B. "Skvoz literaturu". *Sb. statiêi* (Através da literatura. Col. de artigos). L., Academia, 1924.
140. Engergardt, A. N. *Vessielovski*. Pg., ed. Kolos, 1924.
141. *Entsiklopedítcheskii slovar Brokhausa i Efrona* (Dicionário enciclopédico de Brokhaus e Efron). T. zaúm, Spb., 1891.
142. Yakubinski, L. "O zvúkakh stikhotvórnovo yaziká" (Os sons da linguagem em versos). *Poétika*... Vip. 3, Pg., Opoyaz, 1919.
143. Fröbes, J. *Lehrbuch der experimentalen Psychologie*. Bd II., 1922.
144. Freud, S. *Inseits des Sustprinzips*. 1921.
145. *Goethe's Gespräche mit Eckermann* (28 de abril de 1827). Berlim, 1955.
146. *Goethe's Werke*. Berlim, Bd XXVIII.
147. Grammont, M. *Les vers français, ses moyens d'expression, son harmonie*. Paris, 1913.
148. Külpe, O. *Der gegenwärtige Stand der experimentalen Aesthetik*. 1906.
149. La Fontaine, J. de. *Fables, précedées de la Vie d'Esope*. Tours, 1885.
150. Lange, K. *Das Wesen der Kunst*. Bd I, 1901.
151. Lessing, G. E. *Gesammelte Werke, hrsg. von Paul Rilla*. Bd IV, Berlim, 1955.
152. Maier, H. *Psychologie des emotionalen Denkens*. Tübingen, 1908.
153. Meyer, Th. *A. Das Stilgesetz der Poesie*. Leipzig, Hirzel, 1901.
154. Müller-Freienfels, R. *Psychologie der Kunst*. Bd I, Leipzig-Berlim, 1922.
155. Müller-Freienfels, R. *Psychologie der Kunst*. Bd II, Leipzig-Berlim, 1923.
156. Münsterberg, G. *Grundzüge der Psychotechnik*. Leipzig, 1920.
157. Rank, O. und Sachs N. *Znatchênie psikhoanáliza v naúkakh o dukhe* (A importância da psicanálise nas ciências da alma). Spb., 1913.
158. Rank, O. *Der Künstler, Ansätze zu einer Sexualpsychologie*. Leipzig, 1918.

159. Rümelin, G. *Shakespeare-Studien.* Stuttgart, 1866.
160. Schilder P. *Medizinische Psychologie für Arzte und Psychologen.* Berlim, 1924.
161. Schlegel, August Wilhelm. *Vorlesungen, Über dramatische Kunst und Literatur.* Heidelberg, Mohr und Winter, 1817, S. 3-14.
162. Volkelt, J. *System der Aesthetik.* Bd I, 1900.
163. Wundt, W. *Volkerpsychologie.* Teil II.

Impressão e acabamento
Cromosete
GRÁFICA E EDITORA LTDA.
Rua Uhland, 307 - Vila Ema
Cep: 03283-000 - São Paulo - SP
Tel/Fax: 011 6104-1176